COLLECTION JULES VERNE

COLLECTION JULES VERNE
BAND 58

Die Familie ohne Namen

Band 1

Pawlak Taschenbuch Verlag, Berlin, Herrsching

Nachdruck mit freundlicher Genehmigung des
Verlages A. Hartleben, Inh. Dr. Walter Rob, Wien I.
Die Vorlagen für die Umschlagillustrationen der
Collection Jules Verne sind Jules Verne Bänden,
erschienen im A. Hartleben's Verlag, Wien, entnommen.
Umschlaggestaltung: Bine Cordes, Weyarn
Die Orthographie wurde der heutigen Schreibweise angeglichen.

Gesamtherstellung: Elsnerdruck GmbH, Berlin
Printed in Germany
ISBN: 3-8224-1058-6

Inhalt

Erster Teil

Erstes Kapitel

Einige Tatsachen und einige Daten

»Man beklagt das arme Menschengeschlecht, das sich um einiger Acker Eisfeld willen abschlachtet«, sagten die Philosophen gegen Ende des 18. Jahrhunderts; sie haben damit aber den besten Ausspruch nicht getan, soweit er Kanada betraf, um dessen Besitz die Franzosen damals mit den Soldaten Englands kämpften.

Zweihundert Jahre früher hatte Franz I. bezüglich dieser von den Königen von Spanien und Portugal für sich beanspruchten amerikanischen Gebiete ausgerufen: »Ich möchte wohl den Abschnitt in dem Testamente Adams sehen, der jenen diese ungeheure Erbschaft zuspräche!« Der König war übrigens um so mehr berechtigt, auch seine Ansprüche geltend zu machen, als ein Teil dieser Landstrecken bald darauf sogar den Namen Neufrankreich erhielt.

Wohl haben die Franzosen diesen herrlichen amerikanischen Kolonialbesitz nicht zu behaupten vermocht; dessen Bevölkerung blieb aber nichtsdestoweniger französisch und fühlte sich verbunden mit dem alten Gallien ebenso durch die Bande des Blutes und die Identität der Rasse wie durch natürliche Instinkte, welche keine internationale Politik auszulöschen vermag.

In der Tat bilden jene wenigen, so wegwerfend qualifizierten »Acker Eisfeld« ein Reich, dessen Bodenfläche der Europas gleichkommt.

Ein Franzose hatte von diesen ausgedehnten Gebieten im Jahre 1534 Besitz ergriffen.

In das Herz dieses Landes richtete Jacques Cartier, gebürtig aus St. Malo, damals seinen kühnen Marsch, indem er dem Laufe des Stromes folgte, der später den Namen St. Lorenzo erhielt. Ein Jahr später gelangte der unerschrockene Malouin, beim noch weiteren Vordringen nach Westen, zu einer Gruppe von Hütten – »Kanada« in der Indianersprache –, aus der später Quebec hervorgegangen ist, und erreichte von hier aus die Ortschaft Hochelaga, aus der in der Folgezeit Montreal wurde. Zwei Jahrhunderte später legten sich diese beiden Städte im Wettbewerb mit Kingston und Toronto die Bezeichnung als Hauptstadt zu, bis die Stadt Ottawa, um diesen Reibereien ein Ende zu machen, zum Sitze der Regierung dieser amerikanischen Kolonie erhoben wurde, welche England heute Dominion of Canada nennt.

Einige Tatsachen und Daten werden genügen zur Kennzeichnung der Fortschritte dieses bedeutsamen Staates von seiner Gründung bis zu der Periode von 1830 bis 1840, während deren die mit nachfolgender Erzählung in Verbindung stehenden Ereignisse sich abspielten.

Unter Heinrich IV. kehrte Champlain, ein hervorragender Seemann seiner Zeit, nach Europa zurück von einer ersten Reise, während er den Platz ausgesucht hat, auf dem Quebec gegründet werden sollte. Er beteiligte sich später an der Expedition des Herrn de Mons, Inhaber von Patentbriefen für den ausschließlichen Handel mit Pelzwaren, die ihm gleichzeitig das Recht zu Landkonzessionen in Kanada verliehen. Champlain, dessen abenteuerlicher Charakter sich mit einfachen Handelsgeschäften weniger verträgt, zieht allein seines Weges, am St. Lorenzo wieder stromaufwärts, und erbaute Quebec im Jahre 1606. Schon zwei Jahre vorher hatten die Engländer den Grundstein zu ihrer ersten Niederlassung in Amerika am Ufer des Virginiaflusses gelegt.

Hieraus entsprossen die Keime nationaler Eifersucht, und aus dieser Zeit her stammen die ersten Vorzeichen jener Kämpfe, welche England und Frankreich sich auf dem Boden der Neuen Welt liefern sollten.

Zu Anfange werden die Eingebornen notwendigerweise in die verschiedenen Phasen dieses Antagonismus hineingezogen. Algonkins und Huronen erklären sich für Champlain und gegen die Irokesen, welche den Truppen des Vereinigten Königreichs zu Hilfe kommen. Im Jahre 1609 unterliegen letztere an den Ufern jenes Sees, der noch immer den Namen des französischen Seemannes trägt.

Zwei andere Reisen – 1613 und 1615 – führen Champlain bis in die fast unbekannten Gebiete des Westens an die Ufer des Huronsees. Dann verläßt er Amerika und kehrt noch ein drittes Mal nach Kanada zurück. Nachdem er mit Händen und Füßen gegen viele Intrigen angekämpft, erhält er 1620 den Titel eines Gouverneurs von Neufrankreich.

Unter diesem Namen tritt nun eine Gesellschaft zusammen, deren Statut von Ludwig XIII. 1628 genehmigt wird. Diese Gesellschaft verpflichtet sich, in einem Zeitraume von fünf Jahren viertausend katholische Franzosen nach Kanada überzuführen. Von einigen über den Ozean entsendeten Schiffen fallen die ersten den Engländern in die Hände, welche durch das Tal des St. Lorenzo vordringen und Champlain zur Ergebung auffordern. Der mutige Seemann schlägt das ab, muß aber aus Mangel an Unterstützung und Hilfsquellen bald darauf eine – übrigens ganz ehrenvolle – Kapitulation abschließen, welche Quebec in die Gewalt der Engländer bringt. Im Jahre 1632 segelt Champlain mit drei Schiffen von Dieppe ab und erobert wieder Kanada, das Frankreich durch den Vertrag vom 13. Juli desselben Jahres zurückgegeben wird; er legt den Grund zu neuen Städten, errichtet das erste kanadische Kolleg unter Leitung der Jesuiten und stirbt am Weihnachtstage 1635 in dem Lande, welches er durch Willenskraft und Kühnheit erworben hat.

Eine Zeitlang entwickeln sich nun erfreuliche Handelsverbindungen zwischen den französischen Kolonisten und denen von Neuengland. Die ersteren haben jedoch gegen die durch ihre Anzahl gefährlichen Irokesen zu kämpfen, denen eine europäische Bevölkerung von nur zweitausend Seelen gegenübersteht. Die Gesellschaft, deren Verhältnisse eine mißliche Wendung nehmen, wendet sich deshalb selbst an Colbert, der den Marquis de Tracy an der Spitze eines Geschwaders sendet. Die zurückgeworfenen Irokesen gehen doch bald wieder zum Angriff über, da sie sich der Unterstützung der Engländer sicher wissen, und in der Umgegend von Montreal kommt es zu einem entsetzlichen Gemetzel.

Wenn die Bevölkerung sich im Jahre 1665 auch ebenso wie das Gebiet der Kolonie verdoppelt hatte, so befanden sich doch nicht mehr als dreizehntausend Franzosen in Kanada, während die Engländer in Neuengland schon zweihundertfünfzigtausend Bewohner angelsächsischer Rasse zählen. Der Krieg beginnt von neuem. Er wütet auf dem Boden Akadiens, welches heutzutage Neuschottland bildet, und verbreitet sich dann bis Quebec, aus dem die Engländer 1690 vertrieben werden. Endlich sichert der Frieden von Ryswick – 1697 – Frankreich den Besitz aller Gebiete, welche die Kühnheit ihrer Entdecker, der Mut seiner Kinder ihm in Nordamerika erworben hatte. Zu gleicher Zeit unterwerfen sich die besiegten Stämme, Irokesen, Huronen u. a. der Oberhoheit Frankreichs durch den Vertrag von Montreal.

Im Jahre 1703 wird der Marquis de Vaudreuil, Sohn eines früheren Gouverneurs dieses Namens, zum Generalgouverneur von Kanada ernannt, das jetzt durch die Neutralität der Irokesen leichter in der Lage ist, sich gegen die Angriffe der Kolonisten Großbritanniens zu wehren. Der Kampf lodert wieder auf in den Niederlassungen von Neufundland, welche englisch sind, und in Akadien, das 1711 den Händen des Marquis de Vaudreuil entrissen wird. Dieser Umstand gestattet den anglo-amerikanischen Streitkräften, sich zur Eroberung des kanadischen Gebietes zu konzentrieren, wo die im geheimen bearbeiteten Irokesen wieder zu gefährlichen Feinden werden. Der Vertrag von Utrecht – 1713 – vollendet den Verlust von Akadien, nachdem er dreißig Jahre über den Frieden mit England gesichert hatte.

Während dieser Zeit der Ruhe macht die Kolonie erhebliche Fortschritte. Die Franzosen errichten einige

Forts, um den Besitz ihren Nachkommen zu sichern. 1721 beläuft sich die Bevölkerung auf fünfundzwanzigtausend und 1744 auf fünfzigtausend Seelen. Man konnte glauben, daß die schweren Zeiten überwunden wären. Dem ist nicht so. Infolge des österreichischen Erbfolgekrieges geraten England und Frankreich in Europa wider in Zwist, der sich in Amerika weiterspinnt. Erfolge wechseln mit Unfällen. Endlich kommt der Friede von Aix-la-Chapelle zustande – 1747 –, der dieselben Verhältnisse wie der Vertrag von Utrecht festsetzt.

Wenn Akadien nun für die spätere Zeit britisch ist, so ist es in den Gefühlen und Neigungen seiner Bewohner doch französisch geblieben. Das Vereinigte Königreich begünstigt die angelsächsische Einwanderung, um das Übergewicht der Rasse in den eroberten Provinzen zu gewinnen. Frankreich beabsichtigt dasselbe in bezug auf Kanada. Es hat damit schlechten Erfolg, und inzwischen bringt die Besetzung der Gebiete von Ohio die Rivalen wieder in Streit.

Da erscheint vor dem erst unlängst von den Landsleuten des Marquis Vaudreuil errichteten Fort Duquesne Washington an der Spitze einer starken anglo-amerikanischen Kolonne. Franklin hatte ja kurz vorher erklärt, daß Kanada den Franzosen nicht gehören dürfe. Zwei Geschwader segeln aus Europa ab – eines von der Küste Frankreichs, das andere von der Englands. Nach furchtbaren Metzeleien, welche Akadien und die Gebiete von Ohio mit Blut überschwemmen, erfolgt seitens Großbritanniens am 18. Mai 1756 die offizielle Kriegserklärung.

In demselben Monat übernimmt, nach einer dringlichen Bitte um Verstärkung durch Herrn von Vaudreuil, der Marquis de Montcalm den Oberbefehl über die regulären Truppen von Kanada – im ganzen viertausend Mann. Der Minister hatte eine größere Truppenmacht nicht aufbieten können, denn der Kampf in Amerika war in Frankreich nicht populär und im Vereinigten Königreiche selbst nur im geringen Maße.

Zu Anfang des Feldzuges trug Montcalm einige Erfolge davon. Hierher gehören die Einnahme des Forts William Henry im Süden des Georgsees, der eine Verlängerung des Champlainsees bildet. Trotz dieser glänzenden Waffentaten kam es doch zur Aufgabe des Forts Duquesne seitens der Franzosen, zum Verluste des von einer zu schwachen Besatzung übergebenen Forts Niagara, dem wegen der Verräterei der Indianer nicht rechtzeitig genug Hilfe gebracht werden konnte; endlich erfolgte die Einnahme von Quebec im September 1759 durch General Wolfe an der Spitze von achttausend Mann, welche ausgeschifft worden waren. Trotz einer Schlacht, welche die Franzosen bei Montmorency gewannen, müssen sie schließlich doch unterliegen. Montcalm ist getötet, Wolfe ist getötet. Die Engländer sind zum Teil die Herren der Provinzen.

Zum nächsten Jahre wird ein Versuch gemacht, Quebec, diesen Schlüssel des St. Lorenzo, wieder zu nehmen. Derselbe schlägt fehl, und bald nachher ist auch Montreal gezwungen zu kapitulieren.

Endlich am 10. Februar 1763 kommt es zu einem Vertrage. Ludwig XV. verzichtet auf seine Ansprüche auf Akadien zugunsten Englands. Er tritt ihm Kanada nebst allem, was dazugehört, als Eigentum ab. Neufrankreich existiert nur noch in den Herzen seiner Kinder. Die Engländer haben es aber niemals vermocht, sich unterjochte Völker zu assimilieren, sie verstehen nur dieselben zu vernichten. Man vernichtet aber keine Nationalität, wenn die Mehrzahl der Bewohner die Liebe zu dem alten Vaterlande und seine Anhänglichkeit von ehedem bewahrte. Vergeblich errichtet England drei Gouvernements, Quebec, Montreal und Dreiströme; vergeblich versucht es den Kanadiern das englische Gesetz aufzuzwängen und sie durch einen Eid der Treue zu fesseln. Zufolge energischen Widerspruches wird im Jahre 1774 eine Bill angenommen, welche die Kolonie wieder unter französisches Gesetz stellt.

Wenn England auch ferner nichts mehr von Frankreich zu fürchten hatte, so stand es doch bald den Amerikanern feindlich gegenüber. Nach Überschreitung des Champlainsees nehmen diese Carilon, das Fort St. John und Frederik und marschieren mit dem General Montgomery auf Montreal, dessen sie sich bemächtigten, nachher auf Quebec, welches sie nicht zu erstürmen vermögen.

Im folgenden Jahre – 4. Juli 1776 – erfolgt die Unabhängigkeitserklärung von Amerika.

Nun kommt eine traurige Zeit für die französischen Kanadier; die Engländer sind von einer Befürchtung beherrscht: daß ihnen diese Kolonie durch Eintritt in den Staatenbund entgehen und sich unter das Sternenbanner flüchten könnte, welches die Amerikaner am Horizonte entrollen. Das geschieht jedoch nicht – gewiß zum Leidwesen aller Patrioten.

Im Jahre 1791 teilt eine neue Verfassung das Land in zwei Provinzen: Oberkanada im Westen, Unterkanada im Osten mit Quebec als Hauptstadt. Jede Provinz erhält einen von der Krone ernannten gesetzgebenden Körper und eine Volksvertretung, welche von den Freisassen der Städte auf vier Jahre erwählt wird. Die Bevölkerung zählt jetzt hundertfünfunddreißigtausend Köpfe, unter diesen aber nicht mehr als fünfzehntausend englischer Abkunft.

Was die Kolonisten zumeist wünschten, als sie von Großbritannien unterjocht waren, findet sich zusammengefaßt in dem zu Quebec 1806 begründeten Journal »Der Kanadier« unter der Überschrift: »Unsere Einrichtungen, unsere Sprache und unsere Gesetze«. Sie scheuen nicht den Kampf, um dieses dreifache Verlangen durchzusetzen, und der zu Gent 1814 unterzeichnete Friede beendigt diesen Krieg, in dem Erfolge und Fehlschläge sich auf beiden Seiten etwa aufheben.

Der Kampf beginnt wieder zwischen den beiden Rassen, welche Kanada zu so ungleichen Teilen bewohnen. Zuerst hält er sich noch auf rein politischem Boden. Die Reformer-Abgeordneten hören, in Gefolgschaft ihres Kollegen, des heldenmütigen Papineau, niemals auf, die Autorität der Hauptstadt nach allen Seiten anzugreifen –

in der Frage der Wahlen, in der der Ländereien, welche englische Kolonisten in ungeheurer Ausdehnung zugeteilt werden usw. Die Gouverneure mögen nun die Kammer vertagen oder auflösen – alles wirkt so gut wie nichts. Die Opponenten lassen sich nicht einen Augenblick entmutigen.

Die Königlichen – die Loyalisten, wie sie sich nennen – haben den Vorsatz, die Verfassung von 1791 abzuschaffen, Kanada wieder zu einer Provinz zu vereinigen, um dem englischen Elemente mehr Einfluß zu sichern und den Gebrauch der französischen Sprache zu verbieten, obwohl diese bisher die Parlaments- und Gerichtssprache geblieben war. Papineau und seine Freunde widersetzen sich aber mit solcher Energie, daß die Krone darauf verzichtet, das abscheuliche Projekt auszuführen.

Inzwischen wird der Streit immer hitziger. Die Wahlen veranlaßten sehr ernste Zusammenstöße.

Im Mai 1831 bricht in Montreal ein Aufstand aus, der drei französischen Kanadiern das Leben kostet. In vielen Meetings versammelt sich die Bevölkerung der Städte und des platten Landes, und in der ganzen Provinz entwickelt sich eine lebhafte Propaganda. Schließlich zählt ein Manifest in vierundzwanzig Resolutionen die Beschwerden der kanadischen Rasse gegen die englische auf und fordert die Versetzung des Generalgouverneurs Lord Aylmer in Anklagezustand. Das Manifest wird trotz des Widerspruches einiger Reformer, welche es für unzulänglich erklären, von der Kammer angenommen. Im Jahre 1834 werden Neuwahlen notwendig. Papineau und seine Parteigänger werden wiedergewählt. Getreu den Forderungen der vorhergehenden Volksvertretung bestehen sie darauf, den Generalgouverneur anzuklagen. Da wird die Kammer im März 1835 vertagt, und das Ministerium ersetzt den Lord Aylmer durch den königlichen Kommissär, Lord Gosford, dem noch zwei Kommissäre beigegeben sind, mit dem Auftrage, die Ursache der herrschenden Aufregung zu ergründen. Lord Gosford sichert die friedfertigsten Maßnahmen seitens der Krone gegen ihre Untertanen jenseits des Weltmeeres zu, ohne etwas anderes zu erreichen, als daß die Abgeordneten sich zur Anerkennung der Vollmachten der Untersuchungskommissionen bereit finden lassen.

Im Laufe der Zeit hat sich nun infolge von Einwanderungen die englische Partei allmählich verstärkt – sogar in Unterkanada. In Montreal und Quebec bilden sich konstitutionelle Vereinigungen, um die Reformer niederzudrücken. Sieht sich der Gouverneur auch genötigt, diese Vereinigungen aufzulösen, da sie im Widerspruche gegen das Gesetz zusammengetreten sind, so bleiben dieselben doch jeden Augenblick zu tätigen Eingriffen bereit. Auf beiden Seiten empfindet man es, daß der Angriff ein sehr lebhafter werden wird. Das anglo-amerikanische Element ist herausfordernder als je. Es handelt sich ja darum, Unterkanada durch alle Mittel und Wege völlig zu englisieren. Die Patrioten sind entschlossen, auf gesetzlichem und ungesetzlichem Wege Widerstand zu leisten. Bei dieser so gespannten Sachlage konnten furchtbare Zusammenstöße nicht ausblieben. Das Blut beider Rassen fließt in Strömen auf dem einst durch die Kühnheit französischer Entdecker eroberten Boden.

So sah es in Kanada im Jahre 1837 zu Anfang dieser Erzählung aus. Es erschien uns wichtig genug, den Antagonismus der Abstammung der französischen und der englischen Elemente zu beleuchten und ebenso die Lebensfähigkeit der einen, wie die Zähigkeit der anderen.

War übrigens dieses Neufrankreich nicht ebenso ein Stück des Vaterlandes wie Elsaß-Lothringen, das uns durch übermächtigen Einfall dreißig Jahre später eintrissen werden sollte? Und geben die Anstrengungen der französischen Kanadier, jenem mindestens seine Autonomie zurückzuerwerben, nicht ein Beispiel, welches die Franzosen von Elsaß und Lothringen niemals vergessen sollten?

Um ihre Maßnahmen gegenüber einer voraussichtlichen Empörung zu beraten, waren der Gouverneur Lord Gosford, der Oberbefehlshaber Sir John Colborne, der

Oberst Gore und der Polizeiminister Gilbert Argall am Abend des 23. August zusammengetroffen.

Die Indianer bezeichnen mit dem Worte »Kebec« jede Flußverengerung, welche durch die plötzliche Annäherung der Ufer eines solchen entsteht. Hiervon ist der Name der Hauptstadt abzuleiten, welche auf einem Vorgebirge, einer Art Gibraltar, flußaufwärts an der Stelle, wo der St. Lorenzo sich gleich einem Meeresarme ausbreitet, erbaut ist. Quebec besteht aus der oberen Stadt auf einem steilen Abhange, der den Lauf des Stromes beherrscht, und aus der längs des Ufers sich hinziehenden unteren Stadt, wo die Magazine und die Docks errichtet sind, mit engen Straßen und hölzernen Fußwegen, meist hölzernen Häusern, den Gebäuden der Post und der Marine, mit wenigen Palästen in großartigerem Stile, wie dem Palaste des Gouverneurs, der englischen und französischen Hauptkirche, einer von Spaziergängern sehr belebten Esplanade und einer Zitadelle mit ziemlich zahlreicher Besatzung – so sah damals die alte Stadt Champlain aus, die übrigens eine weit malerischere Lage hat als die neueren Städte Nordamerikas.

Von des Gouverneurs Garten aus erstreckte sich die Aussicht weithin über den herrlichen Strom, dessen Fluten sich talabwärts bei der Insel Orleans gabelförmig teilen. Der Abend war prächtig, die stille Atmosphäre wurde heute nicht durch den rauhen Hauch des Nordwestwindes gestört, der zu jeder Jahreszeit so verderblich ist, wenn er längs des St.-Lorenzo-Tales dahinstreicht. Im Schatten eines grünen viereckigen Platzes, dessen eine Seite vom Lichte des Mondes erhellt war, erhob sich die vierseitige Pyramide, welche zum Andenken an Wolfe und Montcalm, beide an einem Tage im Tode vereint, errichtet war.

Schon seit einer Stunde unterhielten sich der Gouverneur und die drei anderen hohen Persönlichkeiten von dem Ernste der Lage, der sie nötigte, unausgesetzt auf der Hut zu sein. Allzu deutlich machten sich bereits die Vorzeichen eines bald ausbrechenden Aufstandes bemerkbar; es erschien also angezeigt, jeder Eventualität gegenüber gerüstet zu sein.

»Über wieviel Mann können Sie verfügen?« fragte Lord Gosford den Kommandanten John Colborne.

»Leider nur über eine sehr beschränkte Anzahl«, antwortete dieser, »und dazu muß ich immer noch zum Teile die Grafschaft von den Besatzungstruppen entblößen.«

»Geben Sie bestimmte Zahlen an, Herr Kommandant.«

»Ich könnte nur drei Bataillone und sieben Kompanien Infanterie aufstellen, denn es ist unmöglich, die Garnison der Zitadellen von Quebec und Montreal zu vermindern.«

»Was haben Sie an Artillerie?«

»Drei oder vier Feldstücke.«

»Und an Reitern?«

»Nicht mehr als einen Zug.«

»Wenn es notwendig würde, diese Truppenstärke in den angrenzenden Grafschaften zu zerstreuen«, bemerkte Oberst Gore, »so ist sie völlig unzureichend. Vielleicht ist es doch zu bedauern, Herr Gouverneur, daß Eure Herrlichkeit die von den Loyalisten gebildeten konstitutionellen Vereinigungen aufgelöst haben! Wir hätten da mehrere hundert freiwillige Schützen, deren Hilfe gar nicht zu verachten wäre.«

»Ich durfte diese Verbände sich nicht organisieren lassen«, erwiderte Lord Gosford, »ihre Berührung mit der Bevölkerung hätte unzweifelhaft täglich Reibereien herbeigeführt, und wir müssen uns vor allem hüten, was eine Explosion beschleunigen könnte. Wir befinden uns in einer Pulverkammer und dürfen nur in Filzschuhen gehen!«

Der Generalgouverneur übertrieb wirklich nicht. Er war ein Mann von scharfem Verstande und versöhnlichem Gemüte. Seit seinem Eintreffen in der Kolonie hatte er den französischen Ansiedlern gegenüber ziemlich viel Wohlwollen an den Tag gelegt – wie der Geschichtsschreiber Garneau berichtet –, ebenso eine leichte Heiterkeit, welche mit dem kanadischen Frohsinn gut übereinstimmte.

Wenn der Aufruhr noch nicht ausgebrochen war, so verdankte man das der Umsicht, der Milde und dem Gerechtigkeitssinne, den Lord Gosford in allen Beziehungen zu den Einwohnern des Landes niemals verleugnete. Seiner Natur und seinem Verstande nach war er entschiedener Feind gewaltsamer Maßregeln.

»Die Gewalt«, wiederholte er öfter, »unterdrückt zwar auf Zeit, doch nicht auf die Dauer. In England vergißt man gänzlich, daß Kanada der Nachbar der Vereinigten Staaten ist und daß diese es durchgesetzt haben, ihre Unabhängigkeit zu erkämpfen. Ich durchschaue es vollständig, daß das Ministerium in London eine streitbare Politik haben will. Auf Antrag der Kommissäre hat auch das Haus der Lords ebenso wie das der Gemeinen mit größerer Stimmenmehrheit einen Vorschlag angenommen, der darauf hinausläuft, die Abgeordneten der Opposition in Anklagezustand zu setzen, die öffentlichen Einkünfte ohne Kontrolle zu verwenden und die Verfassung dahin abzuändern, daß die Distrikte eine doppelte Anzahl Wähler englischen Ursprungs aufweisen. Ich halte das nicht eben für staatsklug – es würde auf beiden Seiten Blut kosten.«

Das war wirklich zu befürchten. Die letzten vom englischen Parlamente angenommenen Maßnahmen hatten eine Aufregung erweckt, welche nur auf die Gelegenheit wartete, unverhüllt hervorzutreten. Geheime Zusammenkünfte, öffentliche Meetings erhitzten die Köpfe noch weiter. Von Worten mußte man bald zu Taten übergehen. Zwischen den Reformern und den Parteigängern der angelsächsischen Herrschaft in Montreal wie in Quebec kam es schon zu aufreizenden Herausforderungen; vorzüglich die Mitglieder der konstitutionellen Vereinigungen traten dabei mehr hervor. Der Polizei war es wohl bekannt, daß ein Aufruf zu den Waffen in allen Distrikten, Grafschaften und Kirchspielen verbreitet worden war. Ja, es ging bereits so weit, daß man den Generalgouverneur in effigie henkte. Es galt also Gegenmaßregeln zu treffen.

»Ist Herr de Vaudreuil in Montreal gesehen worden?« fragte Lord Gosford.

»Er scheint seine Wohnung in Montreal verlassen zu haben«, antwortete Gilbert Argall. »Seine Freunde Farran, Clerc und Vincent Hodge besuchen ihn dagegen häufig und stehen in täglicher Verbindung mit den liberalen Abgeordneten und vorzüglich mit dem Rechtsanwalt Gramont in Quebec.«

»Wenn es zu einer Bewegung kommt«, meinte Sir John Colborne, »so unterliegt es keinem Zweifel, daß diese von den Genannten vorbereitet ist.«

»Wenn man sie nun verhaften ließe, ließ sich Oberst Gore vernehmen, vielleicht würden Eure Herrlichkeit damit die Empörung im ersten Keime ersticken ...?«

»Wenn sie dadurch nicht noch früher zum Ausbruche käme!« antwortete der Generalgouverneur.

Er wandte sich hierauf an den Polizeiminister.

»Wenn ich nicht irre«, fragte er, »haben Herr de Vaudreuil und seine Freunde schon bei den Aufständen von 1832 und 1835 eine Rolle gespielt?«

»Gewiß«, bestätigte Sir Gilbert Argall, »wenigstens hat man alle Ursache, das zu vermuten. Freilich fehlt es dafür an direkten Beweisen, so daß es unmöglich wurde, jene gerichtlich zu verfolgen, wie das gelegentlich des Komplottes von 1825 geschehen war.«

»Dennoch gilt es, sich diese Beweise um jeden Preis zu beschaffen«, sagte Sir John Colborne, »und um ein für allemal mit den Schlichen der Reformer fertig zu werden, lassen wir sie erst ein Stück weiter vorwärts gehen. Es gibt nichts Schlechteres als einen Bürgerkrieg, das weiß ich recht gut; doch wenn es zu einem solchen kommt, dann werde er auch ohne Schonung geführt und es möge der Kampf zugunsten Englands ausgehen!«

In dieser Weise zu sprechen lag ja ganz in der Rolle des Oberbefehlshabers der englischen Streitkräfte in Kanada. Wenn Sir John Colborne der Mann dazu war, eine

Empörung mit eiserner Strenge zu unterdrücken, so hätte es doch seinem soldatischen Geiste widersprochen, sich auf geheime Überwachungen einzulassen, welche das besondere Gebiet der Polizei sind. Es folgt daraus, daß es schon seit mehreren Monaten ausschließlich dem Beamten Gilbert Argalls zufiel, ohne Aufsehen die geheime Tätigkeit der franko-kanadischen Partei zu überwachen.

Die Städte, die Kirchspiele des St.-Lorenzo-Tales und vor allem diejenigen der Grafschaften Verchères, Chambly, Laprairie, Akadien, Terrebonne und Deux Montagne wurden unaufhörlich von zahlreichen Geheimpolizisten des Ministeriums durchstreift.

In Montreal machte es sich wegen Mangels der konstitutionellen Vereinigungen, deren Auflösung der Oberst Gore bedauerte, der Doric-Klub – seine Mitglieder zählten zu den waschechtesten Loyalisten – zur besonderen Aufgabe, die Aufständischen auf jede mögliche Weise zu beschränken und zu unterdrücken. Lord Gosford mußte auch wirklich fürchten, daß es in jeder Stunde des Tages oder der Nacht zu einem Ausbruche kommen könnte.

Es erscheint begreiflich, daß die Umgebung des Generalgouverneurs diesen trotz seiner versöhnlichen Neigungen drängte, die Bürokraten – so nannte man die Anhänger der Autorität der Krone – zu unterstüzen gegen die Parteigänger der nationalen Sache. Übrigens war Sir John Colborne kein Freund von halben Maßregeln, wie er das später bewies, als er Lord Gosford in der Verwaltung der Kolonie folgte. Was den Oberst Gore, einen alten, bei Waterloo dekorierten Soldaten anging, so verlangte dieser militärische Maßregeln, und zwar ohne Aufschub.

Am 7. Mai des laufenden Jahres hatte eine Versammlung zu St. Ques, einem kleinen Flecken in der Grafschaft Richelieu, die Führer der Reformer vereinigt. Hier beriet man die Beschlüsse, welche das politische Programm der franko-kanadischen Opposition bilden sollten.

Unter anderem verdient davon der folgende Satz hervorgehoben zu werden:

»Kanada muß sich wie Irland um einen Mann scharen, der ebenso von Haß gegen jede Unterdrückung wie von Liebe zu seinem Vaterlande erfüllt ist und den nichts, weder Versprechungen noch Drohungen, jemals in seinen Entschlüssen schwankend machen kann.«

Dieser Mann war kein anderer als der Abgeordnete Papineau, dem die öffentliche Meinung mit Recht den Titel eines O'Connell beilegte.

Gleichzeitig beschloß die Versammlung, sich »soviel wie möglich von der Benützung eingeführter Waren fernzuhalten und nur Erzeugnisse des eigenen Landes zu gebrauchen, um der Regierung die Einkünfte aus den auf die fremden Waren gelegten Eingangszöllen zu entziehen.«

Auf diese Erklärung mußte Lord Gosford am 15. Juli durch eine Proklamation antworten, welche jede aufreizende Vereinigung verbot und den Behörden und Offiziellen der Miliz den Befehl erteilte, dieselbe unverzüglich aufzulösen.

Die Polizei arbeitete nun mit einem Eifer, der sich kaum zügeln ließ; sie verwendete ihre geriebensten Agenten und schreckte sogar nicht davor zurück, Verrätereien – wie das schon vorgekommen war – durch die Lockspeise beträchtlicher Geldsummen zu provozieren.

Doch wenn Papineau der Mann war, der offen hervortrat, so gab es noch einen anderen, der im dunkeln und so geheimnisvoll wirkte, daß selbst die bedeutendsten Reformer ihn nur bei den seltensten Gelegenheiten von Auge zu Auge kennengelernt hatten. Um diese Persönlichkeit hatte sich schon eine wirkliche Legende gewoben, die dem Manne einen ganz außergewöhnlichen Erfolg auf den Geist der Massen sicherte: Johann ohne Namen – man kannte ihn eben nur unter dieser rätselhaften Bezeichnung. Es konnte also nicht wundernehmen, daß auch von ihm in dem Gespräche des Generalgouverneurs und seiner Gäste die Rede war.

»Und von diesem Johann ohne Namen«, fragte Sir

John Colborne, »hat man seine Spuren aufgefunden?«

»Noch nicht«, erwiderte der Polizeiminister; »ich habe jedoch alle Ursache zu glauben, daß er in den Grafschaften von Unterkanada aufgetaucht und neuerdings selbst nach Quebec gekommen ist.«

»Wie, und ihre Leute haben ihn nicht anhalten können?« rief Oberst Gore.

»Das ist nicht so leicht, Herr General.«

»Besitzt dieser Mann denn wirklich den Einfluß, den man ihm zuschreibt?« warf Lord Gosford ein.

»Gewiß«, versicherte der Minister, »und ich kann Eurer Herrlichkeit nur sagen, daß dieser Einfluß ein sehr großer ist.«

»Wer ist überhaupt dieser Mann?«

»Darüber hat man eben niemals klarwerden können«, sagte Sir John Colborne, »nicht wahr, lieber Argall?«

»Gewiß, Herr General. Man weiß nicht, wer diese Persönlichkeit ist, woher er kommt oder wohin er geht. So hat er, fast unsichtbar, bei den letzten Aufständen die Hand im Spiele gehabt. Es ist auch gar nicht zweifelhaft, daß Leute wie Papineau, Viger, Lacoste, Vaudreuil, Farran, Grammont, überhaupt alle Führer im gegebenen Augenblicke auf sein Eingreifen rechnen. Dieser Johann ohne Namen ist schon mehr zum übernatürlichen Wesen geworden, vorzüglich in den Landschaften des St. Lorenzo stromaufwärts von Montreal wie stromabwärts von Quebec. Kann man der Legende Glauben schenken, so hat er völlig das Zeug dazu, um Stadt und Land mit sich fortzureißen: eine außergewöhnliche Kühnheit, einen beispiellosen Mut. Dazu kommt, wie schon erwähnt, das Geheimnis, der Reiz des Unbekannten.«

»Sie meinen also, daß er in letzter Zeit einmal nach Quebec gekommen ist?« fragte Lord Gosford.

»Die amtlichen Berichte der Polizei lassen das wenigstens vermuten«, antwortete Gilbert Argall. »Ich habe übrigens auch einen Mann, und zwar einen der tüchtigsten und feinsten, aufgeboten, jenen Rip, der in der Geschichte mit Simon Morgaz so viel Intelligenz entwickelt hatte.«

»Simon Morgaz«, wiederholte Sir John Colborne, »derselbe, der 1825 zu so gelegener Zeit um Geld seine Genossen der Verschwörung von Chambly verraten hatte . . . ?«

»Derselbe.«

»Und weiß man, wo dieser ist?«

»Man weiß nur das eine«, erklärte Gilbert Argall, »daß er, von allen Genossen seiner Rasse, von den durch ihn verratenen französischen Kanadiern in die Acht erklärt, völlig verschwunden ist. Vielleicht hat er die Neue Welt ganz verlassen; vielleicht ist er tot. . . .«

»Nun, könnte man das Mittel, das sich bei Simon Morgaz wirksam erwies«, fragte Sir John Colborne, »nicht auch bei einem der Führer jener Reformer in Anwendung bringen?«

»Rechnen Sie darauf nicht, General«, antwortete Lord Gosford. »Solche Patrioten – diese Anerkennung kann ihnen niemand versagen – sind über jede Bestechung erhaben. Daß sie sich als Feinde der englischen Macht hinstellen und für Kanada dieselbe Unabhängigkeit erträumen, welche die Vereinigten Staaten sich England abgerungen, ist leider nur zu wahr; dabei aber zu hoffen, daß man sie erkaufen, sie durch Zusicherungen von Gold oder Ehren bestimmen könnte, einen Verrat zu begehen – niemals. Ich habe die feste Überzeugung, daß Sie keinen Verräter unter ihnen finden werden!«

»Dasselbe sagte man von Simon Morgaz«, warf dagegen Sir John Colborne ironisch ein, »und er hat seine Genossen dennoch ausgeliefert. Und gerade dieser Johann Namenlos, von dem Sie sprechen, wer weiß, ob dieser nicht käuflich ist . . .«

»Ich glaub' es nicht«, erwiderte lebhaft der Polizeiminister.

»Jedenfalls«, fügte Oberst Gore hinzu, »ist, ob es sich nun darum handelt, ihn zu kaufen oder ihn zu henken, die erste Bedingung, daß man ihn auch hat, und da seine Anwesenheit in Quebec gemeldet worden ist . . .«

In diesen Augenblick erschien an einer der Biegungen der Allee des Gartens ein Mann, der auf zehn Schritte Entfernung stehenblieb.

Der Minister erkannte einen Geheimpolizisten oder vielmehr den »Unternehmer der Polizei«, eine Bezeichnung, die er in jeder Hinsicht verdiente.

Dieser Mann gehörte nämlich nicht zur regulären Brigade Comeaus, des Chefs der anglo-kanadischen Agenten.

Gilbert Argall lud ihn durch ein Zeichen ein, näher zu treten.

»Es ist Rip, vom Hause Rip & Kompanie«, sagte er, sich an Lord Gosford wendend. »Wollen Eure Herrlichkeit erlauben, uns hier seinen Bericht zu erstatten?«

Lord Gosford stimmte durch eine Bewegung des Kopfes zu. Rip näherte sich respektvoll und wartete, bis es Gilbert Argall beliebte, ihn zu fragen, was dieser mit den Worten tat:

»Haben Sie darüber Gewißheit erhalten, daß Johann ohne Namen in Quebec gesehen worden ist?«

»Ich glaube das Euer Ehren versichern zu können.«

»Und wie kam es, daß er da nicht dingfest gemacht wurde?« fragte Lord Gosford.

»Eure Herrlichkeit wollen meine Leute und mich gütig entschuldigen«, antwortete Rip, »wir erhielten aber selbst zu spät Nachricht. Vorgestern war gemeldet worden, daß Johann ohne Namen eines der Häuser der kleinen Champlainstraße besucht haben sollte, und zwar das, welches neben dem Laden des Schneiders Emotand zur Linken liegt, wenn man die Stufen genannter Straßen hinaufsteigt. Ich habe das Haus sofort einschließen lassen. Dasselbe bewohnt ein Herr Sebastian Grammont, ein Rechtsanwalt und Abgeordneter, der in der Reformpartei eine hervorragende Stellung einnimmt. Johann ohne Namen hatte sich daselbst aber nicht gezeigt, obwohl der Abgeordnete Grammont unzweifelhaft mit ihm in Verbindung steht. Unsere Haussuchung ist vergeblich gewesen.«

»Glauben Sie, daß jener Mann sich noch in Quebec aufhält?« fragte Sir John Colborne.

»Das könnte ich Euer Exzellenz nicht mit Bestimmtheit sagen«, erwiderte Rip.

»Sie kennen ihn nicht?«

»Ich habe ihn in der Tat niemals gesehen, und es gibt überhaupt nur wenige Leute, welche ihn kennen.«

»Mag sein, doch welche Richtung dürfte er von Quebec aus eingeschlagen haben?«

»Das weiß ich nicht«, gestand Rip.

»Und was ist Ihre Meinung?« fragte der Polizeiminister.

»Meine Ansicht ist, daß der Mann sich nach der Grafschaft Montreal hingewendet haben dürfte, wo die Agitatoren mit Vorliebe ihr Wesen treiben. Wenn ein Aufstand vorbereitet ist, so wird er wahrscheinlich in diesem Teile Kanadas zum Ausbruch kommen. Ich schließe daraus, daß Johann ohne Namen in einem Dorfe nahe den Ufern des St. Lorenzo versteckt sein wird . . .«

»Ganz recht«, fiel Gilbert Argall ein, »und nach dieser Seite hin werden sich die weiteren Nachforschungen zu bewegen haben.«

»So erlassen Sie die betreffenden Befehle«, sagte der Generalgouverneur.

»Eure Herrlichkeit wird zufriedengestellt werden. Sie Rip, verlassen morgen schon Quebec mit den besten Beamten Ihrer Agentur. Ich selbst werde die Überwachung des Herrn de Vaudreuil und seiner Freunde übernehmen, welch letztere unzweifelhaft viele Zusammenkünfte mit Johann ohne Namen haben. Suchen Sie seine Spuren wiederzufinden, gleichviel durch welches Mittel. Der Herr Generalgouverneur betraut Sie speziell mit dieser Aufgabe.«

»Sie wird treulich erfüllt werden«, versicherte der Chef des Hauses Rip & Kompanie. »Ich reise morgen ab.«

»Wir genehmigen im voraus«, fuhr Gilbert Argall fort, »alles, was Sie zwecks der Gefangennahme des gefährlichen Parteigängers für notwendig halten. Tot oder lebendig – wir müssen ihn haben, bevor er die französisch-kanadische Bevölkerung durch seine Gegenwart zu Gewaltschritten hinzureißen vermag. Sie sind intelligent und geschäftseifrig, Rip, Sie haben das ja vor zwölf Jahren bei dem Falle Morgaz hinlänglich bewiesen. Wir zählen auch hierbei auf Ihren Eifer und Ihren Scharfsinn. Treten Sie ab.«

Rip wollte fortgehen und hatte schon einige Schritte gemacht, als er sich umdrehte.

»Darf ich eine Frage an Euer Ehren richten?« sagte er an den Minister gewendet.

»Eine Frage . . .?«

»Ja, Euer Ehren, und deren Entscheidung ist nötig wegen der wünschenswerten Richtigkeit der Buchführung des Hauses Rip & Kompanie.«

»So sprechen Sie«, sagte Gilbert Argall.

»Ist auf den Kopf Johann ohne Namen schon ein Preis gesetzt?«

»Noch nicht.«

»Das darf aber nicht unterlassen werden«, bemerkte Sir John Colborne.

»Es ist hiermit geschehen«, ließ sich Lord Gosford vernehmen.

»Und welcher?« fragte Rip.

»Viertausend Piaster.«*

»Er ist aber seine sechstausend wert«, antwortete Rip. »Ich werde Reisespesen, Auslagen für Spezialberichterstatter haben . . .«

»Nun wohl, es sei«, sagte Lord Gosford.

»Dieses Geld werden Eure Herrlichkeit nicht zu beklagen haben . . .«

»Wenn es erst verdient ist . . .«, warf der Minister dazwischen.

»Das ist so gut wie geschehen, Euer Ehren.«

Und mit dieser vielleicht etwas gewagten Versicherung

*Der Piaster oder Dollar in Kanada entspricht 4 Mark 20 Pfennig der Reichswährung = 2 Gulden 10 Kreuzer österreichisch.

zog der Chef des Hauses Rip & Cie. sich zurück.

»Ein Mann, der seiner Sache gewiß zu sein scheint, dieser Rip«, bemerkte Oberst Gore.

»Und der unser volles Vertrauen verdient«, setzte Gilbert Argall hinzu. »Übrigens ist dieser Preis von sechstausend Piastern ganz geeignet, seine Schlauheit und seinen Eifer anzuregen. Schon der Fall mit der Verschwörung von Chambly hat ihm eine hübsche Summe eingebracht, und wenn er sein Geschäft liebt, so liebt er nicht minder das Geld, welches es ihm abwirft. Man muß dieses Original eben nehmen, wie es einmal ist, und ich kenne keinen Mann, der mehr geeignet wäre, sich Johanns ohne Namen zu bemächtigen, wenn Johann ohne Namen überhaupt der Mann dazu ist, sich fangen zu lassen.«

Der General, der Minister und der Oberst verabschiedeten sich nun von Lord Gosford. Dann erteilte Sir John Colborne dem Oberst Gore Befehl, unverzüglich nach Montreal aufzubrechen, wo sein Kollege, der Oberst Witherall, ihn erwartete, der beauftragt war, in den Kirchspielen der Grafschaft jede aufrührerische Bewegung im Keime zu verhindern und zu unterdrücken.

Zweites Kapitel

Zwölf Jahre vorher

Simon Morgaz! Ein verabscheuter Name bis hinab in die dürftigsten Hütten der kanadischen Provinzen! Ein Mann, auf dem seit langen Jahren der Fluch des Volkes lastet! Ein Simon Morgaz, das ist der Verräter, der seine Brüder ausgeliefert und sein Vaterland verkauft hat!

Vor allem wird man das in Frankreich verstehen, das »jetzt nicht mehr weiß, wie unversöhnlich der Haß ist, den der Verrat am Vaterland verdient.«

Im Jahre 1825 – zwölf Jahre vor dem Aufstande von

1837 – hatten einige französische Kanadier den Grund gelegt zu einer Verschwörung mit dem Endziel, Kanada der englischen Herrschaft zu entreißen, die so schwer auf ihm lastete. Unerschrockene, tätige, energische Männer mit weitem Blick, zum größten Teil Abkömmlinge der ersten Einwanderer, welche Neufrankreich gegründet hatten, konnten sie sich nicht mit dem Gedanken aussöhnen, daß der Verlust ihrer Kolonie zugunsten Englands ein endgültiger sein sollte. Selbst zugegeben, daß das Land nicht mehr an die Enkel eines Cartier und eines Champlain, die es im 16. Jahrhundert entdeckt hatten, kommen sollte, hatte es nicht wenigstens das Recht, unabhängig zu sein? Ganz gewiß; und um ihm diese Unabhängigkeit zu erwerben, setzten jene Patrioten ihren Kopf aufs Spiel.

Unter ihnen befand sich Herr de Vaudreuil, ein Nachkomme des früheren Gouverneurs von Kanada unter Ludwig XIV. – aus einer jener Familien, deren französische Namen zum großen Teil zu geographischen Namen in der kanadischen Kartographie geworden sind.

Jener Zeit zählte Vaudreuil fünfunddreißig Jahre, denn er erblickte das Licht der Welt 1790 in der Grafschaft Vaudreuil, zwischen dem St. Lorenzo im Süden und dem Ottawa im Norden, an der Grenze der Provinz Ontario.

Die Freunde des Herrn Vaudreuil waren gleich ihm französischer Abstammung, obwohl vielfache Verbindungen mit anglo-amerikanischen Familien die allmähliche Veränderung ihrer ursprünglichen Namen herbeigeführt hatten. Hierzu gehörten der Professor Robert Farran und Montreal, François Clerc, ein reicher Grundbesitzer von Châteaugay, und einige andere, denen Geburt und Reichtum einen fühlbaren Einfluß auf die Bewohnerschaft der Flecken und Dörfer verlieh.

Der eigentliche Anführer der Verschwörung war Walter Hodge, von amerikanischer Herkunft. Obwohl er schon sechzig Jahre zählte, hatte das Alter die Wärme seines Blutes doch noch nicht zu vermindern vermocht.

Während des Unabhängigkeitskrieges gehörte er zu jenen kühnen Freiwilligen, jenen »Skinners«, deren etwas zu wilde Gewalttaten Washington wohl oder übel tadeln mußte, denn ihre Kompanien waren sonst stets bei der Hand, die königliche Armee zu beunruhigen. Bekanntlich haben seit Ende des 18. Jahrhunderts die Vereinigten Staaten Kanada mehrfach aufgefordert, sich der amerikanischen Föderation anzuschließen. Damit erklärt es sich, daß ein Amerikaner wie Walter Hodge sich an dieser Verschwörung beteiligt hatte und sogar deren Leiter geworden war. Er gehörte zu jenen Männern, welche als Wahlspruch die drei Worte angenommen hatten, welche die ganze Monroe-Doktrin enthalten: »Amerika den Amerikanern!«

Walter Hodge und seine Genossen hatten niemals aufgehört gegen die Bedrückungen der englischen Verwaltung, welche allmählich unerträglich wurden, Einspruch zu erheben. Im Jahre 1822 fanden sich ihre Namen in dem Proteste gegen die Vereinigung von Ober- und Unterkanada mit dem der beiden Brüder Sanguinet, welche achtzehn Jahre später neben so vielen anderen Opfern ihren Anschluß an die nationale Partei mit dem Leben büßen sollten. Sie führten den Kampf schriftlich und mündlich, als es sich darum handelte, gegen die ungerechte Verteilung von Ländereien aufzutreten, welche ausschließlich Bürokraten zugesprochen worden, um das englische Element zu verstärken. Persönlich kämpften sie ferner gegen die Gouverneure Sherbrooke, Richmond, Monk und Maitland, beteiligten sich an der Verwaltung der Kolonie und schlossen sich allen Handlungen der oppositionellen Abgeordneten an.

Übrigens war die Verschwörung von 1825, welche ganz bestimmte Ziele im Auge hatte, ohne Mitwirkung der Liberalen der kanadischen Kammer organisiert worden. Wenn Papineau und seine Kollegen Cuvillier, Bédard, Viger, Quesnel und andere auch nichts davon wußten, so konnte Walter Hodge doch auf jene zählen, um die Erfolge derselben, wenn solche errungen wurden, zu sichern. Vor allem handelte es sich nämlich darum, sich der Person des Lords Dalhousie zu versichern, der 1820 für das Amt des Generalgouverneurs der kanadischen Kolonien Amerikas berufen worden war.

Bei seinem Antritt schien Lord Dalhousie eine nachgiebige Politik einhalten zu wollen. Ohne Zweifel verdankte man nur ihm die offizielle Anerkennung des römischen Bischofs von Quebec, und Montreal, Rose, Regiopolis wurden bald darauf die Sitze der Bischöfe. Das britische Kabinett verweigerte aber Kanada hartnäckig, sich selbst zu regieren. Die von der Krone auf Lebenszeit ernannten Mitglieder des gesetzgebenden Körpers waren alle Engländer von Geburt und legten die vom Volk erwählte Vertretung desselben vollständig lahm. In einer Bevölkerung von sechshunderttausend Seelen, welche damals fünfhundertfünfundzwanzigtausend französische Kanadier zählte, wurden Dreiviertel aller Ämter allein von Leuten sächsischer Herkunft verwaltet. Endlich war auch von neuem davon die Rede, den gesetzlichen Gebrauch der französischen Sprache in der ganzen Kolonie ein für allemal zu verbieten.

Um diese Anordnungen zu hintertreiben, bedurfte es nichts Geringeren als eines Gewaltaktes, und der Plan Walter Hodges, Robert Farrans, François Clercs und Vaudreuils ging denn auch dahin, sich des Lords Dalhousie und der hauptsächlichsten Mitglieder des gesetzgebenden Körpers zu bemächtigen, darauf, wenn dieser Staatsstreich gelungen wäre, eine Volksbewegung in den Grafschaften des St. Lorenzo hervorzurufen, eine provisorische Regierung einzusetzen, bis durch allgemeine Wahlen eine Nationalregierung errichtet wäre, und endlich die kanadischen Milizen der regulären Armee entgegenzuwerfen.

Die Verschwörung hätte auch vielleicht Erfolg gehabt; wenn nicht der Verrat eines der Teilnehmer sie zum Scheitern brachte.

Dem Walter Hodge und seinen franko-kanadischen Parteigängern hatte sich ein gewisser Simon Morgaz angeschlossen, dessen Lebensverhältnisse und Abkunft wir hier kurz mitteilen müssen.

Im Jahre 1825 zählte Simon Morgaz fünfundvierzig Jahre. Rechtsanwalt in einem Lande, wo es mehr Rechtsanwälte als Klienten gibt ebenso wie weit mehr Ärzte als Patienten, lebte er in ziemlich dürftigen Verhältnissen zu Chambly, einem kleinen Flecken am rechten Ufer des Richelieu, etwa zehn Lieues (fünf deutsche Meilen) von Montreal, an der anderen Seite des St. Lorenzo.

Simon Morgaz war ein entschlossener Mann, dessen Energie besonders bemerkt wurde, als die Reformer gegen die Handelsweise des englischen Kabinetts protestierten. Sein offenes Benehmen, sein ansprechendes Gesicht machten ihn allen sympathisch. Niemals hätte jemand geargwöhnt, daß die Person eines Verräters sich dereinst aus diesem verführerischen Äußern entpuppen sollte.

Simon Morgaz war verheiratet. Seine um acht Jahre jüngere Frau zählte damals achtunddreißig Jahre, Bridget Morgaz, von amerikanischer Herkunft, war die Tochter des Majors Allen, dessen Mut man im Unabhängigkeitskriege, wo er zu den persönlichen Adjutanten Washingtons gehörte, schätzengelernt hatte. Der vollendetste Typus der Loyalität in ihrer reinsten Gestalt, hätte er für ein gegebenes Wort mit der Ruhe eines Regulus das Leben geopfert.

In Albany, Staat New York, war es, wo Simon Morgaz und Bridget sich begegneten und kennenlernten. Der junge Advokat war von franko-kanadischer Abstammung, ein Umstand, der bei Major Allen ins Gewicht fiel, da dieser seine Tochter niemals einem Manne von englischer Abkunft gegeben hätte. Obwohl Simon Morgaz kein eigenes Vermögen besaß, war dem jungen Haushalt durch das, was Bridget als mütterliches Erbteil zukam, wenn auch kein Reichtum, so doch eine gewisse Wohlhabenheit gesichert. Die Ehe wurde in Albany im Jahre 1806 geschlossen.

Das Leben der beiden Neuvermählten hätte ein recht

glückliches sein können, war das aber keineswegs. Nicht daß Simon Morgaz die Rücksichten gegen seine Gattin aus den Augen gesetzt hätte, im Gegenteil, er bewahrte für sie eine innige Zuneigung – so verzehrte ihn doch eine Leidenschaft – die Spielwut. Das Erbteil Bridgets verschwand binnen wenigen Jahren, und obgleich Simon Morgaz den Ruf eines geschickten Advokaten besaß, reichte seine Tätigkeit als solcher doch nicht hin, um die Lücken in seinem Vermögen wieder auszufüllen. Litt seine Gattin nun zwar nicht geradezu Not, so ertrug sie doch, und zwar mit einer gewissen Würde, so manche Qualen. Bridget machte ihrem Manne keinerlei Vorwürfe. Da ihre Ermahnungen fruchtlos geblieben waren, nahm sie die ihr zugefallene Prüfung mit Resignation, ja, mit rühmenswertem Mute hin, wenn die Zukunft auch schwer bewölkt vor ihr lag.

Bridget hatte diese wirklich nicht für sich allein zu fürchten. In den ersten Jahren ihrer Ehe hatte sie zwei Kindern das Leben gegeben, welche in der Taufe denselben, nur wenig veränderten Vornamen erhielten, was an ihre gleichzeitig französische und amerikanische Abstammung erinnerte. Der Ältere, Joann, war 1807 geboren; der Jüngere, Johann, 1808. Bridget widmete sich ausschließlich der Erziehung ihrer Söhne, Joann war von sehr sanftem Charakter, Johann sehr lebhaften Temperamentes, beide aber energisch unter ihrer Sanftmut und ihrer Lebhaftigkeit. Sie hielten sich sichtlich mehr an ihre Mutter, welche ernsten Sinnes und arbeitsfreudig war und eine liebenswürdige Art und Weise hatte, die Umstände und Verhältnisse anzuschauen, welche Simon Morgaz vollständig abging. Ihrem Vater gegenüber bewahrten die Söhne deshalb wohl einen gewissen Respekt, zeigten aber nichts von der natürlichen Hingebung, von jenem unbegrenzten Vertrauen, welches sonst ein Ausfluß der nächsten Blutsverwandtschaft ist. Ihrer Mutter hingegen bewiesen sie eine Hingebung ohne Grenzen, eine Liebe, die aus dem Kinderherzen nur überquoll, um das ihrige zu erfüllen. Bridget und ihre Söhne waren verbunden durch das doppelte Band der kindlichen Liebe und der mütterlichen Zärtlichkeit, welches nichts zu zerreißen vermag.

Nach der ersten Periode ihrer Kindheit traten Joann und Johann in das Kolleg zu Chambly ein, in welchem sie mit einer Klasse Unterschied einander folgten. Man zählte sie mit Recht zu den ersten Schülern der oberen Abteilungen. Als sie dann zwölf und dreizehn Jahre alt geworden waren, besuchten sie das Kolleg zu Montreal, wo sie sich ebenfalls rühmlich auszeichneten. Noch zwei Jahre, und sie sollten ihre Studien vollendet haben, als die Ereignisse von 1825 eintraten.

Wohnten Simon Morgaz und seine Frau auch nicht in Montreal, wo das Büro des Advokaten mehr und mehr zurückging, so hatten sie sich doch noch ein kleines Haus in Chambly bewahrt. Dort trafen sich Walter Hodge und seine Freunde, als Simon Morgaz dieser Verschwörung beigetreten war, deren erste Handlung, wenn die Verhaftung des Generalgouverneurs geglückt wäre, in der Errichtung einer provisorischen Regierung zu Quebec bestehen sollte.

In dem Flecken Chambly und unter dem Schutze dieser bescheidenen Wohnung konnten sich die Verschwörer für sicherer halten als in Montreal, wo die Polizei mit äußerster Strenge alles überwachte. Trotzdem gingen sie stets mit größter Klugheit vor, um jeden Versuch einer Spionage auf falsche Fährte zu leiten. Sie hatten auch Waffen und Schießbedarf bei Simon Morgaz untergebracht, ohne daß deren Transport je den geringsten Verdacht erregt hätte. In dem Hause zu Chambly also war es, wo die Fäden des Komplottes zusammenliefen und von wo das Signal zur Erhebung ausgehen sollte.

Indessen hatten der Gouverneur und seine Umgebung doch von dem gegen die Krone geplanten Staatsstreich Wind bekommen, und sie ließen vorzüglich diejenigen Abgeordneten scharf überwachen, welche sich durch ihre anhaltende Opposition gekennzeichnet hatten.

Es muß hier jedoch wiederholt darauf hingewiesen

werden, daß Papineau und seine Kollegen von dem Plane Walter Hodges und seiner Parteigänger nichts wußten. Diese hatten den 26. August zur Ergreifung der Waffen bestimmt, welche ebenso ihre Freunde wie ihre Feinde überraschen sollte.

Am Vorabend des Tages wurde das Haus Simon Morgaz' plötzlich von den Agenten der Polizei, letztere unter der Leitung Rips, gerade in dem Augenblicke gestürmt, wo die Verschworenen darin versammelt waren. Diese fanden nicht mehr Zeit, ihre geheimen Schriftstücke zu vernichten oder die Listen ihrer Anhänger zu verbrennen. Die Beamten bemächtigten sich auch der in den Kellern des Hauses versteckten Waffen. Das Komplott war entdeckt, Walter Hodge, Robert Farran, François Clerc, Simon Morgaz, Vaudreuil und noch ein Dutzend anderer Patrioten wurden unter sicherer Bedeckung ins Gefängnis nach Montreal abgeführt.

Die Erklärung hierfür bietet folgendes:

In Quebec befand sich jener Zeit ein gewisser Rip, von anglo-kanadischem Herkommen, der ein Auskunfts- und Nachforschungsbüro für Private leitete, dessen sich aber auch die Regierung zu wiederholten Malen und nicht ohne Nutzen bedient hatte. Sein Geschäft arbeitete unter der Firma Rip & Cie. Eine polizeiliche Angelegenheit war für ihn nichts weiter als eine Geldangelegenheit, und er trug dieselbe in die Bücher ein, wie ein Kaufmann, der Geschäfte in Bausch und Bogen abzuschließen pflegt – so viel für eine Auskunft, so viel für eine Verhaftung und so viel für eine Spionage usw. Er war ein sehr verschlagener und daneben unerschrockener Mann und zu allem zu gebrauchen, der die Hand oder vielmehr die Nase in unendlich vielen Privatangelegenheiten stecken hatte. Ganz frei von jedem Skrupel, besaß er auch nicht einen Schatten von moralischer Empfindung.

Als Rip im Jahre 1825 seine Agentur begründete, zählte er dreißig Jahre. Schon hatte ihm seine bewegliche Physiognomie, sein Geschick, sich zu verkleiden, Gelegenheit verschafft, in verschiedenen Verhältnissen unter wechselndem Namen aufzutreten. Seit einigen Jahren kannte er Simon Morgaz, mit dem er in einigen vor Gericht anhängigen Sachen zusammengetroffen war. Gewisse Eigentümlichkeiten, die jedem anderen ganz bedeutungslos gewesen wären, erweckten in ihm den Gedanken, daß der Advokat bei der Verschwörung von Chambly beteiligt sein müsse.

Er drängte sich nun an jenen mehr heran, suchte seine geheimsten Privatangelegenheiten auszukundschaften und stellte sich wiederholt in seinem Hause ein, obwohl Bridget Morgaz den Widerwillen kaum verbarg, den er ihr einflößte.

Ein auf der Post aufgefangener Brief bewies bald die Beteiligung des Advokaten fast mit aller Bestimmtheit. Der Polizeiminister, der von Rip über das Ergebnis seiner Schritte unterrichtet worden war, empfahl ihm, recht geschickt bezüglich dieses Simon Morgaz vorzugehen, von dem man wußte, daß er immer in drückender Geldverlegenheit schwebte. Da stellte ihm Rip eines Tages diese zwei Alternativen: entweder wegen Landesverrats in Untersuchung genommen zu werden oder die ungeheure Summe von hunderttausend Piastern zu erhalten, wenn er sich dazu verstand, seine Genossen zu nennen und die Einzelheiten des Komplotts von Chambly darzulegen.

Der Advokat schien wie vom Donner gerührt . . . Seine Gefährten verraten . . .! Sie um Geld zu verkaufen . . .! Sie aufs Schafott zu bringen . . .! Und doch, er unterlag, er nahm den Preis für den Verrat an, entschleierte die Geheimnisse der Verschwörung, nachdem ihm die Zusicherung geworden, daß sein gewissenloses Verhalten niemals bekannt würde. Gleichzeitig wurde verabredet, daß die Beamten ihn selbst mit Walter Hodge und seinen Freunden verhaften sollten, daß er von den nämlichen Richtern abgeurteilt werden und das Urteil, welches diese träfe – es konnte kein anderes als ein Todesurteil sein – auch ihn treffen würde. Dann sollte ihm vor Vollstreckung desselben Gelegenheit zur Flucht geboten werden.

Diese verabscheuungswerte Abmachung sollte also das Geheimnis des Polizeiministers, des Chefs vom Hause Rip & Cie. und des Simon Morgaz bleiben. Alles verlief zunächst wie besprochen. An dem von dem Verräter bezeichneten Tage wurden die Verschwörer ahnungslos in dem Hause von Chambly überrascht. Walter Hodge, Robert Farran, François Clerc, Vaudreuil nebst einigen ihrer Genossen ebenso wie Simon Morgaz selbst erschienen am 25. September 1825 auf der Anklagebank des Gerichtshofes.

Auf die Anschuldigungen, welche der Kronadvokat – der Richteradvokat, wie man ihn damals nannte – gegen sie vorbrachte, antworteten die Angeklagten nur mit ganz gerechten und direkten Angriffen gegen das britische Kabinett. Den gesetzlichen *Argumenten* wollten sie nur Argumente, die ihrem Vaterlandsgefühle entstammten, entgegensetzen. Sie wußten ja, daß sie im voraus verurteilt waren und daß nichts sie zu retten vermochte.

Schon währten die Verhandlungen mehrere Stunden und nahmen bisher ihren regelmäßigen Verlauf, als ein Zwischenfall unerwartetes Licht über das Verhalten Simon Morgaz' verbreitete.

Einer der geladenen Zeugen, ein Herr Turner aus Chambly, erklärte, daß der Advokat mehrmals mit dem Chef des Hauses Rip & Cie. verhandelnd gesehen worden sei. Das wirkte wie ein erlösender Blitz. Walter Hodge und Vaudreuil, welche schon eine Zeitlang aus dem merkwürdigen Benehmen Simon Morgaz' Verdacht geschöpft hatten, sahen diesen jetzt durch die Aussagen des Zeugen Turner bestätigt. Um die mit so vorsichtiger Geheimhaltung vorbereitete Verschwörung so kurzerhand zu entdecken, mußte ein Verräter die übrigen denunziert haben. Rip wurde nun mit Fragen bestürmt, welche er nicht ohne Verlegenheit beantworten konnte. Simon Morgaz seinerseits suchte sich zu verteidigen, verwickelte sich aber dermaßen in Widerspruch und gab so eigentümliche Erklärungen ab, daß die Ansicht der Verschworenen ebenso wie der Richter bald vollkommen feststand. Ein Elender hatte seine Genossen verraten, und dieser Verräter war Simon Morgaz.

Da entstand eine nicht einzudämmende Bewegung auf der Bank der Angeklagten und verbreitete sich unter die Zuhörer, welche sich im Sitzungssaale drängten.

»Herr Präsident«, sagte Walter Hodge, »wir verlangen, daß Simon Morgaz von dieser Bank, die durch unsere Gegenwart geehrt, durch die seinige verunglimpft wird, entfernt werde! Wir wollen nicht länger durch die Berührung mit diesem Menschen beschmutzt werden.«

Vaudreuil, Clerc, Farran wie die übrigen schlossen sich Walter Hodge an, der sich nicht zu halten vermochte und sich auf Simon Morgaz gestürzt hatte, welchen die Wachtposten vor seiner Wut schützen mußten. Die Beisitzer nahmen ebenfalls Partei gegen den Verräter und verlangten entschieden, daß man den Reklamationen der Angeklagten Folge gebe. Der Gerichtspräsident mußte Befehl geben, Simon Morgaz zu entfernen und ihn ins Gefängnis zurückzuführen. Die Flüche, welche ihn begleiteten, die Drohungen, welche so viele auf ihn schleuderten, bewiesen, daß man ihn für einen Elenden hielt, dessen Verrat den begeistertsten Verfechtern der kanadischen Unabhängigkeit das Leben kosten sollte.

Wirklich wurden auch Walter Hodge, François Clerc, Robert Farran, welche man als die Hauptführer oder Leiter der Verschwörer von Chambly erkannte, zum Tode verurteilt.

Am zweitfolgenden Tage, am 27. September, starben sie nach einem letzten Appell an den Patriotismus ihrer Brüder auf dem Schafott.

Was die anderen Angeklagten betraf, unter denen sich auch Herr de Vaudreuil befand, so schenkte man diesen, ob sie nun minder belastet erschienen oder die Regierung nur die hervorragendsten Anführer mit der Todesstrafe treffen wollte, noch das Leben. Zu ewiger Kerkerhaft verurteilt, erhielten sie die Freiheit erst 1829 zurück, als eine Amnestie für alle politischen Verbrecher erlassen wurde.

Was aus Simon Morgaz nach der Urteilsvollstreckung geworden war? Nachdem ihm ein Freilassungsbefehl gestattet, dem Gefängnisse in Montreal den Rücken zu kehren, beeilte er sich, von der Bildfläche zu verschwinden.

Der Fluch der Allgemeinheit lastete aber auf seinem Namen und traf dabei auch die armen Wesen, welche an seiner Verräterei doch völlig unschuldig waren. Bridget Morgaz wurde mit roher Gewalt aus dem Hause gejagt, das sie in Montreal bewohnte, ebenso aus dem in Chambly, wohin sie sich während der Untersuchung der Angelegenheit zurückgezogen hatte. Sie mußte auch ihre beiden Söhne wiederaufnehmen, welche aus dem Kolleg ebenso verdrängt worden waren wie ihr Vater von der Bank der Angeklagten im Gerichtssaale.

Als seine Frau mit den Kindern wieder mit ihm zusammengetroffen war, suchte Simon Morgaz seine ehrlose Existenz erst in einem entfernten Flecken, dann aber ganz außerhalb des Distrikts von Montreal zu verbergen.

Bridget hatte jedoch an das Verbrechen ihres Gatten gleich wenig glauben wollen wie die Söhne an das ihres Vaters. Alle vier hatten sich nach dem Dorfe Verchères in der Grafschaft dieses Namens am rechten Ufer des St. Lorenzo zurückgezogen. Sie hofften, daß kein Verdacht sie der öffentlichen Mißfälligkeit überliefern werde. Die Unglücklichen lebten hinfort von den letzten Hilfsmitteln, welche ihnen geblieben waren; denn obwohl Simon Morgaz durch Vermittlung des Hauses Rip den ihm für den Verrat zugesicherten Betrag empfangen hatte, hütete er sich doch, davon gegen seine Frau und seine Söhne etwas merken zu lassen. Ihnen gegenüber behauptete er fortwährend seine Unschuld und verdammte die Ungerechtigkeit der Menschen, welche ihn und seine Familie ins Elend gebracht habe. Mußte er denn nicht, wenn er Verrat geübt hatte, beträchtliche Summen zur Verfügung haben, oder würde er es mit angesehen haben, so weit herunterzukommen, wo das schlimmste Elend sich ihm raschen Schrittes näherte?

Bridget Morgaz hielt an dem Glauben fest, daß ihr

Mann umschuldig sei. Sie freute sich fast ihrer Armut, welche seinen Anklägern doch offenbar unrecht gab. Der Schein war wohl gegen ihn gewesen ... Man hatte ihm aber nicht gestattet, sich auszusprechen ... Er fiel nur einem schrecklichen Zusammentreffen äußerer Umstände zum Opfer ... Eines Tages wird er sich schon rechtfertigen ... Er war ja schuldlos!

Die beiden Söhne angehend, so hätte man in ihrem Benehmen gegen das Haupt der Familie wohl gewisse Unterschiede wahrnehmen können. Der Ältere, Joann, hielt sich meist sehr zurück und wagte gar nicht an den Schandfleck zu denken, der in Zukunft auf dem Namen Morgaz haften würde. Die für und wider sprechenden Umstände, welche sich seinem Geiste zuweilen aufdrängten, suchte er möglichst zu verscheuchen, um sie gar nicht mehr abwägen zu müssen. Er wollte über seinen Vater nicht zu Gericht sitzen, so sehr fürchtete er, daß sein Urteil gegen ihn ausfallen könnte. Er schloß die Augen, schwieg und schlich von dannen, wenn seine Mutter und sein Bruder zu jenes Gunsten sprachen ... Offenbar befürchtete das bedauernswerte Kind, den Mann, dessen Sohn er war, schuldig zu finden.

Johann dagegen nahm eine ganz abweichende Stellung ein. Er glaubte wirklich an die Unschuld des Genossen eines Walter Hodge, Farran und Clerc, soviel Momente denselben auch zu belasten schienen. Erregbarer als Joann und minder Herr des eigenen Urteiles, ließ er sich von den Instinkten der Kindesliebe willenlos hinreißen. Er blieb eben gefesselt durch jene Bande des Blutes, welche die Natur so schwer löslich gemacht hat. Er wollte seinen Vater öffentlich verteidigen. Als er die über Simon Morgaz geführten üblen Nachreden vernahm, drohte ihm das Herz zu zerspringen, und seine Mutter mußte ihn zurückhalten, um einen Skandal zu verhüten.

So lebte die unglückliche Familie unter einem angenommenen Namen in Verchères – aber in tiefem moralischen und materiellen Elende; und man weiß nicht, zu welchen Exzessen sich die Einwohnerschaft des Fleckens hätte hinreißen lassen, wenn ihre Vergangenheit zufällig entschleiert worden wäre.

So war in ganz Kanada, in den Städten wie in den erbärmlichsten Dörfern, der Name Simon Morgaz zum entehrenden Schimpfworte geworden. Man stellte ihn ohne Bedenken mit dem eines Judas zusammen oder speziell mit den Namen Blacks und Deins de Vitrés, welche in der Sprache der französischen Kanadier schon längst mit der Bezeichnung Verräter gleichbedeutend waren.

Im Jahre 1759 nämlich hatte dieser Deins de Vitré, ein Franzose, die Infamie begangen, der englischen Flotte nach Quebec hinein als Lotse zu dienen und Frankreich dadurch diese Hauptstadt zu entreißen, und 1759 hatte jener Black, ein Engländer, den proskribierten Amerikaner Mac Long, der sich ihm anvertraut und der an der Bewegung der Kanadier teilgenommen hatte, seinen Feinden ausgeliefert. Der edle Patriot war gehenkt worden, und dann schnitt man ihm noch den Kopf ab und verbrannte seine Eingeweide, die aus dem Kadaver gerissen worden waren.

Wie man nun früher Black und Vitré gesagt hatte, so sagte man jetzt auch Simon Morgaz – drei Namen, welche dem öffentlichen Fluche verfallen waren.

In Verchères fingen die Bewohner jedoch bald an, sich über die Anwesenheit dieser Familie, deren Herkunft niemand kannte, über deren geheimnisvolles Leben, über das Inkognito, welches sie zu bewahren liebte, ernsthafter zu beunruhigen. Allmählich häufte sich gegen dieselbe ein gewisser Verdacht an, und eines Nachts wurde der Name Black an die Haustüre Simon Morgaz' geschrieben.

Am folgenden Tage hatten seine Frau, die beiden Söhne und er Verchères verlassen. Nach Überschreitung des St. Lorenzo ließen sie sich einige Tage in einem der Dörfer des linken Stromufers nieder; dann, als die Aufmerksamkeit der Leute sich mehr auf sie lenkte, vertauschten sie dieses mit einem anderen. Es war nur noch eine umherirrende Familie, an deren Sohlen sich die allgemeine Verwünschung heftete. Man hätte sagen können, daß die Göttin der Rache, eine lodernde Flamme in der Hand, sie ebenso verfolgte wie in der biblischen Legende den Mörder Abels. Da Simon Morgaz und die Seinigen nirgends festen Fuß zu fassen vermochten, durchzogen sie nacheinander die Grafschaften Assomption, Terrebonne, Deux Montagne und Vaudreuil und gelangten so immer weiter nach Osten, in dünner bevölkerte Gegenden, wo ihnen endlich aber doch der wahre Name ins Gesicht geschleudert wurde.

Zwei Monate nach dem Urteilsspruche vom 25. September hatten der Vater, die Mutter, Joann und Johann bis in die Gebiete von Ontario flüchten müssen. Von Kingston, wo sie in dem Gasthause, das ihnen Unterkunft gewährt hatte, erkannt wurden, mußten sie auf der Stelle weiterwandern. Simon Morgaz gewann kaum Zeit, unter dem Schutze der Nacht zu flüchten. Vergebens hatten Bridget und Johann sich bemüht, ihn zu verteidigen. Sogar sie selbst konnten sich nur mit Mühe einer schlechten Behandlung entziehen, und Joann, der ihren Rückzug deckte, wäre dabei fast noch getötet worden.

Alle vier fanden sich am Rande des Sees, einige Meilen von Kingston, wieder zusammen. Sie beschlossen hier, dem Nordrande desselben zu folgen, um die Vereinigten Staaten zu erreichen, da sie selbst in Oberkanada, welches eigentlich außerhalb des Einflusses der Reformer lag, keinen Schlupfwinkel mehr fanden. Und doch erwartete sie jenseits der Grenze wahrscheinlich der nämliche Empfang, in einem Lande, wo man dem Verrate eines Black gegen einen Bürger der amerikanischen Föderation nach immer fluchte.

Am besten wäre es also gewesen, ein unbekanntes Land zu finden, sich selbst inmitten eines Indianerstammes niederzulassen, bis wohin der Name eines Simon Morgaz jedenfalls noch nicht gedrungen war. Vergeblich. Der Elende wurde überall zurückgestoßen. Überall kannte man ihn, als ob er ein Kainszeichen an der Stirn trüge, das ihn der allgemeinen Verachtung bezeichnete.

Inzwischen nahte sich der November seinem Ende. Welch mühselige Wanderschaft, wenn es nun galt, der schlechten Witterung, dem eisigen Winde, der schrecklichen Kälte Trotz zu bieten, welche den Winter in diesem Lande der Seen begleiten! Beim Durchzuge durch die Dörfer kauften die Söhne dann einige Lebensmittel, während der Vater sich außerhalb jener aufhielt. Sie schliefen, wenn es möglich war, im Grunde verlassener Hütten, sonst aber in Aushöhlungen von Felsen oder unter den Bäumen jener grenzenlosen Wälder, welche das Land bedecken.

Simon Morgaz wurde mit der Zeit immer düsterer und menschenscheuer; er hörte nicht auf, sich vor den Seinigen zu entschuldigen, als ob ein unsichtbarer Verfolger sich an seine Fersen geheftet und immer gerufen hätte: Verräter ...! Verräter! Bald schien es, als wagte er gar nicht mehr seiner Frau und seinen Kindern ins Gesicht zu sehen. Bridget tröstete ihn wohl mit zärtlichen Worten, und wenn Joann noch immer Stillschweigen bewahrte, so hörte doch Johann nicht auf, sich auszusprechen.

»Vater ...! Vater ...!« rief er wiederholt, »laß dich nicht niederdrücken! Die Zeit wird die Verleumder noch entlarven ...! Man wird erkennen, daß man sich geirrt ... daß gegen dich weiter nichts als der Schein spricht. Du, Vater, du sollst deine Freunde, deine Heimat verraten haben ...!«

»Nein ...! Nein ...!« antwortete Simon Morgaz, doch mit so schwacher Stimme, daß man ihn kaum verstehen konnte.

Von Dorf zu Dorf irrend, gelangte die Familie so bis zum nördlichen Ende des Sees, einige Meilen vom Fort Toronto. Folgte sie von hier aus dem Ufer weiter, so galt es nur bis zum Niagaraflusse hinunterzugehen und diesen an der Stelle, wo er sich in den See ergießt, zu überschreiten, um endlich am amerikanischen Ufer zu sein.

Wollte Simon Morgaz hier wohl haltmachen, oder schien es nicht ratsamer, weit tiefer nach Westen hinauszuziehen, um eine so entfernte Gegend zu erreichen, daß das Gerücht von seiner Infamie noch nicht bis dahin gedrungen sein konnte? Doch welchen Ort würde er dann wählen? Seine Frau und seine Kinder wußten darüber nichts, da er immer schweigend vor sich hin wanderte und sie ihm nur zu folgen hatten.

Am 3. Dezember gegen Abend machten die Unglücklichen, von Hunger und Anstrengung erschöpft, in einer Höhle halt, welche von Buschwerk und Dornen halb verdeckt war – wahrscheinlich ein zur Zeit verlassener Schlupfwinkel eines Raubtieres. Die wenigen ihnen noch verbliebenen Nahrungsmittel waren auf dem Sande ausgebreitet worden. Bridget brach unter der Bürde der physischen und moralischen Anstrengungen fast zusammen. Jedenfalls war es unumgänglich, daß die Familie Morgaz im nächsten Dorfe einige Tage die Gastfreundschaft eines Indianerstammes genießen konnte – ein Wunsch, den auch die Kanadier jenen niemals abschlugen.

Vom Hunger zernagt, genossen Joann und Johann ein wenig kaltes Wild. An diesem Abend aber wollten oder konnten Simon Morgaz und Bridget nichts zu sich nehmen.

»Vater, du mußt deine Kräfte erhalten!« bat Johann.

Simon Morgaz antwortete nicht.

»Mein Vater«, sagte da Joann – und das war das erste und einzige Mal, daß er seit dem Fortgange aus Chambly das Wort an ihn richtete – »mein Vater, wir können nicht mehr weiter ... Unsere Mutter würde jeder ferneren Anstrengung unterliegen. Jetzt befinden wir uns ja nahe der amerikanischen Grenze; willst du auch noch über diese hinausgehen?«

Simon Morgaz blickte seinen älteren Sohn an, und seine Augen senkten sich fast sogleich wieder. Joann fuhr fort:

»Sieh doch, in welchem Zustand unsere Mutter sich befindet! Sie kann kaum noch eine Bewegung machen! Diese Erschöpfung raubt ihr auch noch den letzten Rest von Willenskraft, der ihr vielleicht geblieben ... Morgen wird es ihr unmöglich sein, sich zu erheben. Mein Bruder und ich, wir werden sie natürlich tragen ... Doch müssen wir nun wissen, wohin du ziehen willst, und das darf auch nicht allzufern sein. Hast du darüber einen Entschluß gefaßt, Vater?«

Simon Morgaz antwortete nicht; er beugte den Kopf herab und zog sich in den Hintergrund der Höhle zurück.

Die Nacht war hereingebrochen. Kein Geräusch störte die Einsamkeit, dicke Wolken bedeckten den Himmel und drohten sich in einen gleichmäßigen Nebel umzuwandeln. Kein Windhauch strich durch die Luft, nur dann und wann unterbrach ein entferntes Geräusch das Todesschweigen dieser Einöde. Bald begann ein dichter Schnee zu fallen.

Da es ziemlich kalt war, sammelte Johann etwas dürres Holz, das er in einer Ecke nahe dem Eingang in Brand setzte, so daß der Rauch einen Abzug nach außen finden konnte.

Auf einem Lager von trockenem Laub, das Joann zusammengetragen, hingestreckt, blieb Bridget völlig unbeweglich. Das schwache Leben, welches noch in ihr wohnte, verriet sich nur durch mühsame, von langen und schmerzlichen Seufzern unterbrochene Atemzüge. Während Joann ihre Hand gefaßt hielt, beschäftigte sich Johann, das Feuer zu schüren, um die Temperatur wenigstens auf erträglichem Grade zu halten.

Simon Morgaz, der sich halb liegend im Hintergrunde befand und dessen Züge die reinste Verzweiflung widerspiegelten, als habe er Abscheu vor sich selbst, machte ebenfalls keine Bewegung, während der Widerschein der Flammen sein krampfhaft zuckendes Gesicht beleuchtete.

Der Schein des Feuers verdüsterte sich allmählich, und Johann fühlte, daß ihm die Augen wider Willen zufielen.

Er hätte nicht sagen können, wieviel Stunden er in dieser halben Betäubung verharrte, doch kaum erwacht, sah er, daß die letzten Kohlen eben verglimmen wollten.

Johann erhob sich, er warf einen Armvoll Zweige auf

den Herd, den er durch Anblasen wieder in Brand setzte, und in der Höhle ward es wieder hell.

Bridget und Joann befanden sich nebeneinander wie vorher und verhielten sich noch immer regungslos. Simon Morgaz war nicht mehr da, ohne daß jemand ahnte, wie er die Stelle verlassen habe, wo seine Frau und seine Söhne ruhten.

Von trübem Vorgefühl erfüllt, eilte Johann aus der Höhle, als ein scharfer Knall erfolgte.

Bridget und Joann richteten sich schnell auf; beide hatten den Schuß vernommen, der offenbar nur in ganz geringer Entfernung abgefeuert wurde. Bridget stieß einen Schreckensschrei aus, sie erhob sich und trat, gestützt von ihren Söhnen, aus der Höhle.

Alle drei hatten noch keine zwanzig Schritte gemacht, als sie einen auf dem Schnee ausgestreckten Körper entdeckten.

Es war der des Simon Morgaz. Der Unglückliche hatte sich eine Pistolenkugel ins Herz geschossen.

Er war tot.

Joann und Johann wichen entsetzt zurück. Die Vergangenheit trat ihnen vor die Augen. Sollte es doch richtig sein, daß ihr Vater schuldig war, oder hatte er nur in einem Anfall von Verzweiflung diesem Leben, das er nicht mehr zu ertragen vermochte, ein Ende machen wollen?

Bridget hatte sich auf den Leichnam ihres Gatten geworfen, den sie in die Arme schloß . . . Sie wollte nicht an die Ehrlosigkeit des Mannes glauben, dessen Namen sie trug.

Joann hob seine Mutter auf und führte sie in die Höhle zurück, wo sein Bruder und er den Körper seines Vaters an derselben Stelle niederlegten, den dieser vor wenigen Stunden eingenommen hatte.

Eine Brieftafel war seiner Tasche entfallen, Joann hob sie auf, und beim Öffnen derselben quoll ein starkes Paket Banknoten aus derselben hervor.

Das war der Preis, um den Simon Morgaz die Häupter der Verschwornen von Chambly verraten hatte! – Die

Mutter und die beiden Söhne konnten jetzt daran nicht mehr zweifeln.

Joann und Johann knieten neben Bridget nieder.

Jetzt gab es, angesichts der Leiche des Verräters, der an sich selbst Gerechtigkeit geübt, nur noch eine gebrandmarkte Familie, deren Namen mit dem, der ihn entehrt, verschwinden sollte.

Drittes Kapitel

Ein Huronen-Notar

Es hatte sehr triftige Gründe gehabt, daß der Generalgouverneur, Sir John Gosford, der Polizeiminister und der Oberst Gore im Palaste zu Quebec verhandelten, um die Maßregeln zu beraten, welche am geeignetsten schienen, die Schliche der Patrioten aufzudecken und unwirksam zu machen, denn es lag auf der Hand, daß in kurzer Zeit eine Empörung der Bevölkerung französisch-kanadischen Blutes ausbrechen würde.

Wenn aber Lord Gosford und seine Umgebung sich mit vollem Recht beunruhigt fühlten, schien das nicht der Fall zu sein mit einem jüngeren Manne, der am Morgen des 3. September in der Expedition des Herrn Nick am Markte Bon-Secours in Montreal mit einer Schreiberei beschäftigt war.

»Schreiberei« ist vielleicht nicht das richtige Wort, welches die fesselnde Arbeit verdiente, der sich der zweite Schreiber Lionel Restigouche in diesem Augenblick – gegen 9 Uhr morgens – hingab. Eine Reihenfolge ungleich langer Linien mit seinen Schriftzügen entstand da auf einem schönen Bogen bläulichen Papiers, das mit dem meist groben Aktenpapier gar keine Ähnlichkeit zeigte. Zuweilen, wenn Lionel die Hand stillhielt, um einen unklaren Gedanken erst zu überdenken, blickten seine Augen fast ziellos durch das halboffene Fenster und irrten dann nach dem auf dem Jacques-Cartier-Platze zu Ehren des Admirals Nelson errichteten Denkmal. Dann belebte sich sein Auge, die Stirn erheiterte sich, und die Feder eilte wieder weiter, während er den Kopf leise hin- und herwiegte, als schlüge er damit den Takt unter dem Einflusse eines regelmäßigen Rhythmus.

Lionel zählte kaum siebzehn Jahre. Sein fast weibliches Gesicht von ganz französischem Typus erschien recht hübsch; die blonden Haare waren vielleicht etwas lang, die blauen Augen erinnerten aber lebhaft an die Farbe der kanadischen Seen. Hatte er keinen Vater und keine Mutter mehr, so ersetzte ihm der Notar Nick sozusagen beide, denn er liebte den jungen Mann, als wäre er sein leiblicher Sohn.

Lionel befand sich allein in der Expedition; zu dieser Stunde kam niemand, weder einer der Schreiber, welche meist noch einige Geschäftswege zu besorgen hatten, noch auch ein Klient, obwohl das Büro des Herrn Nick eines der besuchtesten der Stadt war. Lionel glaubte sich völlig sicher, jetzt nicht gestört zu werden, und benutzte fleißig diese Muße, bis er endlich seinen Namen mit einem wundervollen Schnörkel unter die letzte Zeile der Seite gesetzt hatte, als er plötzlich rufen hörte:

»Ah, was machst du denn da, mein Junge?«

Es war Herr Nick, dessen Eintritt der junge Schreiber ganz überhört hatte, da ihn seine Konterbande-Arbeit völlig in Anspruch nahm.

Lionels erste Bewegungen gingen dahin, einen Schubkasten zu öffnen, um das fragliche Papier darin verschwinden zu lassen. Der Notar hatte aber mit raschem Griffe das Schriftstück gefaßt trotz des jungen Mannes, der dasselbe vergeblich wieder zu erlangen suchte.

»Was ist denn das, Lionel? Ein Entwurf . . . Eine Abschrift . . . Die Kopie einer Urkunde . . .?«

»Herr Nick, Sie dürfen mir glauben . . .«

Der Notar hatte die Brille aufgesetzt, und mit Stirnrunzeln las er höchst erstaunt die beschriebene Seite.

»Was sehe ich denn da?« rief er. »Verschieden lange

Linien . . .! Weiße Stellen auf der einen, weiße Stellen auf der anderen Seite. Wieviel Tinte ist hier verlorengegangen, wieviel feines Papier durch unnützte Ränder verschwendet worden!«

»Herr Nick«, antwortete Lionel, bis zu den Ohren errötend, »das ist . . . rein aus Zufall . . . so gekommen.«

»Was ist dir aus Zufall gekommen?«

»Verse . . .«

»Verse . . .! Du ergehst dich in Versen . . .? Alle Wetter, genügt dir denn die ehrliche Prosa nicht mehr, eine Urkunde aufzusetzen?«

»Es handelt sich hier nicht um eine Urkunde, wenn Sie erlauben, Herr Nick.«

»Um was handelt es sich denn?«

»Um ein Gedicht, welches ich für einen Wettbewerb in der ›Freundes-Lyra‹ gemacht habe.«

»Die Freundes-Lyra!« rief der Notar. »Bildest du dir vielleicht ein, ich hätte dich in meiner Expedition aufgenommen, um dich als Mitbewerber in der Freundes-Lyra oder irgendeiner anderen parnassischen Gesellschaft auftreten zu lassen? Hab' ich dich deshalb zu meinem zweiten Schreiber erhoben, damit du dich deiner verseschmiedenden Hitze hingeben solltest? Da könntest du ja deine Zeit ebensogut verbringen, auf dem St. Lorenzo herumzugondeln oder als Stutzer in den Alleen von Montreal oder im St.-Helenen-Parke einherzustolzieren! Wahrhaftig, ein Poet im Notariat . . .! Der Kopf eines Schreibers in einer Weihrauchwolke . . .! Damit könnte man seine Kunden schon in die Flucht jagen.«

»Zürnen Sie nicht, Herr Notar«, antwortete Lionel bittenden Tones. »Wenn Sie nur wüßten, wie vortrefflich sich unsere melodiöse französische Sprache zur Poesie eignet! Sie bietet sich fast von allein an für jeden Rhythmus, jede Kadenz und den schönsten Wohlklang . . .! Unsere Dichter Lemay, Elzéar, Labelle, François Mons, Chapemann, Octave Crémazie . . .«

»Herr Crémazie, Chapemann, Mons, Labelle, Lemay versehen auch, soviel ich weiß, nicht die wichtigen Funktionen eines zweiten Schreibers. Sie werden nicht, von Tisch und Wohnung ganz zu schweigen, mit sechs Piastern monatlich bezahlt«, setzte Herr Nick hinzu. »Sie haben keine Kaufkontrakte, keine Testamente aufzusetzen und können also leicht nach Belieben pindarisieren.«

»Herr Nick ... nur ein einziges Mal ...«

»Schon gut, es mag ja sein ... Du hast ein einziges Mal Laureat in der Freundes-Lyra werden wollen?«

»Ja, Herr Nick, ich hatte diese törichte Anmaßung.«

»Und könnte ich erfahren, was dein Gedicht eigentlich behandelt ...? Gewiß eine dithyrambische Anrufung der Tabellionoppe, der Muße des vollkommenen Notars?«

»Oh!« stieß Lionel mit einer abwehrenden Handbewegung hervor.

»Nun also, wie betitelt es sich denn, dein Reimgeklingel?«

»Das Irrlicht!«

»Das Irrlicht«, rief Herr Nick; »was, du singst Irrlichter an?«

Der Notar schwebte schon in Gefahr, sich mit Poltergeistern, Elfen, Dämonen, mit Kobolden, Wassernixen, Asen, Gnomen und allen poetischen Gestalten der skandinavischen Mythologie umherschlagen zu müssen, als der Briefträger an der Tür klopfte und auch schon auf der Schwelle erschien.

»Ah, Sie sind es, guter Freund«, sagte Herr Nick, »ich hätte Sie bald für ein Irrlicht gehalten.«

»Für ein Irrlicht, Herr Notar?« antwortete der Briefträger. »Sehe ich denn etwa aus wie ...«

»Nein ...! Nein ...! Sie sehen ganz aus wie ein Postbote, der mir einen Brief bringt.«

»Hier ist er, Herr Notar.«

»Ich danke, guter Freund.«

Der Briefträger zog sich in demselben Augenblicke zurück, wo der Notar nach einem Blick auf die Adresse das Schreiben hastig erbrach.

Lionel konnte jetzt sein Papier zurücknehmen und steckte es in die Tasche.

Herr Nick las den Brief mit größter Aufmerksamkeit und drehte dann das Kuvert noch einmal um, um den Stempel und das Datum nachzusehen. Der Umschlag trug den Stempel des Postamtes von St. Charles, einem kleinen Flecken in der Grafschaft Verchères, und das Datum des 2. September, also des Vortages. Nachdem er wenige Augenblicke überlegt, kam der Notar auf seine Brandrede gegen die Dichter wieder zurück.

»Ah, du huldigst den Musen, Lionel... Nun, zur Strafe wirst du mich nach Leval begleiten und wirst unterwegs genügende Zeit haben, weitere Verse zu drechseln.«

»Drechseln, Herr Notar...«

»Wir müssen binnen einer Stunde aufgebrochen sein, und wenn wir draußen auf dem Lande etwa Irrlichtern begegnen, so wirst du denselben dein Kompliment machen.«

Hiermit begab sich der Notar in sein Kabinett, während Lionel sich zu dem kleinen Ausfluge vorbereitete, der ihm übrigens gar nicht mißfiel. Vielleicht gelang es ihm dabei, seinen Herrn Principal auf wohlwollende Gedanken gegen die Poesie im allgemeinen und auf die Schoßkinder Apollos zu bringen, selbst wenn diese Schreiber bei einem Notar waren.

Im Grunde war dieser Herr Nick ein vortrefflicher Mann und hochgeschätzt wegen der Sicherheit seines Urteils und der Verläßlichkeit seiner Ratschläge. Er zählte jetzt fünfzig Jahre. Seine einnehmenden Züge, das breite, meist strahlende Gesicht zwischen dem Wellenrahmen lockigen, früher sehr schwarzen, jetzt etwas mit Grau durchsetzten Haares, seine lebhaften freundlichen Augen, der Mund mit ausgezeichneten Zähnen, die lächelnden Lippen, das liebenswürdige Benehmen, endlich seine gute und als solche ansteckende Laune – alles das zusammen machte ihn zu einer allgemein beliebten Persönlichkeit. Als besondere Kennzeichen erwähnen wir die etwas düster ins Rötliche spielende Hautfarbe des Herrn Nick, welche die Vermutung nahelegte, daß ein

Teil Indianerblut in seinen Adern rollen möchte.

Das war wirklich der Fall, und der Notar machte auch gar kein Hehl daraus. Er entstammte den ältesten Völkerschaften des Landes – denen, die hier ansässig waren, ehe noch Europäer den Ozean überschritten hatten, um das Land einzunehmen. Jener Zeit wurden zwischen Abkömmlingen der französischen und solchen der eingeborenen Rasse viele Ehen geschlossen. Die St. Eastin, die Enaud, die Népisigny, die Entremont und andere wurden zu Stammvätern neuer Geschlechter und stiegen sogar zu Häuptlingen wilder Stämme empor.

Herr Nick war durch seine Vorfahren also Hurone, d. h., er stammte aus einer der vier großen Familien des indianischen Zweiges ab. Obwohl er den Namen Nicolas Sagamore zu führen berechtigt gewesen wäre, nannte man ihn doch nur einfach Herr oder auch Meister Nick – er gab sich damit zufrieden und machte keine höheren Ansprüche.

Es war übrigens bekannt, daß seine Rasse keineswegs erloschen war. In der Tat herrschte einer seiner unzähligen Vettern und Häuptling der Rothäute über eine der Huronensippen, welche sich meist im Norden der Grafschaft Laprairie, westlich des Distrikts von Montreal, aufhielt.

Man braucht sich nicht im geringsten zu verwundern, daß solche Eigentümlichkeiten noch immer in Kanada angetroffen werden. Ouebec hatte erst unlängst einen ehrenwerten Amtsschreiber, der seiner Herkunft nach berechtigt gewesen wäre, den Tomahawk zu schwingen und den Kriegsschrei an der Spitze einer Irokesentruppe auszustoßen. Zum Glück gehörte Meister Nick nicht zu jenem Stamme treuloser Indianer, welche sich meist mit den Unterdrückern verbanden. Er hätte das gewiß auch sorgsam verhehlt. Nein, er als Sprößling der Huronen, welche mit den französischen Kanadiern fast stets Freundschaft hielten, hatte keine Ursache zu erröten. Auch Lionel war stolz auf seinen Brotherrn als unzweifelhaften Sprossen der großen Häuptlinge Amerikas, und er sehnte nur die Gelegenheit herbei, deren hohe Taten in seinen Versen zu preisen.

In Montreal hatte Herr Nick fortwährend eine kluge Neutralität zwischen den beiden politischen Parteien bewahrt, da er ja weder französischer Kanadier noch Anglo-Amerikaner war. So schätzten ihn alle, alle holten sich bei ihm Rat, mit dem er nicht knauserig feilschte. Man hätte fast glauben können, daß die angeerbten Instinkte in ihm einer Veränderung unterlegen waren, denn bisher hatte er niemals etwas von den kriegerischen Neigungen seiner Rasse in sich aufkeimen gespürt. Er war eben nur Notar – ein vollkommener, gefälliger und gerne Frieden stiftender Notar. Übrigens schien er nie das Verlangen empfunden zu haben, den Namen der Sagamores fortzupflanzen, denn er hatte sich bisher kein Weib erwählt, noch dachte er je an einen solchen Schritt.

Wie erwähnt, machte Herr Nick sich fertig, die Expedition in Begleitung seines zweiten Schreibers zu verlassen. Es handelte sich nur um einen Ausflug von wenigen Stunden, und seine alte Haushälterin Dolly sollte ihn zum Mittagessen erwarten.

Die Stadt Montreal ist auf der Südküste einer der Inseln des St. Lorenzo erbaut. Diese zehn bis elf Lieues lange und fünf bis sechs Lieues breite Insel nimmt einen ziemlich großen Raum in einer Ausweitung des Stromes, ein wenig talaufwärts von der Einmündung des Ottawaflusses, ein. Hier war es, wo Jacques Cartier das Indianerdorf Hochelaga entdeckte, welches 1646 durch den König von Frankreich der Kongregation des heiligen Sulpitius eingeräumt wurde. Die Stadt, die ihren Namen von dem Mont-Royal, der sie beherrscht, herleitet, zählte, dank ihrer der Entwicklung des Handels sehr günstigen Lage, bereits im Jahre 1760 sechstausend Einwohner. Sie dehnt sich am Fuße des malerischen Hügels aus, aus dem man einen prächtigen Park geschaffen hat, welcher mit einem anderen auf dem Eilande St. Helena gelegenen Parke den Vorzug teilt, die größte Menge von Spaziergängern aus Montreal anzulocken. Eine schöne, drei

Kilometer lange – 1837 aber noch nicht vorhandene – Röhrenbrücke verbindet die Stadt mit dem rechten Stromufer.

Montreal ist eine große Stadt geworden und zeigt einen moderneren Anstrich als Quebec, wodurch es gleichzeitig an malerischem Reiz einbüßen mußte. Eines Besuches wert sind daselbst entschieden die beiden Hauptkirchen, die amerikanische wie die katholische, ferner die Bank, die Börse, das allgemeine Krankenhaus, das Theater, das Kloster Notre-Dame, die protestantische Universität Mac Gills und das Seminar des heiligen Sulpitius. Die Stadt ist nicht zu groß für die hundertvierzigtausend Einwohner, welche sie augenblicklich zählt und unter denen das amerikanische Element auch heute nur den dritten Teil bildet – immerhin ein Verhältnis, welches das in anderen kanadischen Städten noch übertrifft.

Im Westen erhebt sich das englische oder vielmehr schottische Quartier, welches die alten Bewohner des Landes »Die kleinen Röckchen« zu nennen pflegten, im Osten das französische. Die beiden Rassen vermischten sich um so weniger, weil alles, was mit Handel, Gewerbe oder Bankwesen zusammenhing – mindestens gegen das Jahr 1837 –, einzig in den Händen von Bankiers, Gewerbetreibenden und Kaufleuten englischen Ursprungs vereinigt war.

Die herrliche Wasserstraße des St. Lorenzo trägt wesentlich bei zur Blüte dieser Stadt, da sie diese nicht nur mit den Grafschaften von Kanada, sondern auch mit Europa in Verbindung setzt, ohne daß in New York eine Umladung zugunsten der Frachtschiffe der Alten Welt notwendig wäre.

Nach dem Beispiele der reichen Handelsherren Londons trennen auch die Montreals gerne die Familienwohnung von dem Geschäftshause. Nach dem Schlusse des letzteren begeben sie sich nach den nördlichen Stadtteilen, nach den Abhängen des Mont-Royal oder der kreisförmigen Allee, welche seinen Fuß umrahmt. Hier erheben sich Privatgebäude, welche zuweilen das Aussehen von Palästen haben, neben in lauschigem Grün versteckten Villen. Außerhalb dieser wohlhabenden Quartiere sind die Irländer sozusagen in ihrem Ghetto der St. Anna, an der Mündung des Kanals von Lachine, am linken Ufer des St. Lorenzo eingezwängt.

Herr Nick besaß recht ansehnliches Vermögen. Wie es die Vornehmen der Handelswelt tun, hätte auch er sich leicht wohl jeden Abend in eine der aristokratischen Wohnungen der oberen Stadt unter dem dichten Schatten von St. Antoine zurückziehen können. Er gehörte aber zu den Notaren alten Schlages, deren Horizont mit den Mauern ihrer Schreibstube zusammenfällt und welche ihren Namen ganz besonders rechtfertigen, da sie Tag und Nacht Kontrakte, Urkunden und ihnen anvertraute Familienpapiere überwachen. Der Nachkomme der Sagamores wohnte also in seinem alten Hause des Marktplatzes Bon-Secours. Aus diesem trat er auch am Morgen des 3. September in Begleitung seines zweiten Schreibers, um den Wagen zu benützen, der regelmäßig den Dienst zwischen der Insel Montreal und der Insel Jesus versieht, welche beide durch einen Mittelarm des St. Lorenzo getrennt sind.

Vorher begab Herr Nick sich nach dem Bankgebäude, wobei er breite, mit reichen Magazinen ausgestattete und von der Stadtverwaltung Montreals sorgsam gepflegte Straßen durchschritt. Vor dem Hotel der Bank angelangt, beorderte er Lionel, im Vorraume desselben zu warten, begab sich nach der Hauptkasse, kam nach Verlauf einer Viertelstunde wieder heraus und wendete sich nun nach dem Büro des öffentlichen Fuhrwesens.

Der betreffende Wagen war eines jener mit einem Zweigespann ausgerüsteten Gefährte, welches man in kanadischer Sprache »Buggies« nannte. Diese Art Wurstwagen mit vielleicht weichen, jedenfalls haltbaren Federn sind darauf eingerichtet, die sehr harten Landstraßen ohne Schaden auszuhalten. Sie können etwa ein halbes Dutzend Fahrgäste aufnehmen.

»Ah, da ist ja unser Herr Nick!« rief der Kutscher, als

er von ferne den Notar bemerkte, der immer und überall mit dieser halbvertraulichen Anrede begrüßt wurde.

»In eigener Person und in Begleitung meines Schreibers«, antwortete Nick in dem ihm geläufigen gutmütigen Tone.

»Sie befinden sich doch wohl, Herr Nick?«

»Gewiß, Tom. Achtet nur darauf, Euch ebenso wohl zu befinden wie ich. Richtet Euch nicht durch Arzneimittelchen zugrunde . . .!«

»Und auch nicht durch Ärzte«, setzte Tom hinzu.

»Wann fahren wir ab?« fragte Herr Nick.

»Sogleich.«

»Haben wir noch Gesellschaft im Wagen?«

»Bis jetzt nicht«, erwiderte Tom, »vielleicht aber kommt noch jemand im letzten Augenblick.«

»Ich wünschte es . . . Ja, ich wünschte es, Tom! Ich plaudere gerne ein wenig unterwegs und habe die Bemerkung gemacht, daß man, um plaudern zu können, nicht allein sein darf.«

Aller Wahrscheinlichkeit nach sollte dieser so naiv ausgedrückte Wunsch des Herrn Nick aber unerfüllt bleiben. Die Pferde waren schon angespannt. Tom klatschte laut mit seiner Peitsche, doch kein Fahrgast fand sich im Büro ein.

Der Notar nahm also im Wagen auf der hinteren Bank Platz, und Lionel setzte sich schnell neben ihn. Einen letzten Blick warf Tom nach beiden Richtungen der Straße hin, dann bestieg er seinen Sitz, ergriff die Zügel, pfiff seinen Tieren, und die rasselnde Maschine kam in Bewegung gerade zur Zeit, als einige Vorübergehende, welche Nick kannten –, und wer kannte den vortrefflichen Mann auch nicht! – ihm noch glückliche Reise wünschten, was er durch eine dankende Handbewegung erwiderte.

Der Wagen klomm nach den oberen Stadtteilen hinan in der Richtung nach dem Mont-Royal; der Notar schaute ebenso aufmerksam wie der Rosselenker nach rechts und nach links hinaus, wenn beide auch verschiedene Gründe dafür hatten. Es schien aber, als ob gerade an diesem Morgen kein Mensch das Bedürfnis habe, sich nach dem Norden der Insel befördern zu lassen, noch Herrn Nick gesprächsweise Antwort zu geben. Nein, nicht ein einziger Gesellschafter, und doch hatte der Wagen bereits die Ringpromenade erreicht, welche zu dieser Tageszeit noch menschenleer zu sein pflegte, und bewegte sich unter mäßigem Trabe seines Gespanns längs derselben weiter.

Da rannte ein Individuum auf den Wagen zu und machte dem Kutscher Zeichen, die Pferde anzuhalten.

»Habt Ihr noch einen Platz?« fragte er.

»Einen und auch ›dree‹«, antwortete Tom, der seiner Gewohnheit nach diese Silbe nach kanadischer Mundart aussprach, wie der gewöhnliche Mann für zwei bei uns »zwee« sagt.

Der Reisende nahm auf der Bank vor Lionel Platz, nachdem er Herrn Nick und dessen Schreiber gegrüßt hatte. Der Wagen rollte in langsamem Trabe weiter, und wenige Minuten später bei der Straßenbiegung am Mont-Royal verschwanden die mit Weißblech bedeckten Dächer der Stadt, welche in der Sonne wie ebenso viele silberne Spiegel erglänzten.

Der Notar hatte den neuen Ankömmling nicht ohne innere Befriedigung einsteigen sehen; so konnte man während der vier Lieues, welche Montreal vom oberen Arme des St. Lorenzo trennen, doch ein wenig plaudern. Es schien aber nicht, daß der Fahrgast in der Stimmung sei, sich in ein solches Gelegenheitsgespräch verwickeln zu lassen. Nachdem er sich Herrn Nick und Lionel kurz betrachtet, machte er es sich in seiner Ecke bequem und schien mit halbgeschlossenen Augen seinen eigenen Gedanken nachhängen zu wollen.

Es war ein junger Mann von kaum neunundzwanzig Jahren. Der hohe Wuchs, die energischen Züge, der kräftige Körperbau, der männliche Ausdruck des Gesichtes mit der hohen Stirne und schwarzen Haaren darüber stempelten ihn zum vollständigen Typus der franko-kanadischen Rasse. Wer er war, woher er komme – das wußte Meister Nick, der doch fast alle Welt kannte, nicht; jedenfalls hatte er ihn noch niemals gesehen. Betrachtete er den jungen Mann jedoch mit mehr Aufmerksamkeit, so schien es, daß derselbe trotz seiner jungen Jahre wohl schon manche harte Prüfung bestanden und sich durch die Schule des Unglücks durchgerungen habe.

Daß der Unbekannte der Partei angehörte, welche für die nationale Unabhängigkeit kämpfte, zeigte sich schon an seiner Kleidung. Er trug sie beinahe wie jene unerschrockenen Abenteurer, welche man noch jetzt mit dem Namen »Waldläufer« bezeichnet; den Kopf bedeckte eine blaue »Tuque«, und seine Kleider – eine Art über der Brust sich kreuzender Mantel, Beinkleider von grobem grauen Gewebe und an der Taille durch einen roten Gürtel gehalten – bestanden einzig aus »Stoffen des Landes«.

Man erinnere sich hierbei, daß diese einheimischen Stoffe einem politischen Proteste gleichkamen, welcher die aus England eingeführten Manufakturwaren ausschloß. Es war das einer der tausend Kniffe, um der Autorität der Hauptstadt zu trotzen, und dieses Beispiel war schon vor längerer Zeit einmal gegeben gewesen.

Hundertfünfzig Jahre früher hatten die Bostoner ja aus Haß gegen Großbritannien den Genuß des Tees in die Acht erklärt. Und so wie damals sich nur die Royalisten nicht daran kehrten, so versagten sich jetzt die Kanadier die Benutzung der im Vereinigten Königreich hergestellten Stoffe. Herr Nick in seiner Eigenschaft als Neutraler trug freilich Beinkleider von kanadischer und einen Überrock von englischer Herkunft. In das patriotische Kostüm Lionels hatte sich indes kein Fädchen verirrt, das jenseits des Atlantischen Ozeans gesponnen gewesen wäre.

Das Gefährt rollte indessen ziemlich schnell über die holprigen Wege der Ebenen, welche die Insel Montreal bis zum Mittellaufe des St. Lorenzo einnehmen. Wie schlich die Zeit langsam hin für Herrn Nick mit seiner plauderseligen Natur! Da der junge Mann aber nicht geneigt schien, das Wort zu ergreifen, mußte er sich schon auf Lionel beschränken und tat das in der Hoffnung, daß ihr Reisegefährte sich schon zuletzt in das Gespräch mischen werde.

»Nun also, Lionel, dein Irrlicht?« fragte er.

»Mein Irrlicht ...?« antwortete der junge Schreiber betroffen.

»Ja, ich sehe mir die Augen müde, kann aber auf der ganzen Ebene keines entdecken.«

»Das liegt an der Helligkeit des Tages, Herr Nick«, erklärte Lionel entschlossen, auf diesen scherzenden Ton einzugehen.

»Wenn wir vielleicht das alte Lied anstimmten:

Vorwärts, lustig, Bruder Kobold,
Vorwärts, lustig, Nachbar mein ...!

Doch nein, der ›Bruder‹ gibt keine Antwort. ›Ei, Lionel, du kennst doch wohl das Mittel, sich vor den Neckereien der Irrlichter zu schützen?«

»Gewiß, Herr Nick. Man braucht sie nur zu fragen, der wievielte Tag nach Weihnachten ist, und da sie das nicht gleich wissen, hat man Zeit, sich zu retten, während sie auf eine Antwort sinnen.«

»Ich sehe, daß du in den Überlieferungen bewandert bist. Nun, vielleicht zeigt sich uns doch eines im Laufe der Fahrt, wenn wir ein wenig von dem plaudern, das du in der Tasche eingesperrt hast.«

Lionel errötete leicht.

»Sie wollten ... Herr Nick ...?« versetzte er.

»Natürlich, mein Junge, das wird uns immerhin eine oder zwei Viertelstunden vertreiben.«

Dann wandte sich der Notar direkt an den jungen Mann:

»Einige Verse werden Sie nicht belästigen, mein Herr?« fragte er lächelnd.

»Nicht im mindesten!« versetzte der Reisende.

»Es handelt sich um ein Gedicht, welches mein Schreiber angefertigt hat, um an einem Wettbewerbe in der

Freundes-Lyra teilzunehmen. Diese jungen Burschen halten sich zu allem fähig ... Vorwärts denn, junger Poet; schieße los ... wie die Artilleristen sagen!«

Lionel, aufs höchste befriedigt, einen Zuhörer zu haben, der vielleicht etwas nachsichtiger war als Herr Nick, zog das bläuliche Papier hervor und las wie folgt:

Das Irrlicht

Der unfaßbare Geisterlichtschein,
Der abends leuchtend sich erhebt
Und der in tiefen nächt'gen Schatten,
Nicht auf dem Meer, nicht auf dem Land
Die schwächsten Spuren hinterläßt ...

Dies Licht, bereit, stets zu verlöschen,
Hier bläulichen, dort fahlen Scheins ...
Um zu erforschen, was es wäre,
  Müßt' einer es erst fangen können,
Doch fängt man nur ein Irrlicht ein!

»Ja«, fiel Herr Nick ein, »fange es nur und ziehe es auf Flaschen. Na, fahre nur fort, Lionel.«

Man sagt – wer mag genau es wissen?
Der Wasserstoff des Bodens sei's;
Ich glaube eh'r, daß es im Fluge
Von himmelweiten Sternen herkommt,
Von Wega, Lyra, von Algol.

»Das sieht dir ähnlich, mein Junge«, sagte Meister Nick kopfnickend. »Ja, das ist so deine Sache!«

Lionel fuhr fort:

Doch ist's nicht einer Sylphe Atem,
Nicht eines Kobolds glüh'nder Hauch,
Der leuchtend aufzieht und verschwindet,
Wenn sich verhüllt die weite Ebene

Im Dämmerlicht des Morgenscheins?

Ist es etwa von Geisterfackeln
Ein feiner Strahl, der sich aufs Stroh
Des Kelterhauses niedersenkte,
Sobald der Mond mit fahlem Glanze
Am Abendhorizont sich hebt?

Vielleicht die leuchtend reine Seele
Von einer Fee, die Frieden sucht
Weit außerhalb der bösen Erde,
Und gleich der Sammlerin von Ähren,
Die furchtlos suchend weiterzieht?

»Vortrefflich«, fiel Herr Nick ein. »Bist du zu Ende mit deinen schreibenden Vergleichen?«

»O nein, Herr Nick«, antwortete der junge Schreiber. Dann fuhr er mit folgenden Worten fort:

Wär's nur die Wirkung eines Spiegels,
Die Folge von bewegter Luft
Am minder hellen Horizonte,
Wär' es nach tobendem Gewitter
der letzte Schein von einem Blitz?

Stammt es von einer Feuerkugel,
Von einem Himmelsmeteor,
Das bei dem Fluge durch die Lüfte
Ein glüh'nder Körper erst gewesen,
Von dem nun gar nichts übrigblieb?

Ach, oder ist es auf dem Felde,
Dess' Furchen es so schwach bescheint,
Aus fernen Nordlichts Farbenkranze
Verirrt nur eine Strahlenlanze,
Gleich einem nächt'gen Schmetterling?

»Was denken Sie wohl über diesen Troubadour-Wortschwall, mein Herr?« fragte Meister Nick hier den Reisenden.

»Ich denke, mein Herr«, erwiderte dieser, »daß Ihr junger Schreiber mit nicht geringer Phantasie begabt ist, und bin wirklich neugierig, womit er sein Irrlicht noch weiter vergleichen könnte.«

»Lies weiter, Lionel!«

Lionel hatte leise errötend den Lobspruch des jungen Mannes angehört, und mit schwach zitternder Stimme fuhr er fort:

Wär' es in diesen Todesstunden,
Wo, was da lebt, ermattet schläft,
Ein Banner mit gebroch'nen Falten,
Das hier ein Engel zum Gedächtnis
Der Hingeschied'nen flattern läßt?

»Brr . . .!« machte Herr Nick.

Ach, oder ist's in dunklen Nächten,
Wenn die bestimmte Stunde kam,
Ein deutungsvolles Flammenzeichen,
Das uns're Erde aus dem Schatten
Zum unbekannten Himmel schickt?

Das wie ein Leuchtturm am Gestade
Den Geistern, die die Weltenräume
Verirrt durchwandern, hilflos suchend,
Die fernen, weiten Himmelstore,
Den Hafen alles Ird'schen zeigt?

»Sehr gut, junger Dichter!« sagte der Fremde.

»Ja, ja, nicht gerade schlecht«, fügte Herr Nick hinzu. »Wo der Teufel, Lionel, wo nimmst du denn das alles her . . .? Es ist nun wohl zu Ende?

»Nein, Herr Nick«, entgegnete Lionel, und mit mehr gehobener Stimme las er:

Doch wär's die Liebe, junge Dirne,
Die deine Augen blenden soll – –
Beeile dich, um zu entfliehen,
Behüt' das Herze dein – das Feuer
Des Irrlicht's glänzt, doch wärmt es nicht!

»Da hätten wir sie ja, die jungen Mädels!« rief Herr Nick; »es hätte mich auch schier verwundert, wenn in diesen anakreontischen Akkorden ganz und gar nicht von Liebe die Rede gewesen wäre. Nun freilich, bei seinen Jahren . . .? Was denken Sie darüber, mein Herr?«

»Nun, in der Tat«, antwortete der Reisende, »ich hege die Überzeugung . . .«

Der junge Mann unterbrach sich beim Anblick einer Gruppe an der Böschung der Straße stehender Männer, von denen einer dem Kutscher ein Zeichen gab anzuhalten.

Dieser parierte die Pferde, und die Männer näherten sich dem Wagen.

»Ah, da ist ja Herr Nick, wenn ich nicht irre«, rief einer der Leute, höflich den Hut ziehend.

»Und da der Herr Rip!« erwiderte der Notar, der heimlich hinzusetzte:

»Alle Teufel, jetzt heißt's in acht nehmen!«

Zum Glück bemerkten weder Herr Nick noch sein Schreiber oder der Führer des Wagens die Veränderung, welche in der Physiognomie des Unbekannten vor sich ging, als der Name Rip ausgesprochen wurde. Sein Gesicht war blaß geworden, zeigte aber nicht die Blässe des Schreckens sondern die, welche durch einen entsetzlichen Abscheu erzeugt wird. Augenscheinlich durchzuckte ihn der Gedanke, sich auf den Mann zu stürzen. – Er wandte aber den Kopf ab, und so gelang es ihm, sich zu beherrschen.

»Sie sind wohl auf dem Wege nach Laval, Herr Notar?« nahm Rip wieder das Wort.

»Wie Sie sehen, Herr Rip; Geschäfte, die mich dort wenige Stunden aufhalten werden, doch hoff' ich, noch diesen Abend in Montreal zurück zu sein.«

»Das liegt ja ganz bei Ihnen.«

»Und was machen Sie da mit Ihren Leuten?« fragte Meister Nick. »Immer auf der Lauer zum Besten der Regierung! Hatten Sie etwa Missetäter verhaftet? Bah, da ist leicht verhaften, wenn diese sich wie das Unkraut vermehren! Wahrlich, diese Sorte täte besser, sich einmal zu achtbaren Leuten zu verwandeln ...«

»Ganz recht, mein Herr Nick, doch dazu fehlt ihnen der Beruf.«

»Der Beruf! Immer der alte Witzbold, der Herr Rip. Sind Sie vielleicht aber auf der Spur eines Staatsverbrechers?«

»Verbrecher für die einen und Held für die anderen«, erklärte Rip, »das kommt auf den Gesichtspunkt an.«

»Was haben Sie denn läuten hören?«

»Man hat von der Insel aus die Anwesenheit des berüchtigten Johann ohne Namen gemeldet ...«

»Ah, der berühmte Johann ohne Namen! Ja, die Patrioten haben ihn zum Helden gestempelt, und das mit gutem Grunde. Es scheint jedoch, Ihre allergnädigste Majestät ist nicht derselben Ansicht, da der Minister Gilbert Argall Sie auf die Suche nach ihm geschickt hat.«

»Ganz richtig, Herr Nick.«

»Und Sie sagen, man habe ihn, den geheimnisvollen Agitator, auf der Insel Montreal gesehen?«

»Man behauptet das wenigstens«, antwortete Herr Rip, »obwohl ich anfange daran zu zweifeln.«

»Oh, wenn er dahin gekommen ist, wird er auch schon wieder über alle Berge sein«, versetzte Meister Nick; »oder wenn er noch da wäre, wird er sich nicht mehr lange aufhalten. Johann ohne Namen ist nicht so leicht zu haschen!«

»Ein wahres Irrlicht«, fiel hier der Reisende ein, sich an den jungen Schreiber wendend.

»Ah, gut, sehr gut!« rief Herr Nick; »bedanke dich, Lionel! – Doch was ich sagen wollte, Herr Rip, wenn Sie auf ein Irrlicht treffen sollten, so suchen Sie es am Kragen zu nehmen, um es meinem Schreiber zu überbringen. Es müßte einer solchen wandelnden Flamme einen Heidenspaß machen, zu hören, wie ein solcher Schüler Apolls sie behandelt.«

»Das würde mit Vergnügen geschehen«, antwortete Rip, »wenn wir nicht verpflichtet wären, ohne Verzug nach Montreal zurückzukehren, wo ich neue Instruktionen erwarte.«

Dann wandte er sich an den jungen Mann.

»Und dieser Herr begleitet Sie . . .?«

»Bis nach Laval«, sagte der Unbekannte.

»Wohin zu kommen ich große Eile habe«, setzte der Notar hinzu. »Auf Wiedersehen, Herr Rip; wenn es mir unmöglich ist, Ihnen guten Erfolg zu wünschen, denn die Gefangennahme Johanns ohne Namen würde den Patrioten zu viel Schmerz bereiten, so wünsch' ich Ihnen wenigstens guten Tag.«

»Und ich Ihnen glückliche Reise, Herr Nick!«

Die Pferde setzten sich wieder in Trab; Rip und seine Leute verschwanden hinter der Biegung der Straße.

Einige Augenblicke später sagte der Notar zu seinem Gefährten, der sich wieder in die Ecke des Wagens geworfen hatte:

»Ja, ich hoffe wirklich, daß sich jener Johann ohne Namen nicht fangen läßt! Seit der langen Zeit, da man ihn sucht . . .«

»Man soll ihn nur suchen!« rief Lionel. »Dieser vermaledeite Rip wird schon noch den Ruf seiner Gewandtheit zu Markte tragen!«

»Mund halten, Lionel, so etwas geht dich nichts an.«

»Dieser Johann ohne Namen ist ohne Zweifel gewöhnt, der Polizei ein Schnippchen zu schlagen?« fragte der Reisende.

»Wie Sie sagen, mein Herr. Wenn er sich fangen ließe, wäre es ein großer Verlust für die franko-kanadische Partei . . .«

»Tatkräftige Leute werden ihm nicht fehlen, Herr Nick.«

»Mag sein«, antwortete der Notar. »Ich habe mir indes sagen lassen, daß das sehr bedauerlich wäre. Übrigens bekümmere ich mich nicht mehr um Politik als Lionel, und es ist am besten, von diesem Thema nicht zu reden.«

»Doch«, nahm der junge Mann das Wort, »wir sind in dem Augenblick unterbrochen worden, wo Ihr junger Schreiber sich seiner poetischen Begeisterung ganz überließ . . .«

»Er wird mit seiner Begeisterung hoffentlich zu Ende sein, denke ich . . .?«

»Nein, Herr Nick«, erwiderte Lionel, dem wohlwollenden Zuhörer durch ein Lächeln dankend.

»Was, du hast dich damit ganz außer Atem gelaufen . . .?« rief der Notar. »Da haben wir ein Irrlicht, das nach und nach Sylphide, Kobold, Fee, Gespenst, leuchtende Seele, Spiegel, Blitz, Feuerkugel, Strahl, Banner, Leuchtfeuer, Liebesfunken geworden ist; ist das noch nicht genug? Wahrlich, ich frage mich vergeblich, was es dann noch werden könnte.«

»Ich wäre begierig, das zu hören«, bemerkte der Reisende.

»Na, so fahre denn fort, Lionel, fahre fort und höre auf, wenn diese Nomenklatur überhapt einmal ein Ende findet.«

An die Scherzreden seines Prinzipals gewöhnt, fühlte sich Lionel hiervon nicht besonders getroffen und las weiter wie folgt:

Was du auch seist, Blitz, Windhauch, Seele,
Um dein Geheimnis aufzuhell'n,
Du Wunderfeuer, würd' ich gerne
Aufgehen ganz in deiner Flamme,
Um dir zu folgen allerwärts . . .

Ob du nun klimmst zur Bäumekrone,
Mit deiner Flügelstirn sie schmückst,
Ob du, geheimem Winke folgend,

Den kalten Marmor still umschmeichelst,
Der auf verlass'nem Friedhof steht,

»Traurig! Traurig!« murmelte der Notar.

Ob du nun längs der Rahen kletterst,
Auf Schiffen, die der Welle Sturm,
Der heulende, zum Wrack geschlagen,
Und ob du durch das Tauwerk huschest,
Fast einer glüh'nden Möwe gleich . . .

Doch ganz würd' ich mich erst vereinen
Mit dir, wär' mir das Schicksal hold,
Und könnte ich, so wie ich's wünschte
Mit dir entstehn, du Wandelflamme,
Mit dir vergehn, du irrend Licht!

»Was sagen Sie dazu, mein Herr?«

»Mein Herr«, erwiderte der Reisende, »ich mache dem jungen Poeten mein Kompliment und wünsche, daß ihm der Lorbeerkranz in der Freundes-Lyra zufalle. Doch, wie dem auch sei, seine Verse haben uns ein Stündchen angenehm hinweggetäuscht, und ich erinnere mich kaum der Fahrt, die mir, mein' ich, nie so kurz vorgekommen wäre.«

Höchst geschmeichelt, steckte Lionel die Lobsprüche, die der junge Fremde ihm erteilte, mit großer Selbstzufriedenheit ein. Im Grunde war auch Herr Nick recht zufrieden mit den Erfolgen, die seinem jungen Schreiber zuteil wurden.

Währenddessen war der Wagen ziemlich schnell vorwärts gekommen, und es schlug kaum elf Uhr, als er den nördlichen Arm des Stromes erreichte.

Zu jener Zeit waren schon die ersten Dampfschiffe auf dem St. Lorenzo erschienen.

Sie waren weder stark noch besonders schnell und erinnerten mit ihren beschränkten Größenverhältnissen mehr an die Dampfschaluppen, die man in Kanada heutzutage mit dem Namen »Tug-boat« oder kurz mit dem Worte »Toc« bezeichnet.

Binnen wenigen Minuten hatte ein solcher Toc Herrn Nick nebst seinem Schreiber und den Fremdling über den Mittellauf des Stromes befördert, dessen grünliches Wasser sich noch mit den mehr schwärzlichen Fluten des Ottawa vermengte. Hier trennte man sich nach Austausch einiger höflicher Redensarten und warmer Händedrücke. Während der Reisende sich geradenwegs nach den Straßen von Laval wandte, umschritten Herr Nick und Lionel die Stadt und begaben sich nach dem Osten der Insel Jesus.

Viertes Kapitel

Die Villa Montcalm

Die Insel Jesus, zwischen den beiden oberen Armen des St. Lorenzo gelegen und minder umfangreich als die Insel Montreal, enthält immerhin mehrere Kirchspiele. Sie umfaßt die Grafschaft Laval – deren Namen auch die große katholische Universität von Quebec, und zwar zur Erinnerung an ihren ersten, im kanadischen Lande eingesetzten Bischof, trägt.

Laval ist ebenso der Name der Hauptortschaft der Insel Jesus und liegt an deren südlichem Ufer. Die Wohnung des Herrn de Vaudreuil gehörte zwar zu demselben Kirchspiele, lag aber eine Lieue am St. Lorenzo stromaufwärts.

Es war das ein Haus von freundlichem Aussehen, umgeben mit einer Parkanlage von etwa fünfzig Acker* Ausdehnung und bedeckt mit Wiesengründen und hohem Baumbestande, dessen Grenze das Ufer des Stromes selbst bildete. Durch seine architektonische Anordnung wie durch die Einzelheiten der Ausschmückung unter-

*Gegen vierzig Hektar.

schied es sich deutlich von jener angelsächsischen Gotik, welche einst vielfach zu Ehren Großbritanniens beliebt war. Hier war der französische Geschmack vorherrschend, und wäre nicht der rasche gurgelnde Wasserlauf gewesen, der zu ihren Füßen hintoste, so hätte man glauben können, daß die Villa Montcalm – so hieß das Gebäude – sich an den Ufern der Loire, in der Nachbarschaft von Chenonceaux oder von Amboise, erhebe.

Stark beteiligt bei den letzten reformatorischen Erhebungen in Kanada, hatte Herr de Vaudreuil auch zu dem Komplott gehört, dem der Verrat jenes Simon Morgaz ein so tragisches Ende bereitete, indem dadurch Walter Hodge, Robert Farran, François Clerc das Leben und die übrigen Verschworenen die Freiheit einbüßten.

Einige Jahre später wurden den letzteren übrigens infolge eines allgemeinen Gnadenerlasses die Kerkertüren wieder geöffnet, und Herr de Vaudrieul war nach seiner Besitzung auf der Insel zurückgekehrt.

Die Villa Montcalm war am Ufer des Stromes erbaut. In den Wellen der Ebbe und Flut badeten sich die ersten Stufen der vorderen Terrasse, welche eine elegante Veranda vor der Front des eigentlichen Wohnhauses überdeckte. Weiter rückwärts unter dem stillen Schatten des Parkes unterhielt der Luftzug vom Flusse her eine erquikkende Frische, welche die heißen Tage des kanadischen Sommers erträglicher machte. Wer Liebhaber der Jagd oder des Fischfanges war, hätte diesen Zerstreuungen hier vom Morgen bis zum Abend nachgehen können. An Wild gab es Überfluß auf den Ebenen der Insel ebenso wie an Fischen in den Buchten des St. Lorenzo, der auf den langen Wellenlinien der Laurentidenkette am linken Ufer von einem breiten grünen Rahmen eingefaßt war.

Diesen noch so echt fränzösisch gebliebenen Landstrich hätten die Franko-Kanadier recht wohl noch Neufrankreich nennen können. Sitten und Gebräuche waren hier noch dieselben wie im 17. Jahrhundert. Ein englischer Schriftsteller, Russel, konnte mit Recht sagen: »Unterkanada gleicht weit mehr einem Frankreich aus alter Zeit, über dem das Lilienbanner flatterte.« Ein französischer Autor, Eugène Réveillaud, schrieb: »Hier ist die Zufluchtstätte der alten Herrschaft. Es ist eine Bretagne oder eine Bendée von vor sechzig Jahren, die sich jenseits des Ozeans ausdehnt. Auf dem Festlande Amerikas hat der Bewohner hier mit besonders vorsichtiger Sorgfalt ebenso die geistigen Anschauungen und den naiven Glauben wie den Aberglauben seiner Väter zu bewahren gewußt.« – Dieses Urteil ist auch noch für die Jetztzeit zutreffend, wie es gleichfalls wahr ist, daß die französische Rasse sich in Kanada sehr rein und ohne Vermischung mit fremdem Blute erhalten hat.

Bei seiner Heimkehr nach der Villa Montcalm, gegen 1829, befand sich Herr de Vaudreuil in Verhältnissen, welche ihm ein glückliches Leben gewährleisteten. Obwohl sein Vermögen nicht beträchtlich war, sicherte es ihm doch ein bequemes Auskommen, das er hätte in Ruhe genießen können, wenn ihn sein glühender Patriotismus nicht immer wieder in den Bannkreis der politischen Agitation gedrängt hätte. Wo diese Erzählung beginnt, zählte Herr de Vaudreuil siebenundvierzig Jahre. Sein graumeliertes Haar ließ ihn vielleicht etwas älter erscheinen; der lebhafte Blick, die glänzenden tiefblauen Augen, die mächtige Gestalt, die kräftige Konstitution, die ihm eine unerschütterliche Gesundheit verbürgte, die ansprechende wohlwollende Physiognomie und das wohl etwas stolze, aber keineswegs hochmütige Auftreten machten ihn zum unverkennbaren Typus eines französischen Edelmannes. Er war sozusagen der leibhaftige Nachkomme jener unternehmenden Adelsgeschlechter, welche im 15. Jahrhundert den Atlantischen Ozean überschritten, der Sohn jener Gründer der schönsten überseeischen Kolonien, welche die verächtliche Gleichgültigkeit Ludwigs XV. auf die Ansprüche Großbritanniens hin abgetreten hatte.

Seit zehn Jahren schon war Herr de Vaudreuil Witwer; der Tod seiner Gattin, die er mit tiefer Zärtlichkeit liebte, ließ in seinem Leben eine stets schmerzlich empfundene

Lücke zurück. Jetzt widmete er seine Sorgfalt ausschließlich seiner einzigen Tochter, in der die mutige edle Seele der Mutter wieder aufs neue auflebte.

Zu jener Zeit war Clary de Vaudreuil zwanzig Jahre alt. Ihre zierliche Gestalt, das dichte, fast schwarze Haar, die großen brennenden Augen, der trotz seiner Blässe noch warme Teint und das etwas ernsthafte Aussehen machten sie mehr schön als hübsch, mehr imponierend als anziehend wie verschiedene Heroinen Fenimore Coopers. Gewöhnlich bewahrte sie eine kühle Zurückhaltung, oder, richtiger, ihr ganzes Sein und Wesen konzentrierte sich nur in der einen Liebe, die sie bis jetzt gefühlt, in der Liebe zu ihrem Vaterlande.

In der Tat, Clary de Vaudreuil war eine echte Patriotin. Während der Bewegungen, die sich 1832 und 1834 abspielten, verfolgte sie die verschiedenen Phasen des Aufstandes mit gespannter Aufmerksamkeit. Die Führer der Opposition betrachteten sie auch als die entschlossenste der zahlreichen jungen Mädchen, die mit Leib und Seele der nationalen Sache ergeben waren, und als die politischen Freunde des Herrn de Vaudreuil sich in der Villa Montcalm zusammenfanden, nahm Clary an den Verhandlungen stets teil, und wenn sie sich mit dem Worte nur sehr bescheiden einmischte, so hörte sie und beobachtete sie doch alles und widmete ihre Kräfte dem Schriftwechsel der Reformer-Komitees. Alle französischen Kanadier hatten zu ihr das festeste Vertrauen, weil sie solches verdiente, und bewahrten ihr die achtungsvollste Freundschaft, weil sie derselben würdig war.

In diesem leidenschaftlichen Herzen war indessen neben der Liebe zum Vaterlande noch eine andere Liebe aufgelodert – eine ideale und eigentlich gegenstandslose Liebe, denn sie kannte nicht einmal den, dem dieselbe galt.

Sowohl 1831 wie 1834 hatte eine geheimnisvolle Persönlichkeit eine hervorragende Rolle in den Aufstandsversuchen jener Zeit gespielt. Derselbe hatte seinen Kopf mit einer Kühnheit, einem Mute und einer Entschlossenheit zu Markte getragen, welche auf empfindsame Naturen ihren Eindruck nicht verfehlen konnten. In der ganzen Provinz Kanada nannte man seinen Namen mit heller Begeisterung – oder vielmehr eine ihm allein verbliebene Bezeichnung, denn man nannte ihn nicht anders als Johann ohne Namen. An den Tagen des Kampfes stand er gewiß im dichtesten Gewühle; nach Beendigung desselben war er spurlos verschwunden. Man empfand es jedoch, daß er auch im dunklen weiterwirkte, daß seine Hand niemals ruhte, die Zukunft vorzubereiten. Vergebens hatten die Behörden sich bemüht, seinen Zufluchtsort auszuspähen; selbst das Haus Rip & Cie. holte sich bei den Nachsuchungen nach ihm nur beschämende Schlappen. Übrigens wußte man nichts von der Herkunft dieses Mannes sowenig wie von seinem dermaligen als auch von seinem früheren Leben. Nichtsdestoweniger ließ sich gar nicht verkennen, daß er auf die französisch-kanadische Bevölkerung einen geradezu mächtigen Einfluß ausübte. So hatte sich um seine Person eine wirkliche Legende gewebt, und die Patrioten harrten immerfort darauf, ihn erscheinen und die Fahne der Unabhängigkeit entfalten zu sehen.

Die Taten dieses namenlosen Helden hatten auf den Geist Clary de Vaudreuils einen höchst lebhaften und tiefreichenden Eindruck gemacht. Ihre geheimsten Gedanken flüchteten immer und immer nur zu ihm. Sie verehrte ihn gleich einem überirdischen Wesen; sie lebte vollständig in dieser mystischen Gemeinschaft, und indem sie Johann ohne Namen mit der edelsten Liebe anhing, schien es ihr, als ob sie damit ihr Vaterland nur noch mehr liebte. Diese Empfindung verschloß sie jedoch sorgfältig in ihrem Herzen. Wenn ihr Vater sie durch die Baumgänge des Parkes wandeln und ihren Gedanken nachhängen sah, so konnte er gar nicht auf den Gedanken kommen, daß sie von dem jungen Patrioten träumte, in dem sich in ihren Augen die kanadische Revolution verkörperte.

Unter den politischen Freunden, welche sich am häufigsten in der Villa Montcalm versammelten, trafen sich zu friedlichem Meinungsaustausch auch einige derjenigen, deren Eltern oder Verwandte mit Herrn de Vaudreuil an dem so schlimm endenden Komplott von 1825 teilgenommen hatten.

Aus diesem Freundeskreise haben wir vor allem André Farran und William Clerc zu erwähnen, deren Brüder, Robert und François, am 26. September 1825 das Schafott bestiegen hatten; ferner Vincent Hodge, den Sohn Walter Hodges, jenes amerikanischen Patrioten, der für die Sache Kanadas gestorben war, als Simon Morgaz an ihm und seinen Genossen jenen schändlichen Verrat begangen hatte. Außer diesen stellte sich auch ein Advokat aus Quebec – derselbe, in dessen Haus sich Johann ohne Namen hatte aufhalten sollen, welche falsche Nachricht dem Agenten Rip zugegangen war – zuweilen bei Herrn de Vaudreuil ein.

Der heftigste Widersacher der Unterdrücker war ohne Zweifel Vincent Hodge, damals zweiunddreißig Jahre alt. Von Vaters Seite her amerikanischen Blutes, hatte er von seiner Mutter, die nach dem Tode ihres Gatten bald aus Kummer starb, auch französisches Blut in den Adern. Vincent Hodge hatte nicht lange in der Nähe Clary Vaudreuils sein können, ohne sie erst bewundern, dann aber liebenzulernen, was Herrn Vaudreuil gar nicht zu mißfallen schien. Vincent Hodge war ein vornehmer junger Mann, der überall gern gesehen wurde wegen seines angenehmen Wesens, wenn dieses auch zuweilen von den etwas derben Zügen des Yankees von der Grenze durchbrochen wurde. Soweit die Ausdauer der Empfindung, die Ehrlichkeit seiner Neigung und sein persönlicher Mut in Frage kamen hätte Clary de Vaudreuil gar keinen ihr mehr würdigen Gatten erwählen können. Das junge Mädchen hatte jedoch gar nicht bemerkt, daß sie das Ziel seines Strebens sei. Zwischen Vincent Hodge und ihr konnte es nur ein Band geben – das der Vaterlandsliebe. Sie schätzte wohl seine Eigenschaften – lieben konnte sie ihn nicht. Ihre Gedanken und Wünsche gehörten ja einem andern, jenem Unbekannten, auf den sie wartete und der schon eines Tages vor ihr erscheinen werde.

Inzwischen beobachteten Herr de Vaudreuil und seine Freunde mit Aufmerksamkeit die Bewegung der Geister in den kanadischen Provinzen. Bezüglich der Loyalisten hatte sich die öffentliche Meinung zum Glühen erhitzt. Sie ging jetzt nicht mehr auf ein sogenanntes Komplott allein hinaus wie 1825, wo es sich nur um einen Gewaltstreich gegen den Gouverneur handelte – jetzt hatte sich noch, unter dem Schleier verhüllt, eine allgemeine Verschwörung herausgebildet. Zum Losbrechen derselben fehlte nur noch, daß ein Anführer der Rebellion in den verschiedenen Kirchspielen zu den Waffen rief; auch unterlag es keinem Zweifel, daß Herr de Vaudreuil und seine Freunde dann sofort in die vorderen Reihen der Insurgenten einspringen würden.

Wirklich waren die Umstände fast nie so günstig gewesen. Die Reformer, welche sich kaum noch zu halten vermochten, schleuderten die heftigsten Worte gegen die Verfügungen der Kolonialregierung, welche sich durch die englischen Kabinette für befugt hielt, ohne Zustimmung der Volksvertretung über die öffentlichen Einkünfte zu verfügen. Die Zeitungen – darunter der schon 18O6 gegründete »Kanadier« und der erst später erschienene »Vindicator« – donnerten gegen die Krone und die von ihr ernannten Beamten. Sie veröffentlichten die Verhandlungen der Kammer ebenso wie die in öffentlichen Versammlungen gehaltenen Reden eines Papineau, Viger, Quesnel, St. Real, Bourdages und vieler anderer, welche an Talent und Kühnheit in ihren patriotischen Auslassungen und Forderungen miteinander um die Palme stritten. Unter diesen Verhältnissen mußte ein Funke hinreichen, die Explosion im Volke herbeizuführen. Das wußte Lord Gosford sehr gut, nicht minder gut wie die Parteigänger der Reformbestrebungen selbst.

So war die Lage der Sachen, als am 3. September in der Villa Montcalm ein Brief eintraf. Dieser am Vortage auf dem Postamte zu Montreal eingelieferte Brief meldete Herrn de Vaudreuil, daß seine Freunde Vincent Hodge, André Farran und William Clerc eingeladen seien, sich am Abend genannten Tages bei ihm einzufinden. Herr de Vaudreuil erkannte nicht die Hand, welche diese Zeilen geschrieben und dieselbe mit der Unterschrift »ein Sohn der Freiheit« unterzeichnet hatte.

Herr de Vaudreuil war über diese Mitteilung nicht wenig erstaunt und nicht weniger über die Art und Weise, wie sie ihm gemacht wurde. Am Abend vorher hatte er seine Freunde in Montreal gesehen, und man hatte sich da getrennt, ohne ein Wiederzusammentreffen für den folgenden Tag zu verabreden. Wahrscheinlich mußten also Vincent Hodge, Farran und Clerc einen ähnlich lautenden Brief erhalten haben, der sie erst nach der Villa Montcalm einlud; doch lag die Befürchtung nahe, daß hierhinter vielleicht ein Angriff der Polizei zu suchen war. Ein solches Mißtrauen schien seit der Geschichte mit Simon Morgaz vollständig gerechtfertigt.

Herrn de Vaudreuil blieb auf jeden Fall nichts übrig, als der Dinge zu warten, die da kommen sollten. Waren Vincent Hodge, Farran und Clerc in der Villa eingetroffen – wenn sie überhaupt dahin kamen –, so würden sie ihm ohne Zweifel erklären, was ihm bei dieser seltsamen Zusammenkunft noch unerklärlich blieb. Dahin ging der Rat Clarys, als sie von jenem Briefe Kenntnis erhalten hatte. Die Augen auf das geheimnisvolle Schreiben geheftet, prüfte sie dasselbe mit größter Aufmerksamkeit. Wunderbar! Wo ihr Vater eine seinen politischen Freunden und ihm gestellte Falle witterte, schien sie vielmehr an einen bevorstehenden mächtigen Eingriff in die nationale Sache zu glauben. Vielleicht zeigte sich jetzt endlich die Hand, welche die Fäden einer neuen Bewegung hielt, welche diese leiten und zu Ende führen sollte.

»Lieber Vater«, sagte sie, »ich habe volles Vertrauen!«

Da die Versammlung indes erst für den Abend bestimmt war, wollte Herr de Vaudreuil sich vorher noch nach Laval begeben. Vielleicht vernahm er dort eine

Nachricht, welche die Dringlichkeit der geplanten Versammlung erklärte. Gleichzeitig konnte er daselbst Vincent Hodge und dessen beide Freunde empfangen, wenn diese an der Landungsbrücke der Insel Jesus ausstiegen. In der Minute aber, wo er Auftrag geben wollte anzuspannen, meldete ihm ein Diener, daß soeben ein Besucher der Villa Montcalm eingetroffen sei.

»Wer ist es?« fragte Herr de Vaudreuil lebhaft.

»Hier seine Karte«, antwortete der Diener.

Herr de Vaudreuil nahm die Karte in Empfang, las den Namen derselben und rief sogleich:

»Ah, der vortreffliche Meister Nick...? Er ist stets willkommen. Laß ihn eintreten.«

Einen Augenblick später stand der Notar Herrn de Vaudreuil und dessen Tochter gegenüber.

»Sie, Herr Nick?« sagte Herr de Vaudreuil.

»In Person und bereit, Ihnen ebenso wie dem Fräulein Clary zu dienen!« antwortete der Notar verbindlich.

Er drückte die Hand des Herrn de Vaudreuil, nachdem er das junge Mädchen mit einer mehr förmlichen Verbeugung begrüßt, wie sie die früheren Geschichtsschreiber nach alter Überlieferung bewahrt hatten.

»Das ist ja ein recht unerwarteter, doch deshalb um so angenehmerer Besuch, Herr Nick«, nahm Herr de Vaudreuil wieder das Wort.

»Angenehm, vorzüglich für mich«, antwortete Herr Nick. »Und wie befinden Sie sich, mein Fräulein...? Und Sie, Herr de Vaudreuil...? Sie haben beide ein blühendes Aussehen. – Nun ja, in der Villa Montcalm mag sich's ja gut leben. Ich möchte in mein Haus am Bon-Secours-Markte wohl etwas von der Luft, wie man sie hier atmet, mitnehmen.«

»Jede beliebige Menge davon steht Ihnen zur Verfügung, Herr Nick. Besuchen Sie uns nur öfter...«

»Und bleiben Sie gleich einige Tage hier«, setzte Clary hinzu.

»Und meine Expedition... meine Akten!« rief der zungenfertige Notar. »Ach, die lassen mir keine Zeit zu einem angenehmen Landaufenthalt... Die Testamente wären daran weniger schuld. Die Leute in Kanada werden so schrecklich alt, daß ich fürchte, sie hören überhaupt einmal auf zu sterben. Was haben wir an Achtzigjährigen und sogar an Hundertjährigen...! Das überschreitet die gewohnten Grenzen der Statistik... Die Heiratskontrakte dagegen, ja, die machen mir mehr zu schaffen! – Doch halt, in sechs Wochen habe ich in Laprairie zu tun bei einem meiner Klienten – einem meiner guten Klienten, das dürfen Sie glauben –, wo der Kontrakt seines neunzehnten Sprößlings aufgesetzt werden soll.«

»Das muß ja, ich möchte darauf wetten, mein Pächter Thomas Harcher sein«, antwortete Herr de Vaudreuil.

»Ganz recht, und in Ihrem Pachthofe zu Chipogan ist es, wo ich erwartet werde.«

»Eine recht hübsche Familie, Herr Nick!«

»Ohne Zweifel, Herr de Vaudreuil, und bedenken Sie, daß ich mit den dieselbe betreffenden Urkunden immer noch nicht zu Ende bin.«

»Nun, Herr Nick«, fiel Clary ein, »es ist nicht unmöglich, daß wir Sie ihm Pachthofe von Chipogan treffen. Thomas Harcher bestand so dringlich darauf, uns der Vermählung seiner Tochter beiwohnen zu sehen, daß wir, mein Vater und ich, wenn uns nichts Besonderes zurückhält, uns das kleine Vergnügen gern machen werden.«

»Und mir bereiten Sie damit ein wohl noch größeres«, antwortete Meister Nick. »Ist es nicht stets eine Freude für mich, Sie zu sehen...? Ihnen, Fräulein Clary, habe ich nur einen einzigen Vorwurf zu machen.«

»Einen Vorwurf, Herr Nick?«

»Gewiß, nämlich den, daß Sie mich hier stets nur als Freund und gar nicht einmal als Notar empfangen.«

Das junge Mädchen lächelte bei dieser Andeutung, doch nahmen ihre Züge sofort den gewohnten ernsten Ausdruck an.

»Und dennoch«, bemerkte Herr de Vaudreuil, »sind

Sie, mein lieber Nick, heute nicht als Freund, sondern als Notar nach der Villa Montcalm gekommen?«

»Freilich . . .! Freilich . . .!« antwortete Meister Nick. »Doch das hat mit Fräulein Clary leider nichts zu tun . . . Nun, auch das wird nicht ausbleiben . . .! Es kommt ja alles einmal . . .! Ich muß Ihnen, Herr de Vaudreuil, übrigens gleich bemerken, daß ich nicht allein gekommen bin.«

»Wie, Herr Nick, Sie haben einen Reisegefährten und lassen ihn in dem Vorsaale warten? – Ich werde sofort Befehl geben, ihn hereinzuführen . . .«

»Nein . . . nein . . . das lohnt sich nicht der Mühe! Es ist ganz einfach mein zweiter Schreiber . . . ein Kerlchen, der Verse schmiedet . . . Hat man je so etwas gesehen . . .? Und der Irrlichtern nachläuft! Stellen Sie sich nur einmal vor, ein Schreiber-Poet oder ein Poeten-Schreiber, Fräulein Clary! Da ich Sie allein zu sprechen wünschte, Herr de Vaudreuil, hab' ich ihn beordert, einstweilen im Park spazierenzugehen . . .«

»Ganz recht von Ihnen, Meister Nick . . . Man wird dem jungen Dichter jedoch einige Erquickungen anbieten müssen.«

»Das wäre vergebliche Liebesmühe! Der trinkt bloß Nektar; doch sollten Sie von der letzten Ernte her noch davon etwas übrig haben . . .«

Herr de Vaudreuil mußte über den Scherz des vortrefflichen Mannes lachen, den er von längerer Zeit her kannte und dessen Ratschläge ihn bei seinen persönlichen Geschäften stets wertvoll und nutzbringend gewesen waren.

»Ich werde Sie mit meinem Vater allein lassen, Herr Nick«, sagte da Clary.

»O bitte, bitte, bleiben Sie, mein Fräulein!« erwiderte der Notar. »Ich weiß, daß ich in Ihrer Gegenwart auch noch von Sachen reden kann, die sogar vielleicht etwas mit der Politik zusammenhängen . . . Ich vermute das wenigstens, denn wie Ihnen bekannt ist, mische ich mich selbst niemals . . .«

»Schon gut, schon gut«, fiel ihm Herr de Vaudreuil ins Wort. »Clary wird unserer Verhandlung beiwohnen. Doch erst wollen wir uns setzen, und dann sprechen Sie nach Belieben.«

Der Notar nahm einen der Rohrlehnstühle, welche sich ihm Salon befanden, während Herr de Vaudreuil sich mit seiner Tochter auf einem Sofa ihm gegenüber niederließ.

»Und nun, mein lieber Herr Nick«, fragte Herr de Vaudreuil, »welcher Grund hat Sie denn eigentlich nach der Villa Montcalm geführt?« – »Ich hatte Ihnen das hier zu übergeben«, antwortete der Notar.

Er zog dabei ein Bündel Banknoten aus der Tasche.

»Wie? Geld ...?« sagte Herr de Vaudreuil, der sein größtes Erstaunen nicht zu verbergen wußte.

»Jawohl, Geld ... gutes Geld und – es mag Ihnen das nun gefallen oder nicht – eine recht schöne Summe ...!«

»Eine schöne Summe ...?«

»Urteilen Sie selbst ...! Fünfzigtausend Piaster in tadellosen, kursfähigen Bankscheinen.«

»Und dieses Geld wäre für mich bestimmt ...?«

»Gewiß für Sie ... allein für Sie!«

»Wer sendet es mir?«

»Das kann ich Ihnen aus sehr triftigem Grunde nicht sagen, ich weiß es nämlich selbst nicht.«

»Wozu soll dieses Geld dienen?«

»Das weiß ich ebensowenig.«

»Und wie kommen Sie zu dem Auftrage, mir eine so große Summe auszuhändigen?«

»Hier, lesen Sie.« – Der Notar hielt ihm einen Brief von nur wenigen Zeilen hin.

»Herr Nick, Notar zu Montreal, wird ersucht, dem Vorsitzenden des Reform-Komitees zu Laval, in der Villa Montcalm, den Rest der Summe, welchen unsere Abrechnung in der Expedition noch ergibt, auszuhändigen.«

2. September 1837.

»J. B. J.«

Herr de Vaudreuil sah den Notar an, ohne diese an ihn gerichtete Sendung näher zu verstehen.

»Wo ist dieses Schreiben zur Post gegeben gewesen, Herr Nick?« fragte er.

»In St. Charles, Grafschaft Verchères.«

Clary hatte den Brief ergriffen. Sie prüfte sorgsam die Handschrift; vielleicht rührte er von der nämlichen her, welche Herrn de Vaudreuil den Besuch seiner Freunde Vincent Hodge, Clerc und Farran ankündigte ... Das war nicht der Fall; die Schriftzüge beider Briefe ließen keine Ähnlichkeit erkennen – was Fräulein de Vaudreuil ihrem Vater erklärte.

»Sie haben auch keine Mutmaßung, Herr Nick«, fragte sie, »wer der Unterzeichner dieses Briefes, der sich unter den einfachen Buchstaben ›J. B. J.‹ verbirgt, sein könnte?«

»Gar keine, liebes Fräulein Clary.«

»Und doch kann es nicht das erste Mal sein, daß Sie mit dieser Persönlichkeit in Beziehung treten?«

»Offenbar nicht.«

»Oder vielmehr mit diesen Personen, denn der Brief spricht nicht von ›meiner‹ sondern von ›unserer‹ Abrechnung – was darauf schließen läßt, daß jene drei Anfangsbuchstaben drei verschiedenen Namen angehören.«

»So scheint es«, bestätigte Meister Nick.

»Ich möchte auch bemerken«, sagte Herr de Vaudreuil, »daß Sie, da ja von einer Abrechung die Rede ist, schon früher über Geldmittel derselben Personen verfügt haben dürften ...«

»Herr de Vaudreuil«, versetzte der Notar, »hören Sie, kurz, was ich Ihnen hierauf sagen kann und, wie mir scheint, hierüber sagen darf.«

Er nahm sich ein wenig Zeit, ehe er zu weiterer Erklärung kam, und da berichtete Meister Nick dann folgendes:

»Im Jahre 1825, einen Monat nach dem Todesurteil, welches einigen Ihrer vertrautesten Freunde das Leben und Ihnen, Herr de Vaudreuil, die Freiheit raubte, erhielt ich einen großen Brief mit Werteinlage, der die ungeheure Summe von hunderttausend Piastern enthielt. Der betreffende Brief war in Quebec zur Post gegeben und enthielt noch ein zweites Schreiben folgenden Wortlautes:

»Der Betrag von hunderttausend Piastern wird hiermit in die Hand des Meisters Nick, Notars in Montreal, niedergelegt, um davon den Gebrauch zu machen, über den ihm später weitere Bestimmungen zugehen werden. Man rechnet auf seine Diskretion, niemandem von dem in seine Verwahrung gegebenen Depot noch von dem Gebrauch zu sprechen, der in Zukunft davon gemacht werden könnte.«

»Und die Unterschrift?« fragte Clary.

»Die Unterschrift lautete ebenfalls J. B. J.«, antwortete Meister Nick.

»Dieselben Anfangsbuchstaben ...?« sagte Herr de Vaudreuil.

»Genau dieselben?« erwiderte Clary.

»Ja, mein Fräulein. Wie sie sich leicht vorstellen können«, fuhr der Notar fort, »war ich im höchsten Maße erstaunt über die geheimnisvolle Seite dieser Hinterlegung. Da ich die Summe dem mir unbekannten Klienten, der sie mir geschickt, doch nicht zurücksenden konnte und ich anderseits Anstand nahm, den Behörden von der Sache Mitteilung zu machen, so hinterlegte ich wieder jene hunderttausend Piaster bei der Bank von Montreal und beschloß ruhig zu warten.«

Clary und ihr Vater hörten dem Meister Nick mit gespanntester Aufmerksamkeit zu. Der Notar hatte ja gesagt, daß dieses Geld seiner Meinung nach eine politische Bestimmung haben könne. Wie der Leser bald sehen wird, sollte er sich auch nicht getäuscht haben.

»Sechs Jahre später«, fuhr er fort, »wurde von mir durch einen mit denselben rätselhaften Buchstaben unterschriebenen Brief die Summe von zweiundzwanzigtausend Piastern verlangt, und das Ersuchen ausgesprochen, dieselben nach dem Flecken Berthier, in der Grafschaft gleichen Namens, zu adressieren.«

»Ja, aber an wen ...?« fragte Herr de Vaudreuil.

»An den Vorsitzenden des Reformer-Komitees, und nach kurzer Zeit brach die Revolte aus, die Sie ja kennen. Vier Jahre gingen dahin, da traf ein gleicher Brief ein, welcher die Summe von achtzehntausend Piastern nach St. Martine, dieses Mal an den Vorsitzenden des Komitees von Châteaugay, verlangte. Nur wenig später entstand die heftige Bewegung, welche bei den Wahlen von 1834 zutage trat, die Vertagung der Kammer zur Folge hatte und der das Verlangen, den Gouverneur Lord Aylmer in Anklagestand zu versetzen, auf dem Fuße folgte.«

Herr de Vaudreuil überdachte einige Augenblicke das, was er von dem Notar hörte, und wandte sich dann an diesen mit den Worten:

»Sie erkennen also, mein lieber Nick«, sagte er, »einen inneren Zusammenhang zwischen jenen verschiedenen Ereignissen und der Absendung des Geldes an die Reformer-Komitees ...?«

»Ich, Herr de Vaudreuil«, erwiderte Meister Nick, »ich erkenne nicht das geringste! Ich bin ja kein Politiker ...! Nichts weiter als ein einfacher, rechtskundiger Diener jedermanns, der meine Hilfe in Anspruch nimmt. Ich habe nichts anderes getan, als die Summe, die mir in Verwahrung gegeben war, entsprechend der mir erteilten Weisungen zurückerstattet. Ich erzähle Ihnen den Tatbestand, wie er ist, und muß es Ihnen überlassen, daraus Ihre Schlußfolgerungen zu ziehen.«

»Sehr gut, mein weiser Freund«, antwortete ihm Herr de Vaudreuil lächelnd. »Wir werden Sie nicht kompromittieren. Doch wenn Sie heute nur nach der Villa Montcalm gekommen sind ...«

»So geschah es, Herr de Vaudreuil, um zum dritten Male zu tun, was ich schon zweimal getan habe. Am heutigen Morgen, dem des 3. September, erhielt ich Auftrag: 1. den Rest der mir einst übergebenen Summe, d. h. fünfzigtausend Piaster, abzugeben; 2. dieselbe in die Hand des Vorsitzenden des Komitees von Laval auszuliefern. Das ist die Veranlassung, Herr de Vaudreuil, daß, da Sie doch Vorsitzender des bekannten Komitees sind, ich mich eingestellt habe, um die erwähnte Summe als Kassen-Bilanz hierherzubringen. Ich weiß weder noch wünsch' ich zu wissen, welchem Zwecke dieselbe dienen soll. Ich habe die Ausschüttung der Masse in die Hand des durch jenen Brief bezeichneten Vorsitzenden besorgt, und wenn ich den Betrag nicht durch die Post sandte, sondern es vorzog, ihn selbst zu überbringen, so geschah das, weil es mir willkommene Gelegenheit bot, meinen werten Freund, Herrn de Vaudreuil, und Fräulein Clary, seine Tochter, einmal wiederzusehen.«

Ohne unterbrochen zu werden, hatte Meister Nick seine Erklärung vollenden können. Nachdem er nun gesagt, was er nur zu sagen hatte, erhob er sich, näherte sich der der Terrasse zu liegenden Fensteröffnung und betrachtete die Fahrzeuge, welche auf dem Strom in Berg- oder Talfahrt begriffen waren.

In Nachsinnen versunken, verhielt sich Herr de Vaudreuil völlig still. Die Gedanken seiner Tochter waren ganz in derselben Richtung beschäftigt. Es war ja gar nicht zweifelhaft, daß dieses so geheimnisvoll geschickte und Meister Nick in Verwahrung gegebene Geld zu den Bedürfnissen der Parteisache verwendet worden war, und nicht weniger zweifellos war es, daß ihm angesichts einer bevorstehenden Erhebung dieselbe Anwendung vorbehalten war. Diese Sendung traf übrigens an demselben Tage ein, wo ein »Sohn der Freiheit« die vertrauten Freunde des Herrn de Vaudreuil nach der Villa Montcalm berufen hatte; deutete das nicht auf einen mindestens eigenartigen Zusammenhang?

Die Unterhaltung dauerte noch eine Weile lang fort, was bei der Plauderseligkeit des Herrn Nick nicht zu verwundern war. Er unterhielt dabei Herrn de Vaudreuil von dem, was dieser ebensogut und noch besser als er selbst wußte, von der politischen Lage, vorzüglich in Unterkanada. Und diese Dinge, er wiederholte das öfter – berichtete er nur mit der allergrößten Reserve, da er keineswegs die Neigung habe, sich in Sachen einzumischen, die ihn nichts angingen. Sein Ziel schien nur das zu sein, Herrn de Vaudreuil möglichst Vorsicht zu empfehlen, denn sicherlich verdoppelte die Polizei ihre Aufmerksamkeit in den Kirchspielen der Grafschaft Montreal.

Das veranlaßte den ehrenwerten Herrn Nick noch zu den Worten:

»Offenbar befürchten die Behörden ganz besonders, daß sich ein Führer an die Spitze der Volksbewegung setzen könne und daß jener Führer der berühmte oder berüchtigte Johann ohne Namen sein werde.«

Bei diesen Worten erhob sich Clary und lehnte sich an das nach dem Park zu gelegene Fenster.

»Kennen Sie denn diesen kühnen Agitator, lieber Nick?« fragte Herr de Vaudreuil.

»Ich kenne ihn nicht, habe ihn niemals gesehen und sogar noch keinen Menschen getroffen, der ihn gekannt hätte. Daß er aber leibhaftig vorhanden ist, erleidet entschieden keinen Zweifel ... Ich stelle mir ihn mit Vorliebe in der Erscheinung eines Romanhelden vor, eines jungen, hochgewachsenen Mannes mit vornehmer Erscheinung, sympathischem Gesicht und mit einnehmender Stimme – wenn es nicht eben ein braver Patriarch an der Schwelle des Greisenalters mit tiefgerunzeltem Gesicht und entkräfteten Gliedern ist ...! Ja, bei solchen Leuten weiß man nie vorher, woran man ist.«

»Wer er auch sei«, antwortete Herr de Vaudreuil, »gebe Gott, daß er bald auf den Gedanken kommt, sich an unsere Spitze zu setzen, und wir werden ihm ebensoweit folgen, wie es ihm belieben wird, uns zu führen.«

»Oh, Herr de Vaudreuil, das könnte vielleicht binnen kurzem geschehen!« rief Meister Nick.

»Was sagen Sie ...? fragte Clary, welche raschen Schrittes nach der Mitte des Salons zurückkam.

»Ich sage, Fräulein Clary ... oder vielmehr, ich sage lieber nichts, das ist wohl klüger.«

»Ich bestehe aber darauf!« erwiderte das junge Mädchen. Reden Sie ...! Reden Sie! Ich bitte darum; was wissen Sie?«

»Wohl nur, was auch andere wissen«, antwortete Meister Nick, »das nämlich, daß Johann ohne Namen in der Grafschaft Montreal aufgetaucht sein soll. Wenigstens macht eben ein solches Gerücht die Runde ... unglücklicherweise ...«

»Unglücklicherweise ...?« wiederholte Clary.

»Ja; denn wenn es sich behauptet, dürfte unser Held schwerlich den Nachstellungen der Polizei entgehen. Heute, als ich über die Insel Montreal fuhr, habe ich selbst die Häscher gesehen, welche der Minister Gilbert Argall auf die Spuren Johanns ohne Namen losgelassen hat, unter diesen auch den Chef des Hauses Rip & Cie.«

»Wie ...? Rip ...?« stieß Herr de Vaudreuil hervor.

»Ihn selbst«, versicherte der Notar. »Das ist ein gewandter Mann, dem für seine Mitwirkung gewiß ein hoher Preis zugesichert wurde. Gelingt es ihm, sich Johanns ohne Namen zu bemächtigen, so ist die Verurteilung dieses jungen Mannes – jawohl, er muß noch jung sein – entschieden, und die nationale Partei wird ein Opfer mehr zu zählen haben.«

Trotz ihrer Selbstbeherrschung erbleichte Clary urplötzlich, ihre Augen schlossen sich, und kaum vermochte sie das Klopfen ihres Herzens zu verbergen. Herr de Vaudreuil ging nachsinnend im Salon auf und ab.

Um den peinlichen Eindruck seiner letzten Worte zu verwischen, setzte Meister Nick hinzu:

»Allem Anschein nach ist er ein Mann von ungewöhnlicher Kühnheit, dieser unauffindbare Johann ohne Namen ...! Bisher ist es ihm ja gelungen, sich den angestrengtesten Nachforschungen zu entziehen. Im Falle man ihm zu dicht auf den Fersen wäre, würde jedes Haus der Grafschaft ihm Zuflucht gewähren, würden alle Türen sich vor ihm öffnen – sogar die Tür der Expedition des Meisters Nick, wenn er bei diesem eine Zuflucht suchte ... Obwohl Meister Nick sich auf keine Weise in politische Angelegenheiten zu mischen wünschte.«

Hiermit verabschiedete sich der Notar von Herrn und Fräulein de Vaudreuil. Er hatte keine Zeit zu verlieren, wenn er zur Essensstunde in Montreal zurück sein wollte – zu jener regelmäßig eingehaltenen und ihm stets willkommenen Stunde, in der er sich einer der wichtigsten Beschäftigungen seines Lebens hingab.

Herr de Vaudreuil wollte anspannen lassen, um Meister Nick nach Laval zurückzubringen. Als kluger Mann lehnte dieser das freundliche Angebot ab; es schien ihm besser, daß niemand von seinem Besuche in der Villa Montcalm erfuhr. Er hatte ja, Gott sei Dank, gute Beine, und eine Lieue mehr oder weniger, das setzte einen der besten Fußgänger des kanadischen Notariats nicht in Verlegenheit. Außerdem hatte er ja Sagamores-Blut in den Adern, er, der Abkömmling jener kraftvollen indianischen Völkerschaften, deren Angehörige gleich ganze Monate lang auf dem Kriegspfade wandelten.

Kurz, Meister Nick rief seinen Lionel, der in den Alleen des Parkes jedenfalls dem heiligen Bataillon der Musen nachjagte, und beide begaben sich am linken Ufer des St. Lorenzo hin nach Laval zurück.

Nach dreiviertelstündigem Wege gelangten sie gerade in dem Augenblicke an die dortige Landungsbrücke, als Vincent Hodge, Clerc und Farran ans Land stiegen, um sich nach der Villa Montcalm zu begeben.

Im Vorüberkommen an denselben wurde er mit einem jener unentweichbaren und vertrauten »Ei guten Tag, Meister Nick!« begrüßt. Nach Überschreitung des Stromes kletterte er dann wieder in den Wagen und traf in seinem Hause am Bon-Secours-Markte gerade ein, als seine alte Dienerin, Mistreß Dolly, die dampfende Suppe auf den Tisch setzte. Meister Nick ließ sich sogleich in seinen bequemen Lehnstuhl nieder, und Lionel nahm ihm gegenüber Platz, während er vor sich hin trällerte:

Mit dir entstehn, du Wandelflamme,
Mit dir vergeh'n, du irrend Licht!

»Na, na«, bemerkte der Notar, »wenn du während des Essens auch noch Verse kaust, dann nimm dich wenigstens vor den Gräten in acht!«

Fünftes Kapitel

Der Unbekannte

Als Vincent Hodge, William Clerc und André Farran nach der Villa kamen, wurden sie daselbst von Herrn de Vaudreuil empfangen.

Clary hatte sich nach ihrem Zimmer zurückgezogen. Durch das nach dem Parke zu offene Fenster ließ sie die Blicke schweifen, welche die Wellenlinien der Laurentiden am fernen Horizonte abschlossen. Der Gedanke an das geheimnisvolle Wesen, an das sie so lebhaft erinnert worden war, beschäftigte sie ganz ausschließlich. Die Leute behaupteten, daß er sich im Lande befände, ja, man suchte ihn tatsächlich auf der Insel Montreal ...! Um auf der Insel Jesus Zuflucht zu finden, brauchte er ja nur über einen Arm des Stromes zu setzten. Sollte er nicht in der Villa Montcalm Unterkunft suchen? Er konnte darüber nicht unklar sein, daß er dort Freunde besaß, die ihn mit offenen Armen aufnehmen würden. Und doch setzte er sich wohl zu großer Gefahr aus, wenn er sich gerade unter dem Dache des Herrn de Vaudreuil, des Vorsitzenden eines der Reformer-Komitees, verbergen wollte, denn die Villa mochte besonders scharf überwacht sein. Trotzdem hatte Clary aber das Vorgefühl, daß Johann ohne Namen hierherkommen müsse, und wärs nur für einen Tag, nur für eine Stunde! Bei der Erregung ihrer Phantasie und mit dem Wunsche, allein zu sein, hatte sie den Salon verlassen, ehe die Freunde des Herrn de Vaudreuil in diesen eingeführt wurden.

William Clerc und André Farran – etwa in gleichem

Alter wie Herr de Vaudreuil stehend – waren zwei ehemalige Offiziere der kanadischen Miliz. Nach dem Urteilsspruche vom 25. September, der ihre Brüder aufs Schafott gebracht und sie selbst zu lebenslänglichem Gefängnis verdammt hatte, ihrer Grade für verlustig erklärt, hatten sie die Freiheit auch nicht eher wiedererlangt als mit Erlaß jener Amnestie, welche auch Herrn de Vaudreuil zugute gekommen war. Die nationale Partei erblickte in ihnen zwei Männer der Tat, welche nichts sehnlicher wünschten, als ein zweites Mal ihr Leben durch eine neue Ergreifung der Waffen in die Schanze zu schlagen. Sie waren energisch und an Strapazen gewöhnt durch die großen Jagden in den Wäldern und Ebenen der Grafschaft Trois-Riviéres, wo sie ausgedehnte Ländereien besaßen.

Sobald Vincent Hodge Herrn de Vaudreuil die Hand gedrückt hatte, stellte er ihm die Frage:

»Waret Ihr davon unterrichtet, daß Farran, Clerc und Ihr selbst durch speziellen Brief zusammenberufen worden waret?«

»Ja«, antwortete Herr de Vaudreuil, »und gewiß war der Brief, den du in dieser Angelegenheit erhalten hast, ebenso wie der, welcher mir die erste Meldung brachte, gleichmäßig unterzeichnet: ›Ein Sohn der Freiheit‹.«

»Ganz recht«, bestätigte Farran.

»Du fürchtest hierin keine Falle?« fragte William Clerc, sich an Herrn de Vaudreuil wendend. »Durch Veranlassung dieses Stelldicheins wird man doch nicht die ganze Gesellschaft auf frischer Tat überraschen wollen?«

»Der gesetzgebende Körper«, erklärte Herr de Vaudreuil, »hat, soviel ich weiß, den Kanadiern bisher noch nicht das Recht geraubt, einander bei dem einen oder dem andern zu treffen.«

»Nein, das nicht«, meinte Farran; »doch wer ist der Unterzeichnete des Briefes, der doch mindestens ebenso verdächtig erscheint wie ein ganz anonymes Schreiben;

wer ist es, und warum hat er nicht seinen wahren Namen daruntergesetzt?«

»Das ist offenbar auffallend«, stimmte Herr de Vaudreuil zu, »und zwar desto mehr, weil dieser Mann, sei es, wer da wolle, nicht einmal ausspricht, daß er selbst die Absicht habe, sich bei der Zusammenkunft einzustellen. Der mir zugegangene Brief unterrichtet mich nur einfach, daß ihr alle drei heute abend nach der Villa Montcalm kommen würdet ...«

»Und der unsrige enthält ebenfalls keine weitere Aufklärung«, setzte William Clerc hinzu.

»Doch wenn man's recht überlegt«, ließ Vincent Hodge sich vernehmen, »weshalb sollte uns der Unbekannte diese Aufforderung haben zugehen lassen, wenn er unserer Verhandlung nicht auch selbst beizuwohnen gedächte? Ich meine, er wird schon kommen.«

»Nun gut, er möge kommen«, fiel Farran ein. »Wir werden ja sehen, was für ein Mann es ist, und hören, welche Mitteilungen er zu machen hat; paßt es uns nicht, mit ihm in Verbindung zu treten, so können wir ihn immer noch abweisen.«

»Vaudreuil«, fragte William Clerc, »deine Tochter hat ja Kenntnis von diesem Brief genommen? Was denkt sie darüber?«

»Sie findet keine Ursache zu einem Verdacht, William.«

»Warten wir die Entwicklung ab!« äußerte Vincent Hodge.

Wenn der Unterzeichner des Briefes zu der Zusammenkunft sich einstellte, so hatte er gewiß einige Vorsicht walten lassen wollen, denn es sollte Nacht werden, ehe er in der Villa Montcalm eintraf – unter den obwaltenden Verhältnissen gewiß ganz richtig gehandelt.

Das Gespräch des Herrn de Vaudreuil mit seinen Freunden kam bald auf die politische Lage, welche infolge der Unterdrückungsmaßregeln seitens des englischen Parlaments ziemlich hochgespannt worden war. Auch sie fühlten, daß dieser Zustand der Dinge nicht andauern konnte. Und hierzu teilte Herr de Vaudreuil den anderen mit, daß er als Vorsitzender des Komitees von Laval durch Vermittelung des Notars Nick eine beträchtliche Summe erhalten habe, welche gewiß bestimmt war, die Unkosten ihrer Sache zu decken.

Während alle im Parke spazierengingen und die Essensstunde erwarteten, bestätigten Vincent Hodge, William Clerc und André Farran dem Herrn de Vaudreuil, was Meister Nick diesem gesagt hatte.

Die Beamten Gilbert Argalls waren auf dem Anstand. Nicht allein das Personal des Hauses Rip, sondern auch die Mannschaft der regulären Polizei durchstreifte das platte Land und die Kirchspiele der Grafschaft, alles aufbietend, um die Spuren Johanns ohne Namen zu entdekken. Offenbar mußte ihrer Meinung nach das Erscheinen dieses Mannes hinreichen, eine Erhebung zum Ausbruch zu bringen. Es schien deshalb nicht unmöglich, daß der Unbekannte vielleicht die Absicht hegte, Herrn de Vaudreuil die nötige Auskunft zu erteilen.

Gegen sechs Uhr kamen Herr de Vaudreuil und seine Freunde nach dem Salon zurück, in dem sich auch Clary wieder eingefunden hatte. William Clerc und Farran entboten ihr einen väterlichen Gruß, wozu ihr Alter und ihre vertraute Bekanntschaft sie ermächtigte. Vincent Hodge, der etwas zurückhaltender war, ergriff achtungsvoll die Hand, welche das junge Mädchen ihm entgegenstreckte. Dann bot er ihr den Arm, und alle begaben sich nach dem Speisezimmer.

Hier stand eine sehr reichliche Mahlzeit aufgetragen, wie das jener Zeit in den bescheidensten und in den reichsten Wohnungen Kanadas Sitte war. Sie setzte sich aus Flußfischen, Wild aus den benachbarten Wäldern und aus Gemüsen und Früchten, den Erzeugnissen des Küchengartens der Villa, zusammen.

Während der Tafel wurde von dem so ungeduldig erwarteten Eintreffen des Unbekannten nicht gesprochen. Es erschien ja ratsamer, davon nichts in Gegenwart der Dienerschaft des Hauses verlauten zu lassen, obwohl diese aus verläßlichen und schon lange im Dienste der Familie de Vaudreuil befindlichen Leuten bestand.

Nach der Tafel war der Abend so schön, die Temperatur so mild, daß Clary unter der Veranda Platz nahm. Der St. Lorenzo bespülte die untersten Stufen der Terrasse, indem er sie in seinen Wellen badete, welche die steigende Flut in der Dunkelheit fast auf der Stelle hielt. Herr de Vaudreuil, Vincent Hodge, Clerc und Farran standen rauchend längs der Balustrade; sie wechselten kaum ein Wort und höchstens nur mit ganz leiser Stimme.

Es war jetzt ein wenig über sieben Uhr. Die Nacht begann die tiefen Teile des Tales zu verhüllen, und während die lange Dämmerung sich nach den Ebenen des Westens zurückzog, begannen schon die Sterne an der entgegengesetzten Seite des Himmelsgewölbes aufzuflammen.

Clary schaute den St. Lorenzo stromauf und stromab, da es ihr wahrscheinlich war, daß der Fremde, wenn er keine Spuren hinterlassen wollte, den Wasserweg benützen würde. Für ein leichtes Boot war es ja keine besondere Aufgabe, längs des Ufers hinzugleiten und durch das Gesträuch und das Schilf des Strandes zu schleichen. Erst an der Terrasse gelandet, konnte jene geheimnisvolle Person nach der Villa gelangen, ohne gesehen worden zu sein, und sie auch verlassen, ehe einer von den Leuten des Hauses nur den geringsten Verdacht schöpfen konnte.

Da es aber doch möglich war, daß der Erwartete nicht auf dem St. Lorenzo kam, hatte Herr de Vaudreuil Befehl erteilt, jedermann, der sich in der Villa zeigen würde, ohne Zögern einzuführen. Eine im Salon brennende Lampe ließ durch die dichten Vorhänge der Fenster nur ein schwaches Licht dringen, und jene selbst noch wurden durch die Veranda den Blicken ganz entzogen. Von außen konnte mithin niemand sehen, was im Innern des Salons vorging.

Wenn auf der Seite des Parkes aber alles ruhig war, so

ließ sich das von der des Stromes nicht sagen. Von Zeit zu Zeit erschienen einige Boote, welche bald an das rechte, bald an das linke Ufer hinglitten. Sie setzten sogar manchmal ganz an das Land, worauf zwischen denselben einige Worte gewechselt wurden, und dann entfernten sie sich wieder in verschiedenen Richtungen.

Herr de Vaudreuil und seine Freunde beobachteten aufmerksam diese Bewegungen, deren Veranlassung sie recht wohl durchschauten.

»Das sind Beamte der Polizei«, sagte William Clerc.

»Jawohl«, antwortete Vincent Hodge; »sie überwachen den Strom jetzt schärfer, als es bisher geschehen . . .«

»Und auch vielleicht die Villa Montcalm.«

Diese letzten Worte waren von einer leisen Stimme gemurmelt worden, doch nicht von der des Herrn de Vaudreuil oder seiner Tochter, auch nicht von einem der Gäste.

Gleichzeitig erhob sich aus dem ihn bisher verbergenden Gebüsche vor der Balustrade auf der rechten Seite der Treppe ein Mann, der die Stufen emporstieg, schnellen Schrittes über die Terrasse ging, seine Tuque lüftete und mit einer leichten Verbeugung sagte:

»Der Sohn der Freiheit, der an Sie geschrieben hatte, meine Herren.«

Herr de Vaudreuil, Clary, Clerc und Farran suchten, erstaunt über das plötzliche Erscheinen, das Gesicht des Mannes zu erkennen, der sich auf so eigenartige Weise in der Villa eingeführt hatte. Seine Stimme erschien ihnen übrigens ebenso unbekannt wie seine Person.

»Sie werden mir verzeihen, Herr de Vaudreuil, mich unter diesen Verhältnissen Ihnen vorzustellen. Es lag mir aber viel daran, mich beim Eintreten in die Villa Montcalm nicht sehen zu lassen, wie es auch von Wichtigkeit sein wird, dieselbe wieder umgesehen zu verlassen.«

»Bitte, treten Sie ein, mein Herr«, antwortete Herr de Vaudreuil.

Damit begaben sich alle in den Salon, dessen Tür hinter ihnen geschlossen wurde.

Der eben in der Villa Montcalm eingetroffene Mann war der junge Reisende, in dessen Gesellschaft Meister Nick die Fahrt von Montreal bis zur Insel Jesus zurückgelegt hatte. Herr de Vaudreuil und seine Freunde bemerkten ebenso, wie es auch der Notar schon bemerkte, daß er der französisch-kanadischen Rasse angehörte.

Nach seinem Abschiede von Meister Nick und nach dem Betreten der Straßen von Laval hatte er folgendes getan:

Ganz zuerst begab er sich nach einem bescheidenen Gasthaus in den unteren Quartieren der Stadt. Daselbst hatte er, in eine Ecke des Gastzimmers zurückgezogen, die Essensstunde abgewartet und die ihm zugänglichen Zeitungen durchflogen. Sein jetzt gleichgültig erscheinendes Gesicht ließ nichts von den ihn bei der Lektüre bestürmenden Empfindungen ahnen, obwohl die damaligen Blätter alle in schärfster Weise für oder gegen die Krone Partei nahmen. Die Königin Viktoria war ihrem Oheim Wilhelm IV. auf dem Throne gefolgt, und von beiden Seiten wurden eben lebhaft die Veränderungen besprochen, welche die neue Staatsregierung der Verwaltung der kanadischen Provinzen aufnötigen würde. Doch obwohl es nur die Hand einer Frau war, welche das Zepter des Vereinigten Königreichs führte, mußte man doch fürchten, daß dieselbe gleich schwer wie die früheren auf der überseeischen Kolonie lasten würde.

Bis sechs Uhr abends hatte der junge Mann in der Gaststube verweilt; dann wurde das Essen aufgetragen. Um acht Uhr hatte er sich wieder auf den Weg gemacht.

Wäre ihm da ein Spion gefolgt, so hätte er gesehen, wie jener sich nach dem steilen Flußufer wandte und unter demselben hinschlich, bis er dreiviertel Stunden später die Villa Montcalm erreichte. Dort hatte der Unbekannte einen geeigneten Augenblick abgewartet, um die Terrasse hinanzugehen, und der Leser weiß ja, wie er mitten in der Unterhaltung des Herrn de Vaudreuil und seiner Freunde eingetreten war.

Jetzt konnten alle in dem Salon, dessen Fenster und Türen verwahrt worden waren, sich ohne Scheu aussprechen.

»Mein Herr«, begann da Herr de Vaudreuil, sich an den neuen Gast wendend, »Sie werden es entschuldbar finden, wenn ich vor allem frage, wer Sie sind . . .«

»Das hab' ich bei der Ankunft gesagt, Herr de Vaudreuil. Ich bin – wie Sie alle das sind – ein Sohn der Freiheit!«

Clary machte unwillkürlich ein Zeichen der Enttäuschung. Vielleicht erwartete sie einen anderen Namen als diese unbestimmte Bezeichnung, welche jener Zeit übrigens unter den Anhängern der franko-kanadischen Sache sehr verbreitet war. Sie begriff nicht, warum der junge Mann auch in der Villa Montcalm sein Inkognito noch länger aufrechterhalten wollte.

»Wenn Sie uns, mein Herr«, sagte jetzt André Farran, »zu einer Zusammenkunft bei Herrn de Vaudreuil veranlaßt haben, so geschah das doch gewiß, um hier über eine wichtige Angelegenheit zu verhandeln. Ehe wir uns aber offen erklären, werden Sie es ganz natürlich finden, daß wir zu wissen wünschen, mit wem wir es zu tun haben.«

»Sie würden unklug gewesen sein, meine Herren, wenn Sie diese Frage an mich unterlassen hätten«, erwiderte der junge Mann, »und von mir wäre es unverzeihlich, dieselbe nicht zu beantworten.«

Bei diesen Worten legte er ihnen einen Brief vor.

Dieser Brief unterrichtete Herrn de Vaudreuil von dem Besuche des Unbekannten, dem er und seine Gesinnungsgenossen unbedingtes Vertrauen schenken könnten, auch »wenn er seinen Namen nicht nannte«.

Unterzeichnet war das Schreiben von einem der Hauptopponenten im Parlamente, von dem Advokaten Grammont, dem Abgeordneten für Quebec, einem Manne, der mit Herrn de Vaudreuil in politischen Dingen ganz eines Sinnes war. Der Advokat Grammont fügte noch hinzu, daß Herr de Vaudreuil, im Falle jener Gast ihn um Unterkommen während einiger Tage ersuchen sollte, das im vollen Vertrauen und im Interesse ihrer Sache gewähren möge.

Herr de Vaudreuil übergab diesen Brief seiner Tochter, Clerc und Farran, dann sagte er:

»Mein Herr, Sie sind hier ganz zu Hause und können in der Villa Montcalm so lange bleiben, wie es Ihnen beliebt.«

»Höchstens zwei Tage, Herr de Vaudreuil«, erwiderte der junge Mann. »In vier Tagen muß ich wieder mit meinen Genossen an der Mündung des St. Lorenzo zusammengetroffen sein; ich danke Ihnen jedoch für den wohlwollenden Empfang, und nun, meine Herren, bitte ich Sie, mich gefälligst anzuhören.«

Der Unbekannte nahm das Wort. Er sprach mit Sicherheit über den damaligen Zustand der Gemüter in den kanadischen Provinzen, er zeigte, daß das Land bereit sei, sich gegen die Bedrückung seitens der Loyalisten und der Kronbeamten zu erheben. Diese Überzeugung schöpfte er aus eigener Erfahrung, als er zur Verbreitung reformatorischer Ideen während mehrerer Wochen die Grafschaften des oberen St. Lorenzo und des Ottawa durchzogen hatte. Nach wenigen Tagen beabsichtigte er zum letzten Male durch die Grafschaften des Ostens zu reisen, um die Elemente zur demnächstigen Empörung zu sammeln, einer Empörung, welche gleichzeitig von der Mündung des Stromes bis zum Gebiete von Ontario hin auflodern sollte. Einem solchen Massenaufstande würden weder Lord Gosford mit den Vertretern der Staatsgewalt noch der General Colborne mit wenigen tausend Rotröcken – dem ganzen Truppenbestand in Kanada – hinreichende Kräfte entgegensetzen können, und Kanada – daran zweifelte er nicht – mußte sich endlich vom Joche seiner Unterdrücker befreien.

»Eine ihrer Heimat entrissene Provinz«, setzte er hinzu, »gleicht dem Kinde, das seiner Mutter geraubt ist. Das muß der Gegenstand der Zurückforderung ohne Waffenstillstand, des Kampfes ohne Gnade sein! So etwas läßt sich niemals vergessen!« Als er diese Verhältnisse erwähnte, sprach der Unbekannte mit einer Kaltblütigkeit, welche bewies, daß er stets und überall die Herrschaft über sich behielt. Dennoch fühlte man es, daß ein Feuer in seiner Seele lohte, daß seine Gedanken vom brennendsten Patriotismus erfüllt waren. Während er noch mehrere Einzelheiten über das, was er noch tun wollte, mitteilte, wandte Clary kein Auge von dem jungen Manne. Alles sagte ihr, daß hier ein Held vor ihr stehe, der in seinem Gedankenfluge die kanadische Revolution verkörperte. Als die Herren de Vaudreuil, Vincent Hodge, Clerc und Farran so über seine Schritte unterrichtet waren, setzte er hinzu:

»Alle jene Parteigänger unserer Unabhängigkeit, meine Herren, brauchen aber einen Führer, und dieser Führer wird auferstehen, wenn die Stunde gekommen, an deren Spitze zu treten. Bis dahin erscheint es notwendig, daß sich ein Aktionskomitee bildet, um die Einzelkräfte zusammenzufassen. Nehmen Sie, Herr de Vaudreuil, und Ihre Freunde es an, sich an diesem Komitee zu beteiligen? Sie alle haben ja schon in ihren Familien oder persönlich für die nationale Sache gelitten. Diese Sache hat unseren besten Patrioten, Ihrem Vater, Vincent Hodge, wie Ihren Brüdern, William Clerc und André Farran, das Leben gekostet . . .«

»Infolge des Verrates eines Schurken, mein Herr!« antwortete Vincent Hodge.

»Ja . . . eines Schurken . . .«, wiederholte der junge Mann langsam.

»Clary glaubte dabei eine eigentümliche Wandlung seiner bis dahin so klaren Stimme zu bemerken.

»Indes«, fügte er hinzu, »dieser Mann ist tot.«

»Wissen Sie das bestimmt?« fragte William Clerc.

»Er ist tot«, erwiderte der Unbekannte, der nicht zögerte, bestätigend bezüglich einer Tatsache zu antworten, welche bisher noch keiner zu beweisen vermocht hatte.

»Tot . . .! Jener Simon Morgaz . . .! Und ich . . . ich habe an ihm nicht Vergeltung üben können!« rief Vincent Hodge.

»Sprechen wir nicht mehr von jenem Verräter, liebe Freunde«, mischte sich Herr de Vaudreuil wieder ein, »und überlaßt es mir, auf den eben gehörten Vorschlag zu antworten. Mein Herr«, fuhr er fort, sich an seinen Gast wendend, »was die Unsrigen einst getan, das sind wir bereit, auch noch einmal zu tun. Wir werden unser Leben wagen, wie sie das ihrige gewagt haben. Sie können also über uns verfügen, und wir übernehmen die Aufgabe, den Anstrengungen, welche Sie bereits gemacht haben, in der Villa Montcalm ein Ziel, einen Mittelpunkt zu geben. Wir stehen in täglicher Verbindung mit den verschiedensten Komitees des Bezirks, und auf das erste Signal hin werden wir mit unserer Person eintreten. Ihre Absicht, wie Sie sagten, ist es, nach zwei Tagen weiterzureisen, um die Kirchspiele des Ostens zu besuchen? Nun gut! Bei Ihrer Rückkehr werden Sie uns bereit finden, dem Führer – sei er, wer er will – zu folgen, der die Fahne der Unabhängigkeit entfalten wird.«

»Vaudreuil hat für uns gesprochen«, fügte Vincent Hodge hinzu. »Wir haben nur den einen Gedanken, unser Land von der Unterdrückung zu befreien und ihm das Recht, frei zu sein, wiederzugeben!«

»Ein Recht, welches es diesmal zu erlangen wissen wird«, sagte Clary de Vaudreuil, während sie auf den jungen Mann zuging.

Dieser wandte sich aber schon nach der Tür des Salons, die zur Terrasse führte.

»Horchen Sie, meine Herren«, flüsterte er.

Ein unbestimmtes Geräusch ließ sich in der Richtung von Laval her vernehmen, ein entferntes Getöse, dessen Art und Ursache kaum zu erkennen war.

»Was bedeutet das?« fragte William Clerc.

»Sollte es schon zu einem vereinzelten Aufstand gekommen sein . . .?« bemerkte André Farran.

»Gott gebe, daß das nicht der Fall ist«, murmelte Clary. »Das wäre vorzeitig gehandelt!«

»Ja . . . zu zeitig!« erklärte auch der junge Mann.

»Was kann das aber zu bedeuten haben?« fragte Herr

de Vaudreuil. »Hören Sie nur, das Geräusch kommt näher . . .«

»Es klingt wie der Ton von Signalhörnern«, meinte André Farran.

Wirklich drangen jetzt deutlich metallische Töne an die Luft, welche in regelmäßigen Zwischenräumen bis zur Villa Montcalm hin hörbar wurden. Handelte es sich etwa um eine Abteilung Bewaffneter, welche nach der Villa des Herrn de Vaudreuil vordrang?

Dieser hatte die Tür des Salons geöffnet, und seine Freunde folgten ihm auf die Terrasse.

Alle sahen scharf nach Westen hinaus, doch ließ sich nach dieser Richtung hin kein verdächtiges Licht wahrnehmen. Offenbar rührte dieses Geräusch nicht von den Ebenen der Insel Jesus her, und doch drang ein jetzt näher erscheinendes Getöse bis zur Villa, und gleichzeitig hörte man die Töne von Trompeten.

»Da . . . da ist es . . .«, sagte Vincent Hodge.

Er wies mit dem Finger nach dem Laufe des St. Lorenzo gegen Laval hin. In dieser Richtung bemerkte man jetzt wirklich das Flackern einzelner Flammen, welche sich in dem von seinem Nebel bedeckten Wasser des Stromes schwach widerspiegelten.

Zwei oder drei Minuten verstrichen.

Ein Boot, welches mit der Ebbe herabfloß, schnitt eben in die Wirbel des Stromes nahe dem Ufer und etwa eine Viertelmeile aufwärts ein. Dieses Boot trug gegen zehn Personen, deren Uniform man beim Scheine der Fackeln leicht erkennen konnte. Es waren das ein Konstabler und eine Abteilung der Polizei.

Von Zeit zu Zeit hielt die Barke an. Sofort erhob sich gleich nach einem Hornsignal eine laute Stimme, doch war es in der Villa Montcalm noch unmöglich, die Worte zu verstehen.

»Das muß sich um eine Proklamation handeln«, sagte William Clerc.

»Und zwar um eine von hervorragender Wichtigkeit«, setzte André Farran hinzu, »da sie seitens der Behörde zu so ungewöhnlicher Stunde bekanntgegeben wird.«

»Warten wir es ab«, meinte Herr de Vaudreuil, »das wird sich ja bald zeigen ...«

»Wäre es nicht ratsam, in den Salon zurückzukehren?« ließ sich da Clary, an den jungen Mann gewendet, vernehmen.

»Warum sollten wir uns verstecken, Fräulein de Vaudreuil?« antwortete dieser. »Was die Behörde bekanntzumachen für angezeigt hält, das müssen wir doch auch hören.«

Inzwischen war die Barke, welcher einige kleinere Kähne folgten, gegenüber der Terrasse angelangt.

Wieder erscholl ein Trompetenstoß, und jetzt konnten Herr de Vaudreuil und seine Freunde deutlich die Stimme vernehmen.

Bekanntmachung des Lord-Generalgouverneurs der kanadischen Provinzen.

Am 3. September 1837.

»Es wird hiermit ein Preis ausgesetzt auf den Kopf des Johann ohne Namen, der in den Grafschaften des oberen St. Lorenzo sichtbar gewesen ist. Sechstausend Piaster werden demjenigen zugesichert, der ihn verhaftet oder seine Verhaftung herbeiführt.

Im Namen des Lord Gosford
der Polizeiminister
Gilbert Argall.«

Hierauf setzte das Boot seine Fahrt fort und ließ sich von der Strömung des Flußes hinabtreiben.

Die Herren de Vaudreuil, Farran, Clerc, Vincent Hodge waren unbeweglich auf der Terrasse stehengeblieben, welche schon die tiefe Nacht umhüllte. Keine Bewegung entschlüpfte auch dem jungen Unbekannten, während die Stimme des Konstablers jenen Inhalt der Bekanntmachung wiedergab. Nur das junge Mädchen hatte fast unbewußt sich ihm mit einigen Schritten genähert.

Herr de Vaudreuil war es, der zuerst wieder das Wort

nahm.

»Wiederum ein Preis, der feilen Verrätern geboten wird!« sagte er. »Dieses Mal, hoff' ich, wird es nutzlos sein, dieses Mal wird sich der gute Ruf der kanadischen Franzosen nicht wieder einen Schandfleck holen!«

»Ja, es ist genug, es ist zuviel, daß man schon einmal einen Simon Morgaz gefunden hat!« rief Vincent Hodge.

»Gott beschütze Johann ohne Namen!« flehte Clary mit tieferregter Stimme.

Jetzt trat einige Augenblicke Stillschweigen ein.

»Treten wir ein und begeben wir uns nach unseren Zimmern«, sagte Herr de Vaudreuil. »Ich werde Ihnen ein solches zur Verfügung stellen«, setzte er an den jungen Mann gewendet hinzu.

»Ich danke Ihnen, Herr de Vaudreuil«, antwortete der Unbekannte, »doch es ist mir unmöglich, noch länger in diesem Hause zu bleiben . . .«

»Und warum . . .?«

»Als ich vor einer Stunde die mir von Ihnen gebotene Gastfreundschaft der Villa Montcalm annahm, befand ich mich nicht in der Lage, in welche mich jene öffentliche Bekanntmachung versetzt hat.«

»Was wollen Sie damit sagen, mein Herr?«

»Daß meine Anwesenheit Ihnen jetzt nur große Verlegenheiten bereiten könnte, weil der Generalgouverneur einen Preis auf meinen Kopf gesetzt hat. Ich bin Johann ohne Namen!«

Nachdem der junge Mann sich verneigt, wendete er sich schon nach dem Steilufer zu, als Clary ihn noch an der Hand faßte.

»Bleiben Sie hier!« bat sie.

Sechstes Kapitel

Der St. Lorenzo

Das Tal des St. Lorenzo ist vielleicht eines der ausgedehntesten, welches geologische Vorgänge jemals in die Oberfläche der Erdkugel eingegraben haben. Humboldt schreibt ihm eine Größe von zweihundertsiebzig Quadratmeilen zu – d. h. eine solche, welche der von ganz Europa gleichkommt.

Der in seinem Verlaufe sehr launenhafte, mit Inseln besäte, von Stromschnellen unterbrochene und von Wasserfällen quer durchschnittene Strom zieht sich durch das ganze Tal hin, welches im eigentlichen Sinne das französische Kanada bildet. Dieses Gebiet, in dem sich zuerst die Söhne des auswandernden Adels niederließen, ist heutzutage in Grafschaften und Bezirke eingeteilt. An der Mündung des St. Lorenzo, in der breiten Bai jenseits seiner Verzweigung, erheben sich der Magdalen-Archipel, die Insel des Kaps Breton und des Prinzen Eduard, die große Insel Anticosti, welche die dem Aussehen nach so verschiedenen Küsten von Labrador, Neufundland, Akadien oder Neuschottland gegen die furchtbaren Stürme des Atlantischen Weltmeers schützen.

Erst Mitte April erfolgt hier gewöhnlich der Abgang des Eises, das sich während der langen und strengen Winterperiode des kanadischen Klimas angesammelt hatte. Dann wird der St. Lorenzo schiffbar. Selbst Schiffe von großem Tonnengehalt können hinaufgelangen bis in die Gegend der Seen, jener Süßwassermeere, deren Kette sich durch das sagenumwobene Land hinzieht, das man so bezeichnend »Das Land Coopers« genannt hat. Zu dieser Jahreszeit belebt sich der Strom, in dem Ebbe und Flut weit eindringen, wie eine Reede, deren Blokade durch einen Friedensschluß aufgehoben wurde. Segelboote, große und kleinere Dampfschiffe, Holzflöße, Lotsenboote, Küstenfahrer, Fischerbarken, Lustjachten und Kanus jeder Art gleiten über die Wasserfläche seiner Gewässer, die endlich von ihrer dicken Eisfläche befreit sind. Nach einem halben Jahr des Todesschlafes beginnt für ein halbes Jahr das Leben.

Am 13. September gegen sechs Uhr morgens verließ ein als Kutter getakeltes Fahrzeug den kleinen Hafen von St. Anna an der Mündung des St. Lorenzo und an dem südlichen, nach dem Golfe zu sich abrundenden Ufer desselben. In diesem Fahrzeuge saßen fünf bis sechs Fischer, welche ihr einträgliches Gewerbe von den Stromschnellen bei Montreal bis zur Ausmündung des Flusses hin betreiben. Nachdem sie ihre Netze und Schnüre an den Stellen ausgeworfen, welche sie aus Erfahrung als ergiebig kennen, bringen sie die Salz- und Süßwasserfische von Ortschaft zu Ortschaft zum Verkauf – richtiger müßte es heißen von Haus zu Haus, denn die beiderseitigen Ufer begrenzt eine fast ununterbrochene Reihe von Wohnstätten bis hinauf zur Westgrenze der Provinz.

Diese Fischer stammten aus Akadien. Ein Fremder würde das schon aus ihrer Sprachbildung und an dem in Neuschottland so rein gebliebenen Typus erkennen, da sich hier die französische Rasse ganz besonders gedeihlich entwickelt hat. Verfolgt man die Reihe ihrer Vorfahren, so wird man unter diesen fast sicherlich einige jener Proskribierten antreffen, welche vor einem Jahrhundert durch die königlichen Truppen dezimiert wurden und deren Unglück Longfellow so schön in seinem ergreifenden Gedichte »Evangeline« geschildert hat.

Das Gewerbe eines Fischers ist vielleicht das angesehenste in Kanada, mindestens in den Küstengemeinden, wo man zehn- bis fünfzehntausend Fischerboote zählt und mehr als dreißigtausend Mann die Gewässer des Stromes und seiner Zuflüsse ausbeuten.

Der Kutter trug noch einen sechsten Passagier, der ebenso wie die übrigen Insassen gekleidet war, von einem Fischer aber weiter nichts als eben das Kostüm hatte. Man hätte sich hierüber gewiß täuschen lassen, und es wäre sehr schwierig gewesen, in ihm den jungen Mann zu vermuten, dem die Villa Montcalm achtundvierzig Stunden lang Unterkunft gewährt hatte.

Es war in der Tat Johann ohne Namen.

Während seines Verweilens in der Villa hatte er über das Inkognito betreffs seiner Person und seiner Familie keinerlei Aufschluß gegeben. – Johann – das war der einzige Name, den Herr und Fräulein de Vaudreuil ihm gaben.

Nach Beendigung ihrer Verhandlung am 3. September hatten Vincent Hodge, William Clerc und André Farran sich wieder nach Montreal heimbegeben, und schon zwei Tage nach seinem Eintreffen in der Villa nahm Johann Abschied von Herrn de Vaudreuil und dessen Tochter.

Wie viele Stunden während dieses kurzen Aufenthaltes waren da verbracht worden im Gespräch über das neue Unternehmen, welches gewagt werden sollte, um Kanada der englischen Herrschaft zu entreißen! Mit welch hoher Genugtuung hörte Clary den jungen Verbannten die Sache preisen, die ihnen ja beiden so teuer war! Er selbst hatte inzwischen etwas von der Kälte abgestreift, die er zuerst zeigte und welche mehr vorbedacht erschien. Vielleicht unterlag er schon dem Einflusse der empfindsamen Seele des jungen Mädchens, deren Liebe zum Vaterlande sich der seinigen so innig anschloß.

Am Abend des 5. September war es gewesen, als Johann Herrn und Fräulein de Vaudreuil verließ, um seine Irrfahrten wieder zu beginnen und den Feldzug reformatorischer Propaganda in den Grafschaften Unterkanadas zu vollenden.

Vor der Trennung hatten alle drei verabredet, sich im Pachthofe zu Chipogan bei Thomas Harcher wiederzutreffen, dessen Familie, wie sich zeigen wird, die Familie des jungen Patrioten geworden war. Und doch, wie unbestimmt blieb es, ob er und das junge Mädchen sich jemals wiedersehen würden, da seinen Kopf so viele Gefahren bedrohten.

Jedenfalls war niemand auf die Vermutung gekommen, daß es Johann ohne Namen war, dem die Villa Montcalm Zuflucht gewährt hatte. Der Chef des Hauses

Rip & Cie. hatte, auf falsche Fährte geleitet, seinen dermaligen Aufenthalt nicht aufzuspüren vermocht. Johann hatte die Ville ebenso unbemerkt verlassen können, wie er dahin gekommen; dann überschritt er im Fährboote den St. Lorenzo am Ende der Insel Jesus und verlor sich in die Landschaft des Inneren nach der amerikanischen Grenze hin, um diese zu überschreiten, wenn es seiner Sicherheit wegen notwendig erschien. Da man ihn – und mit Recht, denn Johann kam daher – inmitten der Kirchspiele des oberen Stromes suchte, hatte er, ohne erkannt oder verfolgt zu werden, den Fluß St. Jean erreichen können, dessen Lauf teilweise die Grenze von Neubraunschweig bildet. Dort, im kleinen Hafen von St. Anna, erwarteten ihn seine mutigen Gefährten, die sich demselben Werke widmeten und auf deren Ergebung er ohne jeden Rückhalt bauen konnte.

Es waren das fünf Brüder – die ältesten ein Zwillingspaar, Pierre und Rémy, dreißig Jahre alt, und die drei anderen, Michel, Tony und Jacques, neunundzwanzig, achtundzwanzig und siebenundzwanzig zählend –, fünf der zahlreichen Kinder Harchers und seiner Gattin Catharine aus der Grafschaft Laprairie, des Pächters von Chipogan.

Einige Jahre früher, bei Gelegenheit des Aufstandes von 1831, hatte Johann ohne Namen, dem die Polizei dicht an den Fersen war, in jenem Pachthofe Zuflucht gefunden; doch wußte er damals nicht, daß dieser Herrn de Vaudreuil gehörte. Thomas Harcher nahm den Flüchtling auf und betrachtete ihn, als ob er zu seiner Familie gehörte. Wenn er auch wußte, daß es einer der Patrioten war, dem er ein Asyl gewährte, so wußte er mindestens nicht, daß das Johann ohne Namen war.

Während der Zeit seines Verweilens auf dem Pachthofe knüpfte Johann – nur unter diesem Namen hatte er sich vorgestellt – ein festes Freundschaftsband mit dem älteren Sohne Thomas Harchers. Was sie empfanden, das fand in seinem Herzen Widerhall. Es waren unerschrockene Anhänger der Reform, mit jenem eingefleischten Haß gegen alles, was angelsächsischer Rasse war, »was nach England roch«, wie man jener Zeit in Kanada sagte.

Als Johann Chipogan verließ, geschah das an Bord des Kutters der fünf Brüder, welcher vom April bis zum September den Strom besuchte. Er betreib auffällig das Gewerbe eines Fischers, was ihm in alle Häuser der Uferkirchspiele Eingang verschaffte. So hatte er den Nachforschungen aus dem Wege gehen und eine neue aufständische Bewegung vorbereiten können. Vor seinem Eintreten in der Villa Montcalm waren es die Grafschaften am Ottawa gewesen, die er in der Provinz Ontario besuchte. Und während er jetzt den Strom von dessen Mündung bis Montreal hinaufging, wollte er an die Bewohner der Grafschaften Unterkanadas die letzte Parole ausgeben, jene Bewohner, welche so gern in Erinnerung an die Franzosen von ehedem fragten: »Wann werden wir unsere braven Leute wiedersehen?«

Das Fahrzeug hatte eben den Hafen von St. Anna verlassen. Trotz der abfallenden Flut gestattete eine aus Osten wehende frische Brise ihr entgegenzulaufen, als Pierre Harcher, der Führer des »Champlain«, das Segel und die Klüver hatte hissen lassen; »Champlain« war der Name des Kutters.

Das Klima von Kanada ist minder gemäßigt als das der Vereinigten Staaten und im Sommer sehr heiß, im Winter sehr kalt, obgleich das land etwa mit Frankreich in gleicher Breite liegt. Es rührt das wahrscheinlich daher, daß die warmen Gewässer des von seinen Küsten abgelenkten Golfstromes diese Exzesse seiner Temperatur nicht abmindern.

Während der ersten Hälfte des Monats September war die Wärme noch sehr hoch gewesen, und die Segel des »Champlain« blähten sich nur unter einer glühenden Brise.

»Das wird einen harten Tag geben«, meinte Pierre, »vorzüglich, wenn der Wind nach Süden umspringen sollte.«

»Ja, und der Teufel frikassiere die Schnaken und Moskitos, von denen es hier am Strande von St. Anna wahrlich Myriaden gibt.«

»Oh, diese Hitze wird schon aufhören, und bald erfreuen wir uns der Milde des echten Indianersommers, liebe Brüder!«

Es war Johann gewesen, der seinen Gefährten diesen ihrer würdigen brüderlichen Namen gegeben hatte; und er hatte auch recht, die Schönheit des »Indianersommers« von Kanada zu preisen, der speziell die Monate September und Oktober umfaßt.

»Fischen wir noch heute vormittag?« fragte ihn Pierre Harcher, »oder segeln wir noch weiter den Strom hinauf?«

»Ich denke, wir werfen die Schumen bis zehn Uhr aus«, antwortete Johann, »und verkaufen unsere Beute dann gleich in Matane.«

»Dann wollen wir nach der Monts-Spitze hinübersegeln«, erklärte der Führer des »Champlain«. »Dort ist das Wasser ergiebiger, und wir kommen nach Matane mit dem Stillstand der Gezeiten.«

Die Schoten wurden angezogen, das Fahrzeug luvte an, und unterstützt durch die Brise glitt es, trotz entgegengesetzter Unterströmung, schräg auf genannter Landspitze zu, welche auf dem nördlichen Ufer des an dieser Stelle neun bis zehn Lieues (35⅔ bis 40 Kilometer) breiten Stromes liegt.

Nach einstündiger Fahrt legte der »Champlain«, dessen Focksegel gelöst war, bei, und man begann unter wenig Segeldruck und mäßiger Bewegung zu fischen.

Er befand sich hier inmitten einer prächtigen, von sorgfältig bebauten Feldern eingerahmten Bucht. Das kultivierte Land aber erstreckte sich nach Norden zu bis nach den ersten Wellenlinien der Laurentidenkette und im Süden bis zu den Notre-Dame-Bergen, deren höchste Spitzen 1300 Fuß über die Meeresfläche aufragen.

Pierre Harcher und seine Brüder waren sehr geschickt in ihrer Arbeit, die sie stets auf dem Flusse übten. Inmitten der Stromschnellen und Barren von Montreal fingen sie stets mittels Reißbündeln eine Menge Alsen (Maifische). In der Umgebung von Quebec dagegen erbeuteten sie Lachse und Forellen, welche zur Laichzeit die oberen, mehr süßen Gewässer aufsuchen. Es war nur sehr selten, daß ihre Fischzüge nicht recht ergiebig ausgefallen wären.

An diesem Vormittage wimmelte es geradezu von Seeforellen, so daß die Netze mehrmals zu reißen drohten. Gegen zehn Uhr entfaltete der »Champlain« denn auch wieder seine Segel und steuerte nach Matane in südwestlicher Richtung dahin.

Es empfahl sich auch mehr, nach dem südlichen Ufer des Flusses zu gehen, im Norden sind nämlich Flecken und Dörfer sehr dünn gesät und die Bevölkerung der öden Gegenden nur sehr spärlich. Das Gelände hier besteht eigentlich nur aus einer Anhäufung chaotischer Felsenmassen. Mit Ausnahme des Saguenay-Tales, durch welches der St.-Jean-See abfließt und das wirklichen Alluvialboden hat, ist der Boden sehr unfruchtbar, abgesehen von den reichen Wäldern, welche das Land in großem Umfange bedecken.

Im Süden des Flusses dehnt sich dagegen ein gesegneter Landstrich aus, der reiche Ernten liefert. Hier finden sich blühende Dorfschaften und, wie schon erwähnt, ein wirkliches Panorama von Wohnstätten, das von der Mündung des St. Lorenzo bis nach Quebec hinaufreicht. Fühlen sich Lustreisende auch von den malerischen Reizen des Saguenay-Tales oder von der Malbaie angelockt, so besuchen die kanadischen und amerikanischen Badereisenden – vorzüglich diejenigen, welche die brennende Hitze Neuenglands nach der frischeren Gegend des großen Stromes verjagt – mit Vorliebe dessen südliche Ufer.

Hier, und zwar zuerst auf dem Markte von Mantane, war es, wo der »Champlain« seine Ausbeute von Fischen zum Verkauf bot. Johann und zwei der Brüder Harchers, Michel und Tony, gingen von Tür zu Tür, um ihren Fang anzubieten. Niemand konnte es da auffallen, wenn Johann in einem Hause länger verweilte, als es ein derartiger Handel wohl bedingte; daß er in die Wohnungen eintrat und einige Worte, nicht mit den Dienstleuten, sondern mit dem Hausherrn wechselte. Ebenso konnte es ja kein Mensch bemerken, daß er in mancher mehr bescheidenen Wohnung zuweilen mehr Geld zurückgab, als seine Kameraden für ihre Ware lösen konnten.

So ging das mehrere Tage fort inmitten der Flecken des südlichen Ufers, in Rimouski, in Bic und Trois-Pistoles wie auf dem Strande bei Caconna, einem damals bevorzugten Badeorte am St. Lorenzo.

In Rivière-du-Loup – einer kleinen Stadt, wo Johann am Morgen des 17. September verweilte – untersuchten die mit der Überwachung des Stromes besonders beauftragten Beamten auch den »Champlain«, doch verlief alles aufs beste. Schon seit mehreren Jahren war Johanns Name in die Schiffspapiere des Kutters eingetragen, so als wäre er einer der Söhne Harchers. Niemals vermutete deshalb auch die Polizei, daß sich in der Kleidung eines kanadischen Fischers der Verbannte verbarg, dessen Kopf für jeden, der ihn einlieferte, sechstausend Piaster wert war.

Als die Beamten ihre Untersuchung beendet hatte, begann Pierre Harcher:

»Vielleicht tun wir gut, am jenseitigen Stromufer Zuflucht zu suchen.«

»Dahin geht auch mein Rat«, bemerkte Michel.

»Doch weshalb?« fragte Johann. »Ist unser Fahrzeug jenen Leuten verdächtig vorgekommen? Ist etwa nicht alles verlaufen wie gewöhnlich? Kann jemand auf den Gedanken kommen, ich gehörte nicht zur Familie Harchers wie deine Brüder und du selbst?«

»Oh, ich meine, das ist sogar in der Tat der Fall«, rief Jacques, der Jüngste der fünf, der immer lustig und guter Dinge war. »Unser braver Vater hat so viel Kinder, daß eins mehr oder weniger auch nichts ausmacht und er sich in dieser Hinsicht selbst einmal täuschen könnte.«

»Und übrigens«, fügte Tony hinzu, »liebt er dich wie

einen Sohn, und wir lieben dich, als wenn wir alle desselben Blutes wären.«

»Wir gehören ja, ebenso wie du, Johann, der französischen Rasse an«, bemerkte Rémy.

»Ja, gewiß«, antwortete Johann. »Ich glaube aber nicht, daß wir von der Polizei etwas zu fürchten haben.«

»Man bereut es niemals, zu vorsichtig gewesen zu sein«, ließ sich Tony vernehmen.

»Nein, das gewiß nicht«, entgegnete Johann, »und wenn es nur aus Klugheit geschieht, daß Pierre vorschlägt, über den Fluß hin zu segeln . . .«

»Aus Klugheit, ja«, unterbrach ihn der Führer des »Champlain«, »denn das Wetter scheint umzuschlagen.«

»Das ist ein ander Ding«, erwiderte Johann.

»Sieh«, fuhr Pierre fort, »es muß sehr bald ein Nordost einsetzen, und ich habe eine Ahnung, daß dieser sehr stark werden wird . . . So etwas fühle ich vorher . . .! Oh, wir haben schon manchem anderen Sturm getrotzt, dennoch müssen wir an unser Schiff denken, und ich möchte es nicht auf mich nehmen, dasselbe an den Felsen von Rivière-du-Loup oder von Kamuraska zerschellen zu sehen.«

»Ganz richtig«, bestätigte Johann. »Begeben wir uns also nach dem Nordufer, womöglich nach der Gegend von Tadoussac, von da können wir den Lauf des Stroms bis Chicoutimi hinaufsegeln, und damit würden wir weder Zeit noch Mühe verlieren.«

»Hurtig also«, rief Michel, »Pierre hat recht. Der Schurke von Nordost ist nicht mehr fern. Wenn er den »Champlain« von der Seite packt, würden wir nach Quebec den zwanzigfachen Weg gegenüber dem nach Tadoussac zurückzulegen haben.«

Die Segel des »Champlain« wurden also scharf angezogen, und der Kutter begann, den Bug nach oben gerichtet, gegen den mehr und mehr abfallenden Wind anzulaufen.

Diese Nordoststürme sind leider nicht selten, selbst im

Sommer. Ob sie dann nur zwei bis drei Stunden wüten oder eine ganze Woche über anhalten, allemal überwölken sie den Golf mit eisigem Nebel und überschwemmen das Tal mit den furchtbarsten Regengüssen.

Es war jetzt acht Uhr abends, Pierre Harcher hatte sich beim Erblicken gewisser wie Pfeile einherfliegender Wolken, den Vorboten des Sturmwindes, nicht getäuscht, und es erschien die höchste Zeit, an der Nordküste Schutz zu suchen.

Fünf bis sechs Lieues (21 bis 25 Kilometer) trennten Rivière-du-Loup von der Mündung des Saguenay, es machte aber große Schwierigkeiten, dieselben zurückzulegen. Einer Windhose gleich packte der Sturm den »Champlain«, als dieser auf dem ersten Drittel des Weges war. Die Segel mußten bis zum Äußersten gerefft werden, und dennoch wurde der Kutter so stark vom Wind gedrückt, daß man fürchten konnte, das Mastwerk glatt am Verdeck wegbrechen zu sehen. Die Oberfläche des Flusses, gleich aufgeregt wie jedenfalls das Meer im Golfe, erhob sich in gewaltigen Wogen, welche gegen den Steven des »Champlain« donnerten und im rauschenden Schwall über diesen hereinbrachen. Die Lage erschien für ein Fahrzeug von höchstens zwölf Tonnen recht ernstlich. Die Besatzung des Fahrzeuges hatte aber ebenso kaltes Blut, wie Geschick in den nötigen Manövern. Schon mehr als einmal hatte diese noch schlimmeren Stürmen getrotzt, wenn sich der Kutter auf das offene Meer zwischen Neufundland und die Insel Kap Breton hinauswagte. Auch jetzt war also auf dessen gute nautische Eigenschaften und auf die Haltbarkeit seines Rumpfes zu bauen.

Pierre Harcher hatte viele Mühe, die Mündung des Saguenay zu erreichen, und mußte drei lange Stunden hindurch gegen das Unwetter kämpfen. Als die Ebbe wieder eintrat, begünstigte diese zwar das Fortkommen des Kutters, machte den Anprall der Wellen aber noch stärker. Wer einen solchen Nordoststurm nicht selbst miterlebt hat, wenn derselbe durch das weit offene Tal des St. Lorenzo braust, der kann sich von seiner Heftigkeit kaum eine Vorstellung machen. Er ist eine wirkliche Geißel für die stromabwärts von Quebec liegenden Ortschaften.

Zum Glück konnte der »Champlain«, nachdem er unter dem nördlichen Ufer Schutz gefunden, sich noch vor Anbruch der Nacht in die Mündung des Saguenay flüchten.

Der Sturm hatte nur wenige Stunden angehalten. Am folgenden Tag, am 19. September, konnte Johann schon frühzeitig seinen Zug fortsetzen, wobei er dem Saguenay folgte, dessen Bett zwischen den hohen Felsmassen der Kaps der Dreieinigkeit und der Ewigkeit einschneidet. Die genannten Kaps erreichen übrigens eine Höhe von achtzehnhundert Fuß. Hier in diesem malerischen Landstriche finden sich die herrlichsten Gegenden und bieten sich dem Auge die eigentümlichsten Bilder der ganzen Provinz Kanada, darunter die prächtige Bai Ha-ha – eine onomatopoetische Bezeichnung, welche die Bewunderung der Lustreisenden für dieselbe erfand. Der »Champlain« erreichte Chicoutimi, wo Johann sich mit den Mitgliedern des Reformer-Komitees in Verbindung setzen konnte, und am nächsten Tage schlug er, die nächtliche Flut benutzend, wieder die Richtung nach Quebec ein.

Inzwischen vergaßen Pierre Harcher und seine Brüder keinen Augenblick, daß sie von Beruf Fischer waren. Jeden Abend legten sie ihre Netze und Leinen aus. Zeitig des Morgens liefen sie dann die zahlreichen Dörfer an beiden Ufern an. So besuchten sie an dem fast wild erscheinenden Nordufer, das sich längs der Grafschaft Charlevoix von Tadoussac bis zur Bai St. Paul ausdehnt, Malbaie, St. Irénée und Notre-Dame-des-Eboulements, dessen bezeichnender Name durch seine Lage inmitten chaotischen Felsgewirrs gerechtfertigt wird. Weiter konnte Johann an den Küsten von Beauport und Beaupré für seine Sache wirken, wobei er zuerst bei Château Richer und dann an der Insel Orleans stromabwärts von Quebec ans Land ging.

Am südlichen Ufer hielt der »Champlain« unter anderem bei St. Michel an der Levisspitze. Hier galt es einigermaßen vorsichtig zu sein, denn gerade dieser Teil des Flusses wurde scharf überwacht. Vielleicht wäre es ratsam gewesen, bei Quebec gar nicht anzulegen, wo der Kutter am Abend des 22. September antraf. Johann hatte hier aber ein Stelldichein mit dem Advokaten Sebastian Grammont, einem der entschiedensten Abgeordneten der kanadischen Opposition, verabredet.

Da es ganz finster war, schlich sich Johann nach dem oberen Teil der Stadt, wo er in der Straße Petit Chanplain das Haus Simon Grammonts erreichte.

Die Beziehung zwischen dem Advokaten und Johann bestand schon mehrere Jahre. Sebastion Grammont, jetzt sechsunddreißig Jahre alt, hatte sich an allen politischen Kundgebungen der letzten Jahre beteiligt – vorzüglich 1835, wo er kühn mit seiner Person eingetreten war. Von daher schrieb sich seine enge Verbindung mit Johann ohne Namen, der ihm übrigens nichts über seine Herkunft und seine Familie gesagt hatte. Sebastian Grammont wußte nur das eine, daß der junge Patriot, wenn die Stunde gekommen war, sich an die Spitze des Aufstandes setzen werde. Jetzt, wo er diesen seit dem mißlungenen Versuch von 1835 noch nicht wiedergesehen, erwartete er ihn mit lebhafter Ungeduld.

Als Johann eintrat, ward ihm der herzlichste Empfang zuteil.

»Ich kann Ihnen nur wenig Stunden widmen«, begann er.

»Nun wohl«, antwortete der Advokat, »so wollen wir sie verwenden, von der Vergangenheit und von der Gegenwart zu sprechen.«

»Von der Vergangenheit . . . nein!« erwiderte Johann. »Von der Gegenwart . . . von der Zukunft . . . vor allem von der Zukunft.«

Seit seinem Bekanntwerden mit ihm fühlte Sebastian Grammont heraus, daß Johann im früheren Leben von einem bedrückenden Leide heimgesucht worden sein müsse, dessen Ursache er nicht zu erraten vermochte.

Selbst ihm gegenüber bewahrte Johann stets eine so scheue Zurückhaltung, daß er es vermied, seine Hand selbst darzubieten. Sebastian Grammont unterließ es auch, weiter in ihn zu dringen. Wenn es seinem Freunde sonst passend erschien, seine Geheimnisse zu entschleiern, würde er bereit sein, ihn zu hören.

Während der wenigen Stunden ihres Beisammenseins sprachen sie beide über die politische Lage. Einerseits unterrichtete der Advokat Johann über die Stimmung im Parlamente; andererseits klärte Johann wieder Sebastian Grammont bezüglich der Maßregeln auf, welche in Erwartung einer bevorstehenden Erhebung schon getroffen waren, und vorzüglich über die Bildung einer Art Zentral-Komitees in der Villa Montcalm sowie über die Erfolge seiner Fahrt durch Ober- und Unterkanada. Zur Vollendung der letzteren hatte er jetzt nur noch den Bezirk von Montreal zu bereisen.

Der Advokat lauschte mit gespannter Aufmerksamkeit und sah eine gute Vorbedeutung in dem Fortschritte, welchen die nationale Sache binnen wenigen Wochen gemacht hatte. Gab es doch keinen Flecken, kein Dorf mehr, wo nicht Geld zum Ankauf von Waffen und Munition verteilt worden wäre und das nicht mit Ungeduld auf das Zeichen zum Losschlagen geharrt hätte.

Johann erfuhr hier auch von den letzten seitens der Behörde in Quebec beliebten Maßnahmen.

»Zunächst, lieber Johann«, sagte Sebastian Grammont, »hier ging das Gerücht, daß Sie vor etwa einem Monat hier gewesen wären. Verschiedene Haussuchungen wurden angestellt, Ihr Versteck zu entdecken, und selbst in meinem eigenen Hause, wo Sie sich, einer falschen Angabe nach, aufhalten sollten. Da suchten mich verschiedene Beamte und Agenten auf, unter andern auch ein gewisser Rip . . .«

»Rip!« rief Johann mit halb erstickter Stimme, als ob dieser Name ihm die Lippen verbrannt hätte.

»Ja, der Chef des Hauses Rip & Cie.«, antwortete Sebastian Grammont. »Vergessen Sie nicht, daß dieser Geheimagent ein höchst gefährlicher Mann ist.«

»Gefährlich!« murmelte Johann.

»Dem Sie vor allen anderen zu mißtrauen haben«, fuhr Sebastian Grammont fort.

»Zu mißtrauen!« wiederholte Johann. »Ja, ihm zu mißtrauen wie einem elenden Schurken!«

»Kennen Sie ihn schon?«

»Ich kenne ihn wohl«, bestätigte Johann, der seine Aufregung wieder bemeistert hatte, »doch er kennt mich noch nicht . . .!«

»Das ist von Wichtigkeit«, sagte Sebastian Grammont, etwas betroffen über das Benehmen seines Gastes.

Johann gab dem Gespräch bald eine andere Richtung und fragte den Advokaten über die Politik des Parlaments in den letzten Wochen.

»In der Kammer«, antwortete Sebastian Grammont, »ist die Opposition jetzt ganz besonders heftig. Papineau und Cuvillier, Viger, Quesnel, Bourdages und andere unterlassen es nie, die Maßnahmen der Regierung anzugreifen. Lord Gosford würde die Kammer jedenfalls gern vertagen; er fühlt aber recht wohl, daß das nur das Land zum Aufstand drängen hieße . . .«

»Gott gebe, daß er es nicht eher tut, als bis wir bereit dazu sind«, fiel Johann ein. »Wenn nur die Einzelführer die Entwicklung der Dinge nicht etwa überstürzen . . .!«

»Sie werden Meldung erhalten, Johann, und werden gewiß nichts unternehmen, was Ihre Pläne durchkreuzen könnte. Jedenfalls sind indes, in Erwartung einer möglichen Erhebung, welche binnen kurzer Frist ausbrechen könnte, seitens des Generalgouverneurs gewisse Maßregeln getroffen. Sir John Colborne hat die ihm zur Verfügung stehenden Truppen zusammengezogen, um sie gegebenenfalls schnell nach den wichtigsten Punkten der Grafschaften des St. Lorenzo werfen zu können, wo der Kampf, wie man meint, zuerst entbrennen müsse.«

»Da, aber gleichzeitig an zwanzig anderen Punkten – so hoffe ich wenigstens«, antwortete Johann. »Es kommt wesentlich darauf an, daß die ganze kanadische Bevölkerung sich an dem nämlichen Tage und zu gleicher Stunde erhebt und daß die Bürokraten gleich durch die Masse erdrückt werden. Käme es nur zu einem örtlichen Aufstande, so würde dieser schon im Anfange erstickt werden. Gerade um diesen allgemein zu machen, hab' ich die Kirchspiele im Westen und im Osten besucht und will ich noch nach denen in der Mitte des Landes gehen. Noch diese Nacht denke ich weiterzureisen.«

»Reisen Sie ab, Johann, vergessen Sie aber nicht, daß die Soldaten und die Freiwilligen Sir John Colbornes in der Hauptsache rings um Montreal, unter dem Kommando der Obersten Gore und Witherall, verstreut liegen. Daselbst wird es gewiß zum schrecklichsten Zusammenstoß kommen . . .«

»Dafür wird auch alles darauf zugeschnitten sein, gleich mit dem ersten Knattern der Gewehre einen bestimmten Vorteil zu erringen«, antwortete Johann. »Gerade das Komitee in der Villa Montcalm ist am besten in der Lage, eine gemeinsame Aktion zu erzielen, und ich kenne die Tatkraft des Herrn de Vaudreuil, der jenes leitet. Außerdem haben die glühendsten Söhne der Freiheit den Städten, Flecken und Dörfern der Grafschaften Verchères, St. Hyacinthe und Laprairie, welche Montreal benachbart sind, das Feuer ihrer Begeisterung mitgeteilt . . .«

»Und von allen Seiten wird dasselbe noch angefacht«, versicherte Sebastian Grammont. »Öffentlich und unter unter vier Augen, in ihren Predigten wie in jedem Gespräche geben selbst unsere Geistlichen ihrer Entrüstung über die englische Tyrannei Ausdruck. In der Kathedrale zu Quebec selbst hat sich ein junger Prediger nicht gescheut, das Nationalgefühl wachzurufen, und seine Worte fanden einen so lauten Widerhall, daß der Polizeiminister jenen verhaften lassen wollte. Lord Gosford hingegen, der mit den kanadischen Geistlichen behutsam umgegangen zu sehen wünschte, hat sich dieser Gewaltmaßregel widersetzt und nur durch den Bischof bewirkt, daß jener die Stadt verlassen mußte, so daß dieser seiner

Mission jetzt in der Grafschaft Montreal obliegt. Er ist ein wirklicher Volkstribun der Kanzel von hinreißender Beredsamkeit, der keine Rücksichtnahme auf die eigene Person kennt und der sich keinen Augenblick überlegen würde, unserer Sache Freiheit und Leben zu opfern.«

»Er ist noch jung, sagten Sie, dieser Geistliche?« fragte Johann.

»Kaum dreißig Jahre alt.«

»Zu welchem Orden gehört er?«

»Zu dem des heiligen Sulpitius.«

»Und sein Name?«

»Der Abbé Joann.«

Sebastian Grammont hätte glauben mögen, daß dieser Name in Johanns Geiste eine Erinnerung wachrief, denn der junge Mann verhielt sich einige Augenblicke schweigend. Dann nahm er Abschied von dem Advokaten, obgleich ihm dieser anbot, bis zum nächsten Tage unter seinem Dache zu rasten.

»Ich danke Ihnen, mein lieber Grammont«, sagte er, »es liegt mir aber daran, meine Genossen vor Mitternacht wiederzutreffen. Wir müssen mit steigender Flut abfahren.«

»So gehen Sie mit Gott, Johann«, antwortete der Advokat. »Ob Ihr Unternehmen nun gelingt oder nicht, in jedem Fall sind und bleiben Sie einer derjenigen, die für unser Land das meiste getan haben!«

»Nichts werde ich getan haben, solange dieses noch unter dem Joche Englands seufzt«, rief der junge Patriot, »und wenn mir dessen Befreiung, selbst mit dem Opfer meines Lebens, nicht gelingen sollte . . .«

»So würden Sie doch dessen ewige Dankbarkeit verdienen«, fiel ihm Sebastian Grammont ins Wort.

»Nein, dann würde ich gar nichts verdienen!«

Hiermit trennten sich die beiden Freunde. Nachdem Johann den eine Kabellänge vom Ufer verankerten »Champlain« wieder erreicht hate, segelte dieser mit der Strömung nach Montreal zu weiter.

Siebtes Kapitel

Von Quebec nach Montreal

Um Mitternacht hatte der Kutter bereits einige Meilen stromaufwärts zurückgelegt. In dieser vom Scheine des Vollmonds erhellten Nacht steuerte Pierre Harcher mit voller Sicherheit daher, obwohl er von einem Ufer zum anderen lavieren mußte, denn der Wind wehte als frische Brise genau aus Westen.

Der »Champlain« hielt erst kurz vor Anbruch des Morgenrots an. Leichte Dunstmassen huschten da über die Wasserfläche der beiden Ufer. Bald tauchten dann im Hintergrunde stehende Bäume aus diesem Nebelschleier auf, den die Sonne aufzulösen begann, und der Lauf des Stromes wurde wieder sichtbar.

Schon waren viele Fischer bei der Arbeit, indem sie Netze und Angelschnuren hinter ihren kleinen Booten herschleppten, welche nur den Oberlauf des St. Lorenzo und seine Nebenflüsse zur Rechten und zur Linken befahren. Der »Champlain« verlor sich bald unter dieser Flottille, welche ihrer nationalen Beschäftigung zwischen den Ufern der Grafschaften Port-Neuf und Lotbinière nachging. Auch die Brüder Harcher begannen sofort ihre Arbeit, nachdem sie an der Nordseite den Anker versenkt hatten. Sie brauchten noch einige Körbe Fische, um diese in den Dörfern zu verkaufen, sobald die Flut gestatten würde, trotz des Gegenwindes den Strom wieder hinaufzugelangen.

Während des Fischfanges legten mehrere Rindenboote am »Champlain« an. Es waren zwei oder drei jener leichten »Skiffs«, die man auf die Schulter nehmen kann, wenn es sich darum handelt, sie über Untiefen, also Stellen, an denen der Fluß nicht schiffbar ist oder wo ihn Felsen sperren, ebenso längs der Stromschnellen und Wasserfälle, welche ihn da und dort unterbrechen, hinzutragen.

Die Leute in den Kanus gehörten meist der indianischen Rasse an. Sie kamen, um Fische zu kaufen, welche sie dann sogleich nach den Flecken und Dörfern des Inneren beförderten, wohin, auf den kleinen Wasserläufen des Landes, nur ihre leichten Boote vordringen konnten. Zu wiederholten Malen legten auch Kanadier an den »Champlain« an. Einige Minuten unterhielten sie sich mit Johann und steuerten dann wieder zum Ufer zurück, um die ihnen gegebenen Aufträge auszuführen.

Hätten die Brüder Harcher an diesem Morgen geschäftsmäßig oder nur zum Vergnügen gefischt, so wäre ihnen eine reiche Beute zugefallen. In den Netzen und an den Schnuren fing sich eine große Menge Hechte, Barsche und jene in den kanadischen Gewässern so zahlreich vorkommenden Maskinongis und Touradis, welche von den Feinschmeckern Nordamerikas so hoch geschätzt werden.

Daneben fingen sie auch viele »Weißfische«, welche ihres zarten vortrefflichen Fleisches wegen ebenfalls allgemein beliebt sind. Die Leute vom »Champlain« durften also in den Uferwohnungen auf den besten Empfang rechnen, und dieser ward ihnen denn auch zuteil.

Übrigens waren sie durch ein prächtiges Wetter ungemein begünstigt – ein Wetter, wie es dem glücklichen und unvergleichlichen Tale des St. Lorenzo eigentümlich ist. Welch wunderbar schönen Anblick boten da die benachbarten Gelände vom Ufer des Stromes bis zum Fuße der Laurentidenkette! Nach der poetischen Schilderung Fenimore Coopers zeigten sie sich in ihrem Herbstschmuck – dem gelben und grünen Gewand der letzten schönen Tage – ganz besonders schön.

Der »Champlain« richtete seinen Lauf zunächst nach dem Strande der Grafschaft Port-Neuf am linken Ufer. Im Flecken gleichen Namens wie in den Dörfern St. Anna und St. Stanislaus wurden recht gute Geschäfte gemacht. Vielleicht ließ der »Champlain« daselbst freilich mehr an Geld zurück, als er für die Produkte der Fischerei vereinnahmte. Die Brüder Harcher dachten jedoch gar nicht daran, sich darüber zu beklagen.

Während der beiden folgenden Tage besuchte Johann abwechselnd beide Stromufer. In der Grafschaft Lotbinière auf dem rechten Ufer, in Lotbinière selbst, in St.-Pierre-les-Bosquets – in der Grafschaft Champlain am entgegengesetzten Ufer in Batiscan –, ferner wieder auf der Gegenseite in Gentilli und Doucette erhielten die hervorragendsten Reformer seinen Besuch. Sogar eine der einflußreichsten Persönlichkeiten von Nicolet, in der Grafschaft gleichen Namens, ein gewisser Aubineau, Friedensrichter und Gerichtskommissär für die geringfügigeren Angelegenheiten, setzte sich in Verbindung mit ihm. Hier wie in Quebec hörte Johann, daß der Abbé Joann die Kirchspiele durchwanderte und daß seine Predigten die Geister aufgerüttelt hatten. Aubineau hatte ihm anvertraut, daß es in seiner Umgebung vor allem an Waffen und Schießbedarf fehle.

»Sie werden damit versorgt werden«, antwortete er. »Eine von Montreal in vergangener Nacht abgegangene Holzladung muß sehr bald eintreffen und Flinten, Pulver und Blei mitbringen. Doch hüten Sie sich, vor der Zeit eine Erhebung zu versuchen. Wäre das nicht zu umgehen, so setzen Sie sich mit dem Komitee in der Villa Montcalm auf der Insel Jesus in Verbindung und wenden Sie sich brieflich an dessen Vorsitzenden . . .«

»An Herrn de Vaudreuil . . .?«

»Ja, an ihn.«

»Einverstanden.«

»Sagten Sie nicht, daß der Abbé Joann durch Nicolet gekommen sei?«

»Vor sechs Tagen war er hier.«

»Wissen Sie vielleicht, wohin er sich von Ihnen aus gewendet hat?«

»Nach der Grafschaft Verchères, und von da aus wird er sich, wenn ich nicht irre, nach der Grafschaft Laprairie begeben.«

Hierauf nahm Johann von dem Friedensrichter Abschied und kehrte an Bord des »Champlain« zurück, als die Brüder Harcher, nachdem sie ihre Fische abgesetzt, auf diesem wieder eintrafen. Nun steuerten sie schräg über den Strom in die Richtung nach der Grafschaft St. Maurice.

An der Mündung des Flusses dieses Namens erhebt sich einer der letzten Flecken des Landes, die Ortschaft Trois-Rivières, am Rande eines fruchtbaren Tales. Zu jener Zeit hatte man daselbst eben eine von einer französisch-kanadischen Gesellschaft geleitete Kanonengießerei errichtet, welche auch nur französisch-kanadische Arbeiter beschäftigte.

Diese Gegend war ein Mittelpunkt antiloyalistischer Bestrebungen, den Johann nicht vernachlässigen konnte. Der »Champlain« segelte mehrere Meilen weit den Lauf des St. Maurice hinauf, und der junge Patriot setzte sich mit den in den Kirchspielen schon vorhandenen Komitees in Beziehung.

Die genannte, eben begründete Gießerei befand sich freilich noch im Zustande der Organisation. Wenige Monate später hätten die Reformer sich wohl hier mit den Feuerschlünden ausrüsten können, die ihnen so sehr fehlten. Es wäre dann – bei Tag und Nacht fortgesetzter Arbeit – möglich gewesen, der Artillerie der königlichen Truppen die ersten in dem Werke von St. Maurice gegossenen Kanonen gegenüberzustellen. Johann hatte über diese Angelegenheit ein wichtiges Gespräch mit den Vorstehern des Komitees, damit wenigstens einige Feldstücke schleunigst hergestellt würden, zu deren Bedienung es an Mannschaften schon nicht fehlen werde.

Von Trois-Rivières absegelnd, folgte der »Champlain« zur Linken dem Ufer der Grafschaft Maskinongé, hielt bei der kleinen Stadt dieses Namens einmal an und steuerte dann in der Nacht vom 24. bis 25. September nach einer weit offenen Stelle des St. Lorenzo, welche unter dem Namen des St.-Pierre-Sees bekannt ist. Hier breitet sich in der Tat ein gegen fünf Lieues langer See aus, stromaufwärts begrenzt von einer Menge von Eilanden, welche sich von Berthier, einer Ortschaft gleichen Namens, bis nach Sorel, das schon zur Grafschaft Richelieu gehört, hinstrecken.

Hier spannten die Brüder Harcher ihre Netze aus oder schleppten dieselben vielmehr nach, wobei sie mit Hilfe der Strömung mäßig schnell den Fluß weiter hinauf gelangten. Dicke Wolken bedeckten den Himmel, und die Dunkelheit war stark genug, um weder nach Norden noch nach Süden zu eines der Ufer erblicken zu können.

Kurz nach Mitternacht bemerkte der auf dem Auslug stehende Pierre Harcher ein Feuer, welches stromaufwärts am Ufer leuchtete.

»Das ist offenbar das Signallicht eines heimtreibenden Schiffes«, sagte Rémy, der an seines Bruders Seite getreten war.

»Achtung auf die Netze!« rief Jacques. »Wir haben davon dreißig Faden draußen, und sie wären verloren, wenn das Schiff unsern Kurs kreuzte.«

»So wollen wir nach steuerbord abfallen«, sagte Michel, »zum Glück fehlt es ja nicht an Raum dazu ...«

»Nein«, entgegnete Pierre, »der Wind ist dazu zu flau, und wir würden weggetrieben werden ...«

»Mir scheint es besser, die Netze gleich einzuziehen«, meinte Tony, »das wäre sicherer ...«

»Jawohl, und deshalb keine Zeit verloren!« stimmte Rémy bei.

Die Brüder Harcher beeilten sich, ihre Fanggerätschaften an Bord zu holen, als Johann sagte:

»Seid ihr auch sicher, daß jenes ein Schiff ist, welches mit der Strömung herantreibt ...?«

»Ich kann mir nichts anders denken«, entgegnete Pierre. »Jedenfalls nähert es sich ziemlich langsam, und sein Licht schimmert ziemlich tief auf dem Wasserspiegel.«

»Vielleicht ist es ein ›Käfig‹?« meinte Jacques.

»Nun, wenn es ein Käfig wäre«, antwortete Rémy, »hätten wir um so mehr Ursache, ihm auszuweichen. Dann könnten wir uns gar nicht mehr von demselben befreien. Vorwärts also, holt ein!«

Der »Champlain« wäre in der Tat in Gefahr gekommen, seine Netze einzubüßen, wenn die Brüder nicht rasch Hand angelegt hätten, diese hereinzuziehen, selbst ohne sich Zeit zu nehmen, die in den Maschen hängenden Fische daraus zu befreien. Kein Augenblick war zu verlieren, denn das betreffende Licht glänzte bereits in einer Entfernung von nur zwei Kabellängen.

»Käfige« nennt man in Kanada jene aus sechzig bis siebzig »Cribs«, d. h. Abteilungen, bestehenden Holzzüge oder Flöße, von denen jedes mindestens tausend Kubikfuß umfaßt. Von dem Tage an, wo der Eisgang die Beschiffung des Stromes gestattet, gleitet eine große Anzahl solcher Käfige von Montreal nach Quebec hinunter. Sie kommen aus den endlosen Wäldern des Westens, jener unvergleichlichen Quelle des Wohlstandes für die Provinz Kanada. Man stelle sich eine schwimmende, höchstens fünf bis sechs Fuß über das Wasser aufragende Masse vor, welche etwa einem Ponton ohne Mast ähnelt. Diese besteht aus an Ort und Stelle vierkantig, und zwar mit der Axt bearbeiteten Stämmen oder auch aus Brettern und Planken, welche die längs der Chaudière-Fälle am Ottawa-Flusse gelegenen Schneidemühlen liefern. Solcher Züge schwimmen von April bis Mitte Oktober Tausende hinab, welche die Wasserfälle und Stromschnellen durch Gleiteinrichtungen umgehen, die sich auf dem Grunde enger seitlicher Kanäle angebracht finden. Ein Teil dieser Käfige legt schon in Montreal an und liefert hier die Ladung für nach den europäischen Häfen bestimmte Schiffe; der größere Teil aber geht bis Quebec selbst. Hier ist der Mittelpunkt des Handels mit Waldprodukten, dessen Vertrag sich zugunsten Kanadas auf jährlich zwanzig bis fünfundzwanzig Millionen Mark beziffert.

Es versteht sich von selbst, daß diese Holzzüge die Schiffahrt auf dem Flusse nicht wenig belästigen, vorzüglich wenn sie dessen Mittelarme benutzen, welche nur von mäßiger Breite sind; ganz dem Ebbestrom, solange dieser anhält, überlassen, gehorchen dieselben natürlich dem Steuer fast gar nicht. Es ist also Sache der Fischerboote und der anderen Fahrzeuge, jenen aus dem Wege zu gehen, wenn sie ernste Zusammenstöße und damit starke Havarien vermeiden wollen. Auch die Brüder Harcher mußten sich demnach beeilen, ihre in der Richtungslinie des Käfigs nachgeschleppten Netze einzuholen, da die Windstille sie verhinderte, jenem weiter auszuweichen.

Jacques hatte sich nicht getäuscht, es war ein solches ungeheures Floß, welches den Strom hinabglitt. Eine an dessen Vorderteil befestigte Laterne zeigte die Richtung, der es folgtc, und es hatte sich schon bis auf zwanzig Faden genähert, als der »Champlain« mit dem Einziehen seiner Netze zu Ende war.

In diesem Augenblick begann eine klangvolle Stimme das alte Volkslied, welches nach Réveillauds Angabe zum wahren Nationalgesang, wenn auch mehr nur durch die Melodie als durch den Text geworden ist. In dem Sänger, dem Führer des Floßes, erkannte man leicht einen Kanadier französischen Stammes, schon an der Betonung und der breiten Aussprache der Doppellaute. Er sang folgendes:

Ich kam zurück ermüdet
Vom lust'gen Hochzeitsschmaus,
Und an der kühlen Quelle,
Da ruht' ich sorglos aus.

Ohne Zweifel erkannte Johann die Stimme des Sängers, denn er näherte sich Pierre Harcher, gerade als der »Champlain« mittels einiger Ruderschläge ein wenig von dem Käfig abgebracht werden sollte.

»Lege an«, sagte er zu ihm.

»Anlegen?« antwortete Pierre verwundert.

»Ja . . .! Das ist Louis Lacasse.«

»So werden wir aber mit ihm hinuntertreiben.«

»Höchstens fünf Minuten lang«, versicherte Johann. »Ich habe bloß wenige Worte mit ihm zu sprechen.«

Einen Augenblick später glitt Pierre Harcher, nachdem er die Ruderpinne umgelegt, längs des Holzzuges hin, an dem der »Champlain« mit seinem Vorderteile festgelegt wurde.

Der Führer des Floßes hatte, als er dieses Manöver sah, seinen Gesang unterbrochen und rief:

»Heda ...! Kutter ...! In acht nehmen!«

»Es ist keine Gefahr, Louis Lacasse!« antwortete Pierre Harcher; »der ›Champlain‹ ist es.«

Mit einem Satze war Johann auf den Holzzug hinübergesprungen und hatte sich dessen Führer genähert, der ihn, als er ihn beim Lichte der Laterne erkannte, freundlichst begrüßte.

»Ich mache Ihnen mein ›Kompliment‹, Herr Johann.«

»Ich danke, Lacasse.«

»Ich rechnete darauf, Ihnen unterwegs zu begegnen, und hatte mich schon entschlossen, den ›Champlain‹ beim nächsten Aufenthalt während der Flut abzuwarten. Doch, da Sie nun hier sind ...«

»Ist alles an Bord?« fragte Johann.

»Alles versteckt unter den Planken und Brettern ...! Ist herrlich verstaut, versichere ich Sie!« setzte Louis Lacasse hinzu, während er Stein und Schwamm hervorzog, um die Pfeife wieder anzuzünden.

»Sind die Zollbeamten dagewesen?«

»Jawohl ... In Verchères ...! Diese Maulwürfe haben eine ganze halbe Stunde lang hier herumgewühlt ...! Gesehen haben sie nichts. Es war, als ob alles in einer Lade verschlossen wäre.«

Louis Lacasse sprach das Wort »Lade« mit derselben Dehnung aus wie »Kompliment« und wie das noch in einzelnen Provinzen Frankreichs Sitte ist.

»Wieviel?« fragte Johann.

»Zweihundert Flinten.«

»Und Säbel?«

»Zweihundertfünfzig.«

»Diese kommen ...?«

»Aus Vermont. Unsere Freunde, die Amerikaner, haben tüchtig gearbeitet, gekostet hat uns alles nicht besonders viel. Sie hatten nur einige Mühe, die Ladung bis nach Fort Ontario zu schaffen, wo wir sie übernahmen. Jetzt gibt es keine Schwierigkeiten mehr.«

»Und die Munition . . .?«

»Drei Tönnchen Pulver und einige tausend Kugeln. Wenn jede von diesen ihren Mann trifft, wird es in Kanada bald keinen Rotrock mehr geben, da werden sie aufgezehrt von den ›Froschessern‹, wie uns die Angelsachsen nennen.«

»Du weißt auch«, fragte Johann, »für welche Kirchspiele die Waffen und die Munition bestimmt sind?«

»Vollkommen«, versicherte der Fischer. »Seien Sie ohne Sorge! Es ist keine Gefahr mehr, überrascht zu werden. Während der Nacht, wenn es tiefste Ebbe ist, werde ich meinen Käfig festlegen, und dann kommen Boote vom Ufer, um jedes seinen Teil abzuholen. Doch gehe ich nicht weiter als bis Quebec hinunter, wo ich meine Hölzer an Bord des ›Moravian‹ von Hamburg abzuliefern habe.«

»Schon recht«, antwortete Johann. »Vor Quebec wirst du auch deine letzten Flinten und letzten Pulvertonnen abgegeben haben.«

»Es wird sich schon machen.«

»Sage mir, Louis Lacasse, bist du auch der Leute, die du bei dir hast, sicher?«

»Wie meiner selbst. Wahre Jean-Baptiste* sind es, und wenn es darauf ankommt, eine Muskete abzubrennen, so glaub' ich nicht, daß sie zaruckbleiben würden.«

Louis Lacasse sagte »zaruck«, vielleicht weil man »dahinter« und nicht »duhinter« sagt.

Johann übergab ihm noch eine gewisse Menge Piaster, welche der wackere Schiffsmann, ohne sie zu zählen, in die Tasche seiner groben Jacke gleiten ließ.

Dann wechselte er noch ein paar warme Händedrücke mit der Besatzung des Kutters.

Johann hatte wieder an Bord des »Champlain«, der

*Ein Name, mit dem man die französischen Kanadier auf dem platten Lande vielfach bezeichnet.

sich nach dem linken Ufer zu entfernte, Platz genommen, und während der Holzzug abwärts glitt, konnte man noch die lauttönende Stimme Louis Lacasses vernehmen, welche wieder fortfuhr:

»Und an der kühlen Quelle,
Da ruht' ich sorglos aus!«

Eine Stunde später erhob sich auch der Wind von neuem. Der »Champlain« segelte nun unter die zahlreichen Inseln hinein, welche den St.-Pierre-See anfüllen, und nachdem er nach und nach an den Ufern der Grafschaften Joliette und Richelieu, welche einander gegenüberliegen, vorbeigekommen, legte er bei den Uferdörfern der Grafschaften Montcalm und Vercheres an, deren Frauen sich gegen das Ende des siebzehnten Jahrhunderts so mutvoll geschlagen hatten, um ein von Wilden gestürmtes Fort zu verteidigen.

Während der Kutter stillag, besuchte Johann die Führer der Reformer und konnte er sich durch eigne Anschauung von dem Geiste der Bewohner überzeugen. Mehrmals erwähnte man ihm gegenüber auch Johanns ohne Namen, auf dessen Kopf ein Preis ausgesetzt worden war. Wo befand sich derselbe jetzt? Würde er erscheinen, wenn die Stunde des Kampfes schlug? Die Patrioten rechneten auf ihn. Trotz der Bekanntmachung des Gouverneurs hätte er nach dieser Grafschaft kommen können, und hier wäre für ihn, auf eine Stunde wie auf vierundzwanzig, jede Tür offen gewesen.

Angesichts dieser Zeichen einer Erhebung, welche zu jedem Opfer bereit schien, fühlte Johann sich tief bewegt. Ja, er wurde von der kanadischen Bevölkerung erwartet gleich einem Messias. Dennoch beschränkte er sich darauf zu antworten:

»Ich weiß nicht, wo Johann ohne Namen ist; kommt aber der große Tag, so wird er dasein, wohin die Pflicht ihn ruft.«

Etwa um die Mitte der Nacht vom 26. bis 27. September hatte der »Champlain« den Mittellauf des St. Lorenzo erreicht, der die Insel Montreal vom südlichen Ufer scheidet.

Der »Champlain« gelangte damit an die letzten Stationen seiner Fahrt. In wenigen Tagen gedachten die Brüder Harcher das Fahrzeug für die Winterzeit abzurüsten, da der Strom dann völlig unschiffbar wird. Damit sollten Johann und sie nach der Grafschaft Laprairie heimkehren, wo dann die ganze Familie des Farmers vom Pachthofe von Chipogan zur Hochzeitsfeier versammelt sein sollte.

Zwischen der Insel Montreal und dem rechten Ufer besteht der Arm des St. Lorenzo aus Stromschnellen, welche man als eine Sehenswürdigkeit des Landes betrachten darf. An dieser Stelle breitet sich eine Art See, ähnlich dem St.-Pierre-See, aus, wo der »Champlain« dem Käfig des Patrons Louis Lacasse begegnet war. Man nennt denselben den Sprung des heiligen Ludwig, und er liegt gegenüber Lachine, einer kleinen Ortschaft stromaufwärts von Montreal, in der viele Bewohner der Stadt gern Sommeraufenthalt nehmen. Der See glich einem schäumenden Meere, in das sich der Wasserschwall einer der Arme des Ottawa entleert. Dichte Wälder starren noch am Ufer empor und umgeben ein Dorf zum Christentum bekehrter Irokesen, Caughnawaga mit Namen, dessen kleine Kirche ihre bescheidene Turmspitze über die grünen Waldmassen erhebt.

Wenn die Bergfahrt auf diesem Teile des St. Lorenzo sehr schwierig ist, so droht die Talfahrt mit der Gefahr, leichter und schneller als gewünscht vor sich zu gehen, denn hier könnte ein falscher Ruderschlag genügen, ein Boot in die Stromschnellen zu werfen. Die Seeleute und Schiffer aber und vorzüglich die Fischer, welche hier Alsen zu Myriaden fangen, sind diese gefährlichen Durchfahrten gewöhnt und wissen sich geschickt, trotz der tosenden Gewässer, im richtigen Kurse zu erhalten.

Steuert man am südlichen Ufer des Stromes hin und benützt dann noch ein Seil zum Anholen, so ist es nicht unmöglich, Laprairie, den Hauptort der gleichnamigen Grafschaft, zu erreichen, wo der »Champlain« sein gewöhnliches Winterlager hatte.

Gegen die Mitte des Tages befand sich Pierre Harcher ein wenig stromaufwärts von dem Flecken Lachine (China). Dieser Name, also der nämliche Name wie der des ungeheuren asiatischen Reiches, rührt noch von den ersten Seefahrern her, welche in den St. Lorenzo eindrangen.

In der Nachbarschaft des Landes der großen Seen angekommen, glaubten sie sich an der Küste des Stillen Weltmeeres zu befinden und folglich nicht weit von dem Himmlischen Reiche zu sein.

Der Führer des »Champlain« manövrierte in der Weise, um nach dem rechten Stromufer zu gelangen; er erreichte dasselbe gegen fünf Uhr nachmittags, nahe der Grenze, welche zwischen Montreal und Laprairie verläuft.

Da sagte Johann zu ihm:

»Ich wede ans Land gehen, Pierre.«

»Du willst nicht mit uns nach Laprairie kommen?« fragte Pierre Harcher dagegen.

»Nein, ich muß noch das Kirchspiel von Chambly besuchen, und wenn ich bei Caughnawaga lande, habe ich einen kürzeren Weg dahin.«

»Du wagst damit aber viel«, bemerkte Pierre, »und ich werde dich nicht ohne Unruhe diesen Weg nehmen lassen. Warum willst du uns verlassen, Johann? Bleibe noch zwei Tage, und wir gehen nach der Abtakelung des »Champlain« zusammen.«

»Ich kann nicht«, antwortete Johann, »ich muß noch diese Nacht in Chambly sein.«

»Wünschest du vielleicht, daß dich zwei von uns begleiten?« fragte Pierre Harcher.

»Auch das nicht, es ist besser, ich bin allein.«

»Und du wirst dich in Chambly aufhalten . . .?«

»Nur wenige Stunden, Pierre; vor Tagesanbruch hoffe ich von da wieder aufzubrechen.«

Da Johann nicht geneigt schien, sich über das, was er in jenem Flecken vorhatte, näher zu erklären, so bestand Pierre Harcher nicht weiter darauf und begnügte sich hinzuzufügen:

»Sollen wir dich in Laprairie erwarten?«

»Das ist unnötig. Macht, was ihr zu machen habt, ohne euch um meinetwillen zu ängstigen.«

»Wo werden wir uns dann wiedertreffen . . .?«

»Im Pachthofe zu Chipogan.«

»Du weißt«, fuhr Pierre fort, »daß wir in der ersten Oktoberwoche dort sein müssen.«

»Ja, das weiß ich.«

»Verfehle auch du diese Zeit nicht, Johann. Deine Abwesenheit würde meinem Vater, meiner Mutter und uns allen große Sorge bereiten. Wir werden in Chipogan zu einem Familienfeste erwartet, und da du unser Bruder geworden bist, mußt du ebenfalls dasein, damit die Familie vollzählig ist.«

»Ich werde mich einstellen, Pierre!«

Johann drückte den Söhnen Harchers die Hand. Dann begab er sich nach der Kabine des »Champlain«, legte wieder die Kleidung an, welche er bei seinem Besuche in der Villa Montcalm getragen hatte, und nahm von seinen wackeren Genossen Abschied.

Gleich darauf sprang Johann auf das Ufer, und nach einem letzten »Auf Wiedersehen!« verschwand er unter den Bäumen, deren dunkles Dickicht das Irokesendorf umgibt.

Pierre, Rémy, Michel, Tony und Jacques begaben sich unverzüglich wieder an die Arbeit. Nur mit großer Anstrengung und dem Aufwand aller Kräfte gelang es ihnen, ihr Fahrzeug gegen die Strömung anzuholen, wobei sie die Wirbel benützten, welche sich an verschiedenen Stellen bildeten.

Um acht Uhr abends lag der »Champlain« sorgsam vertaut in einer kleinen Bucht vor den ersten Häusern von Laprairie.

Die Brüder Harcher hatten ihre Fischerei-Kampagne

beendet, während der sie sechs Monate lang je zweihundert Lieues weit die Gewässer des gewaltigen Stromes bergauf und bergab befahren hatten.

Achtes Kapitel

Ein Jahrestag

Um fünf Uhr nachmittags war es, als Johann den »Champlain« verließ. Drei Lieues trennten ihn da ungefähr von dem Flecken Chambly, nach dem er sich begeben wollte.

Was hatte er daselbst vor? War seine Propaganda, die er seit dem Eintreffen in der Villa Montcalm in den äußersten südwestlichen Grafschaften betrieb, noch nicht beendet gewesen? Ja, das wohl; doch gerade dieses Kirchspiel hatte seinen Besuch noch nicht erhalten. Warum das so gekommen, hätte niemand erraten können, und er hatte es auch keinem Menschen gesagt, ja, vielleicht mochte er es sich kaum selbst gestehen. Er wanderte jetzt auf Chambly zu, als ob dieses gleichzeitig anziehend und abstoßend auf ihn wirkte, denn jedenfalls war er sich des Kampfes bewußt, der ihm hier bevorstand.

Zwölf Jahre waren vergangen, seit Johann den Flekken, in dem er geboren, verlassen hatte. Nie hatte man ihn daselbst wiedergesehen. Jetzt würde ihn keiner mehr wiedererkennen. Ja, er selbst besann sich ja nach so langer Abwesenheit kaum auf die Straße, auf der er als Kind gespielt, noch auf das Haus, in dem er seine ersten Jahre verbracht hatte.

Doch nein, die Erinnerungen aus seinem frühesten Alter konnten aus seinem lebhaften Gedächtnisse doch nicht so vollständig verwischt sein. Aus dem Uferwald herausgetreten, sah er sich plötzlich inmitten der Wiesen, durch die er sonst gelaufen, wenn er nach der Fähre im

St. Lorenzo wollte. Es war kein Fremdling, der über diesen Boden schritt, sondern ein Kind des Landes. Er überlegte auch gar nicht, einzelne durchwatbare Stellen zu benutzen, Querpfade einzuschlagen und Winkel abzuschneiden, wodurch er seinen Weg abkürzte. Auch in Chambly selbst konnte er nicht zweifelhaft sein, den kleinen Platz wiederzuerkennen, wo sein Vaterhaus gestanden, wie die enge Straße, durch welche er meist in dasselbe gelangt, die Kirche, in die seine Mutter ihn damals führte, die Schule, in der er den ersten Unterricht empfangen, ehe er seine Studien in Montreal fortsetzte.

Johann wollte also jene Örtlichkeiten wiedersehen, von denen er sich schon so lange Zeit entfernt hatte. Im Augenblicke, wo er bald sein Leben für den letzten Kampf in die Schanze schlagen wollte, trieb ihn noch ein unwiderstehlicher Wunsch, dahin zurückzukehren, wo dieses für ihn elende Dasein seinen Anfang genommen hatte. Es war nicht Johann ohne Namen, der sich hier den Reformern der Grafschaften vorstellte, es war vielmehr das Kind, welches vielleicht zum letzten Male nach dem Dorfe seiner Geburt heimkehrte.

Johann ging raschen Schrittes daher, um vor dem Dunkelwerden in Chambly zu sein und dieses vor Anbruch des Tages wieder verlassen zu können. In peinigende Erinnerungen versunken, sahen seine Augen nichts von dem, was früher seine Aufmerksamkeit erregt hätte. Nicht die Herden Elentiere, welche im Gehölz weilten, noch die Tausende von Vögeln, die zwischen den Bäumen umherflatterten, oder das Wild, das durch die Furchen dahinlief.

Einige Leute waren noch mit Feldarbeiten beschäftigt. Er wandte sich ab, um nicht ihren herzlichen Gruß erwidern zu müssen, da er unbemerkt durch die Felder zu gehen und nach Chambly zu kommen wünschte, ohne gesehen worden zu sein.

Es war sieben Uhr abends, als der Kirchturm über den Baumkronen sichtbar wurde. Noch eine halbe Lieue, und er war zur Stelle. Das durch den Abendwind bis zu ihm getragene Läuten der Glocke veranlaßte ihn zu den Worten:

»Ja, ich bin es . . .! Ich, der noch einmal inmitten von dem allen zu atmen wünschte, was er ehedem so sehr geliebt hatte . . .! Ich kehre zum Neste zurück! Ich wandre wieder zu meiner Wiege . . .!«

Er schwieg oder gab sich vielmehr selbst Antwort, indem er mit bebender Stimme fragte:

»Was soll ich denn hier beginnen?«

Das unterbrochene Anschlagen der Glocke belehrte ihn inzwischen, daß es nicht der Angelus (Abendsegen) war, der in diesem Augenblicke ertönte, doch wußte er sich nicht zu deuten, zu welcher Andacht sie die Gläubigen von Chambly in so später Stunde riefe.

»Desto besser«, sprach er für sich selbst, »so werden die Leute in der Kirche sein, und ich brauche nicht an offenen Türen vorüberzugehen. Niemand wird mich sehen. Niemand anreden; und da ich nicht nötig habe, irgendwen um Gastfreundschaft zu bitten, so wird kein Mensch wissen, daß ich gekommen bin . . .«

Während er sich das sagte und den Weg fortsetzte, wandelte ihn doch wiederholt das Verlangen an, lieber umzukehren. Doch nein, eine unwiderstehliche Kraft trieb ihn vorwärts.

Je mehr er sich nun Chambly näherte, desto vorsichtiger und aufmerksamer blickte Johann um sich. Trotz mancher im Laufe von zwölf Jahren ja unausbleiblichen Veränderungen erkannte er doch die Häuser, die Umzäunungen und die am Außenrande des Fleckens gelegenen Pachthöfe wieder.

Nach Erreichung der Hauptstraße glitt er längs der Häuser hin, deren Aussehen so vollständig französisch war, daß er sich in die Mitte einer Landvogtei im 17. Jahrhundert hätte zurückversetzt glauben können. Hier wohnte ein Freund seiner Familie, bei dem Johann früher oft einige Tage seiner Ferien zugebracht. Dort wieder der Pfarrer des Kirchspiels, der ihm die ersten Stunden erteilt hatte. Ob diese guten Leute wohl noch lebten . . .?

Weiter erhob sich ihm zur Rechten ein hohes Bauwerk. Das war die Schule, in die er sich jeden Morgen begeben und welche einige hundert Schritte weit, nach einem höheren Teile von Chambly zu, lag.

Diese Straße mündete auf dem Platze der Kirche. Sein Vaterhaus befand sich links an demselben an einer Ecke, und die Rückseite desselben lag nach einem großen Garten zu, der wiederum mit dem rings um den Flecken aufstrebenden Wald zusammenhing.

Die Nacht war sehr dunkel. Die halboffene Hauptpforte der Kirche ließ in deren Innerem eine mattbeleuchtete Versammlung erkennen, auf welche der Armleuchter von der Decke ein ungewisses Licht niederwarf.

Johann, der nicht mehr erkannt zu werden fürchtete – wenn man sich seiner überhaupt noch erinnerte – hatte einen Augenblick die Absicht, sich unter die Andächtigen zu mischen, in diese Kirche einzutreten, dem Abendgottesdienste beizuwohnen und auf diesen Bänken niederzuknien, auf denen er als Kind seine ersten Gebete gelallt hatte. Anfänglich aber schon nach der entgegengesetzten linken Seite des Platzes hingezogen, gelangte er nach der Ecke, wo sein Vaterhaus gestanden . . .

Er entsann sich genau; hier war es erbaut gewesen. Deutlich traten ihm alle Einzelheiten vor die Augen, das Gitter, welches einen kleinen Vorraum abschloß; der Taubenschlag, der den Giebel rechter Hand überragte; die vier Fenster des Erdgeschosses, die Tür in der Mitte; das Fenster zur Linken im ersten Stockwerk, wo ihm seine Mutter inmitten der dasselbe schmückenden Blumen so oft erschienen war. Er zählte fünfzehn Jahre, als er Chambly zum letzten Male verließ. In diesem Lebensalter haben sich alle Eindrücke schon tief ins Gedächtnis eingegraben. Hier, genau an dieser Stelle, mußte die Wohnung sich befinden, welche die Vorfahren seiner Familie, schon in der ersten Zeit der kanadischen Kolonie, errichtet hatten.

Jetzt war kein Haus mehr an dieser Stelle – nichts fand sich als ein Haufen Ruinen; nicht diejenigen, welche allmählich durch die Länge der Zeit entstehen, sondern solche, welche irgendein trauriges düsteres Vorkommnis hinterlassen. Hier konnte über dieses gar kein Zweifel aufkommen. Verglaste Steine, geschwärzte Mauerreste, Stücke verkohlter Balken und Haufen von Asche, welche mit der Zeit verbleichte, verrieten, daß das Gebäude schon vor längerer Zeit ein Raub der Flammen geworden war.

Ein entsetzlicher Gedanke durchzuckte Johann. Wer hat diese Feuersbrunst verschuldet...? War sie ein Werk des Zufalls, der Unvorsichtigkeit...? War hier die Hand eines Verbrechers im Spiel gewesen...?

Mit unwiderstehlicher Gewalt dahingezogen, betrat Johann die Ruinen... Er teilte mit dem Fuße die Asche auf dem Boden. Einige Fledermäuse flatterten davon. Ohne Zweifel, hierher kam niemals jemand. Warum hatte man aber, hier an der belebtesten Stelle des Fleckens, diese Ruine unberührt liegenlassen? Warum hatte man sich nach dem Brande nicht einmal die Mühe genommen, die Baustelle freizulegen?

Im Laufe der zwölf Jahre, seit er das Vaterhaus verlassen, hatte Johann niemals gehört, daß dasselbe zerstört sei, daß es weiter nichts mehr bilde als einen wirren Haufen vom Feuer geschwärzter Steine.

Regungslos, krampfhaft zuckenden Herzens dachte er an die traurige Vergangenheit, an die noch traurigere Gegenwart...

»He, was machen Sie da, Herr?« rief ihm jetzt ein alter Mann zu, der auf dem Wege zur Kirche stehenblieb.

Johann, der ihn gar nicht gehört hatte, gab keine Antwort.

»He«, wiederholte der alte Mann, »sind Sie etwa taub...? Bleiben Sie nicht dort...! Wenn Sie einer sähe, würden Sie Gefahr laufen, schlecht anzukommen!«

Johann verließ die Ruine, kam nach dem Platz zurück und wendete sich an den, der ihn angesprochen hatte.

»Sprecht Ihr mit mir?« fragte er.

»Jawohl mit Ihnen, Herr. Es ist verboten, diesen Ort zu

betreten!«

»Und weshalb?«

»Weil derselbe verflucht ist!«

»Verflucht!« murmelte Johann.

Dieses Wort wiederholte er jedoch mit so leiser Stimme, daß der alte Mann ihn nicht verstehen konnte.

»Sie sind wohl fremd hier, Herr?«

»Ja«, antwortete Johann.

»Und sind jedenfalls seit so manchen Jahren nicht nach Chambly gekommen . . .?«

»Ganz recht, seit vielen Jahren nicht mehr . . .!«

»Dann ist's ja nicht zu verwundern, daß Sie nichts davon wissen. Glauben Sie mir . . . es ist ein guter Rat, den ich Ihnen gebe, gehen Sie nicht noch einmal zwischen diese Trümmer hinein.«

»Ja, weshalb denn?«

»Weil Sie sich schänden würden, wenn Sie nur die Schuhsohlen mit dieser Asche beschmutzen. Das war hier das Haus des Verräters . . .«

»Des Verräters?«

»Ja, des Simon Morgaz!«

Er wußte es ja zu gut, der Unglückliche.

Von der Wohnstätte also, von der man seine Familie vor zwölf Jahren vertrieben, von der Wohnstätte, die er noch ein letztes Mal hatte wiedersehen wollen und die er für noch vorhanden hielt, war nichts mehr übrig als einige durch Feuer zerstörte Mauerreste; und die Überlieferung hatte daraus einen so verachteten Ort gemacht, daß keiner es wagte, sich ihm nur zu nähern, daß nicht einer der Bewohner von Chambly denselben erblickte, ohne einen Fluch darauf zu schleudern! Ja, zwölf volle Jahre waren dahingegangen, doch nichts hatte, weder in diesem Flecken noch sonstwo in den kanadischen Provinzen, das Entsetzen zu hindern vermocht, welches der Name Simon Morgaz einflößte.

Johann hatte die Augen gesenkt, und seine Hände zitterten; er fühlte, daß ihm schwindlig wurde. Ohne die herrschende Dunkelheit hätte der alte Mann die Schamröte sehen müssen, die ihm ins Gesicht gestiegen war.

Dieser fuhr fort:

»Sie sind selbst Kanadier . . .?«

»Ja«, bestätigte Johann.

»Dann müssen Sie doch auch jenes von Simon Morgaz begangene Verbrechen kennen?«

»Wer in Kanada kennt dasselbe nicht?«

»Gewiß. Niemand, mein Herr! Sie wohnen wahrscheinlich in den östlichen Grafschaften?«

»Ja . . . im Osten . . . in Neubraunschweig.«

»Oh, das ist weit, freilich sehr weit! Da wußten Sie es wohl gar nicht, daß dieses Haus zerstört worden war . . .?«

»Nein . . .! Ohne Zweifel durch einen Unfall . . .?«

»Das nicht, lieber Herr. Das nicht!« entgegnete der alte Mann. »Vielleicht wär's besser gewesen, wenn das himmlische Feuer es vernichtet hätte; und gewiß, das wäre auch den einen oder den anderen Tag geschehen, denn Gott ist immer gerecht. Man griff aber seiner Vergeltung vor! Schon am nächsten Tage, nachdem Simon Morgaz mit seiner Familie von Chambly verjagt worden war, stürzten sich die Leute wütend auf diese Wohnung und setzten sie in Brand . . . Nachher aber, um die Erinnerung an dieses Vorgefallene niemals erbleichen zu lassen, beschloß man, die Ruinen in demselben Zustande zu belassen, wie Sie dieselben jetzt sehen. Es wurde verboten, sich denselben zu nähern, und gewiß mochte sich keiner mit dem Staube dieses Hauses entehren!«

Unbeweglich hörte Johann dem Alten zu. Die Lebhaftigkeit mit der der wackere Mann sprach, bewies, daß der Abscheu vor allem, was Simon Morgaz gehört hatte, noch heute in voller Stärke lebte. Wo Johann die Erinnerungsmals an seine Familie aufsuchen wollte, da fand er nur das Andenken an ihre Schande!

Inzwischen hatte sich der andere, während er plauderte, ein wenig von der in die Acht erklärten Stelle entfernt und nach der Kirche zu gewendet. Die Glocke ließ ihren letzten Schlag durch die Luft ertönen. Der Gottesdienst sollte seinen Anfang nehmen. Schon hörte man einzelne Gesänge, welche von längeren Zwischenräumen unterbrochen wurden.

Da sagte der alte Mann:

»Jetzt, lieber Herr, muß ich Sie verlassen, wenn Sie mich nicht etwa in die Kirche begleiten wollen. Sie würden dort eine Predigt hören, welche im ganzen Kirchspiele großes Aufsehen machen dürfte . . .«

»Ich kann nicht«, erwiderte Johann; »noch vor Tagesanbruch muß ich in Laprairie zurück sein . . .«

»Dann haben Sie keine Zeit zu verlieren, lieber Herr. Na, jedenfalls sind die Wege sicher. Seit einiger Zeit durchstreifen Polizeibeamte die Grafschaft Montreal und suchen nach Johann ohne Namen, den sie, wenn Gott unserm Lande noch gnädig ist, nicht finden werden . . .! Man rechnet auf diesen jungen Helden, lieber Herr, und hat damit gewiß auch recht. Wenn ich glauben darf, was mir zu Ohren gekommen ist, so würde er hier nur mutige Männer finden, die alle bereit sind, ihm zu folgen . . .!«

»Wie in der ganzen Grafschaft«, antwortete Johann.

»Eher noch mehr, lieber Herr! Haben wir nicht die Schande abzuwaschen, einen Simon Morgaz zum Mitbewohner unseres Ortes gehabt zu haben?«

Der alte Mann liebte es offenbar, ein wenig zu plaudern; endlich nahm er aber doch, Johann gute Nacht wünschend, Abschied. Da hielt ihn dieser mit den Worten zurück:

»Ihr habt die Familie jenes Simon Morgaz jedenfalls gekannt, guter Freund?«

»Natürlich, Herr, und wie gut! Ich bin jetzt siebzig Jahre alt und zählte achtundfünfzig zur Zeit jenes abscheulichen Verbrechens. Ich habe dieses Land bewohnt, das auch seine Heimat war, doch nie, niemals würde ich geglaubt haben, daß sich Simon zu so etwas bereit finden ließe . . . Was mag wohl aus ihm geworden sein . . .? Ich weiß es nicht . . .! Vielleicht ist er tot . . .? Vielleicht in die Fremde gegangen, wo er unter falschem Namen lebt, damit man ihm den seinen nicht ins Gesicht schleudern kann! Doch seine Frau, seine Kinder ...! Ach, wie beklage ich diese Unglücklichen! Frau Bridget, die ich so oft gesehen, die immer so gut und edelmütig war, obwohl sie nur unter bescheidenen Umständen lebte; sie, die im ganzen Flecken überall so beliebt war ...! Und welch warme Vaterlandsliebe trug sie im Herzen ...! Was hat sie leiden müssen, das arme Weib! Was hat sie leiden müssen!«

Wie vermöchte man zu schildern, was hierbei im Innern Johanns vorging! Hier vor den Überresten des zerstörten Hauses, hier, wo sich der letzte Akt jener Verräterei abgespielt, wo die Genossen Simon Morgaz' ausgeliefert worden waren, den Namen seiner Mutter preisen zu hören, in der Erinnerung alles Elend seines Lebens noch einmal durchzukosten – das erschien ihm fast mehr, als eine Menschennatur ertragen konnte. Johann bedurfte auch einer außergewöhnlichen Energie, um zu verhüten, daß sich kein Schmerzensschrei seiner Brust entrang.

Der alte Mann fuhr fort:

»So wie die Mutter hab' ich auch die beiden Söhne gekannt! Sie hielten treu zu ihr! Ach, die armen Leute ...! Wo mögen sie in dieser Minute sein ...? Alle hier liebten sie wegen ihres Charakters, ihrer Offenheit und ihres guten Herzens! Der Ältere war schon sehr ernst und fleißig, der Jüngere mehr aufgeräumt, aber entschiedener und stets bereit, die Schwachen gegen die Stärkeren zu schützen ... Er hieß Johann. Sein Bruder wurde Joann genannt ... richtig, genau wie der junge Geistliche, der eben jetzt predigen wird ...«

»Der Abbé Joann ...?« rief Johann.

»Sie kennen ihn?«

»Nein, guter Freund ... nein ...! Ich habe aber von seinen Predigten gehört ...«

»Nun, also, wenn Sie ihn nicht kennen, lieber Herr, so müssen Sie schon seine Bekanntschaft machen ... Er ist durch alle Grafschaften des Westens gezogen, und überall sind die Leute zusammengeströmt, um ihn zu hören . . . Sie werden ja selbst sehen, welche Begeisterung er zu entzünden vermag . . .! Wenn Sie Ihren Aufbruch nur um eine Stunde verzögern können . . .«

»Ich folge Euch!« unterbrach ihn Johann.

Der Greis und er begaben sich nach der Kirche, wo sie einige Mühe hatten, Platz zu finden.

Die ersten Gebete waren gesprochen, und der Prediger bestieg eben die Kanzel.

Der Abbé Joann war dreißig Jahre alt. Mit dem leidenschaftlichen Gesichte, dem durchdringenden Blicke und der warmen überzeugenden Stimme glich er ganz seinem Bruder und war auch ebenso ohne Bart wie dieser. In beiden fanden sich die charakteristischen Züge ihrer Mutter wieder. Wenn man ihn hörte wie wenn man ihn sah, begriff man wohl den Einfluß, den der Abbé Joann auf die von seinem Rufe herbeigelockten Massen ausübte. Ein Wortführer des katholischen Glaubens wie des Glaubens und der Hoffnung des Landes, war er ein Apostel im wahren Sinne des Wortes, ein Kind jener mächtig wirkenden Missionare, welche sich opferwillig genug zeigen, das Blut für ihren Glauben zu verspritzen.

Der Abbé Joann began seine Predigt. Aus allem, was er von Gottes Gerechtigkeit sprach, fühlte man heraus, was er zum Besten seines Vaterlandes sagen wollte. Seine Anspielungen auf die jetzige Lage Kanadas waren darauf berechnet, die Zuhörer zu begeistern, deren Patriotismus nur die Gelegenheit erwartete, sich in Taten umzusetzen. Seine Bewegung, sein Wort, seine Haltung erregten etwas wie ein dumpfes Beben in der bescheidenen Dorfkirche, als er die Hilfe des Himmels anrief gegen die Räuber der althergebrachten Freiheiten. Man hätte sagen mögen, seine zitternde Stimme verklinge gleich einer Trompete, sein ausgestreckter Arm schwinge von der Kanzel herab die Fahne der Unabhängigkeit.

Im Schatten verborgen, hörte Johann ihm zu. Es erschien ihm, als wär' er es selbst, der hier durch den Mund seines Bruders sprach. Es waren ja dieselben Gedanken, dieselben Hoffnungen und Wünsche, welche sich in diesen so nahe verwandten Wesen begegneten. Beide kämpften für ihre Heimat, jeder auf seine Weise, der eine mit dem Worte, der andere durch die Tat, beide aber zum schwersten Opfer gleich bereit.

Jener Zeit besaß der katholische Klerus in Kanada sowohl in sozialer wie in intellektueller Hinsicht einen großen Einfluß. Man betrachtete die Geistlichen als geheiligte Personen. Es war der Kampf der alten katholischen Glaubensgesetze, welche die französischen Elemente der Kolonie von Anfang an eingepflanzt hatten, gegen die protestantischen Dogmen, denen die Engländer überall Eingang zu verschaffen suchten. Die Parochianen sammelten sich da um den Priester, den tatsächlichen Vorsteher der Kirchspiele, und der Politik, welche dahin zielte, die kanadischen Provinzen den englischen Händen zu entwinden, war diese Verbrüderung der Geistlichkeit und der Gläubigen keineswegs fremd.

Der Abbé Joann gehörte, wie bekannt, zum Orden des heiligen Sulpitius. Der Leser wird aber kaum wissen, daß dieser Orden als Besitzer eines großen Teiles des Landes seit dessen Eroberung noch heute aus demselben sehr beträchtliche Einkünfte bezieht. Verschiedene Servitute, welche, vorzüglich auf der Insel Montreal, im Sinne von Herrenrechten einst durch Richelieu* gewährt wurden, haben noch heute zum Besten der Kongregation Geltung. Es folgt hieraus, daß die Sulpizianer in Kanada eine ebeno geehrte wie mächtige Gesellschaft bilden und daß die Priester, welche noch immer die reichsten Landeigentümer sind, dadurch gleichzeitig einen weitreichenden Einfluß ausüben.

Die Predigt – man hätte auch sagen können, der feurige Aufruf an alle Patrioten – dauerte gegen dreiviertel Stunden lang. Sie begeisterte die Zuhörer in so hohem Grade, daß sie – ohne die Heiligkeit des Orts – dieselbe mit lautem Beifall beantwortet hätten. Die nationale Fa-

*Erst 1854 beschloß das Parlament von Kanada die Ablösung jener Lasten; eine nicht geringe Zahl von Eigentümern aber liefern ihre Gebühren, treu der alten Gewohnheit, noch immer in die Hände der sulpizianischen Geistlichkeit ab.

ser in ihnen war durch diese eindringliche Anregung neu belebt worden. Vielleicht wunderte man sich darüber, daß die Behörden diese Predigten, in denen sich die Propaganda der Reformer unter dem Deckmantel des Evangeliums verbarg, so ohne Einschränkung gestattete. Es wäre jedoch schwierig gewesen, in denselben eine direkte Aufforderung zur Empörung nachzuweisen, und außerdem genoß die Kanzel eine Freiheit, an welche die Regierung nur im äußersten Notfall rühren wollte.

Nach Beendigung der Predigt zog sich Johann in einen Winkel der Kirche zurück. Während die Menge sich verlief, wollte er sich vielleicht dem Abbé Joann zu erkennen geben, seine Hand drücken, mit ihm wenige Worte wechseln, ehe er sich wieder zu seinen Genossen im Pachthofe von Chipogan begab. Die beiden Brüder hatten sich seit einigen Monaten nicht gesehen, da jeder seine eigene Straße zog, um an demselben Werke der nationalen Erhebung tätig zu sein.

Johann wartete also hinter den ersten Pfeilern des Kirchenschiffes, als draußen ein heftiges Lärmen entstand, aus dem man Geschrei, Ausrufe und wüstes Geheul vernahm. Es erschien so, als ob die Volkswut mit zügelloser Heftigkeit ausgebrochen wäre. Gleichzeitig flackerte ein heller Schein über den Platz, von dem einzelne Strahlen selbst ins Kircheninnere drangen.

Die Woge der Zuhörer wälzte sich hinaus, und, wider Willen mit fortgezogen, folgte ihr Johann bis zur Mitte des Platzes.

Was ging wohl hier vor?

Vor den Ruinen des Hauses des Verräters war ein großes Feuer angezündet worden. Mehrere Männer, zu denen sich auch bald Frauen und Kinder gesellten, ernährten die Flammen, in die sie ganze Arme voll trockenen Holzes warfen.

Unter den wilden Ausrufen hörte man wohl auch die haßerfüllten Worte:

»Ins Feuer mit dem Verräter . . .! Ins Feuer mit Simon Morgaz!«

Dann wurde eine Art mit Lumpen bedeckter Hanswurst nach den lodernden Flammen geschleppt.

Johann begriff alles. Die Bewohner von Chambly verschritten zur Hinrichtung des Elenden in effigie, wie man in London noch heute das Bild Guy Fawkes, jenes verbrecherischen Helden der Pulververschwörung, durch die Straßen schleppt.

Heute, am 27. September, war der Jahrestag, wo Walter Hodge und seine Genossen François Clerc und Robert Farran auf dem Schafott den Tod gefunden hatten.

Vom Entsetzen gepackt, wollte Johann entfliehen ... er konnte nicht von der Stelle weg; es schien, als ob seine Füße fest in den Erdboden eingewurzelt wären. So mußte er es denn mit ansehen, wie das Zerrbild seines Vaters mit Schmähworten überhäuft, mit Schlägen zerfleischt und mit Kot besudelt wurde, den die Menschenmenge in wahnwitzigem Hasse auf ihn warf, und es erschien ihm, als ob alle diese Schmach auf ihn, Johann Morgaz, zurückfiele.

Da erschien der Abbé Joann – die Menge wich auseinander, um ihm Durchgang zu gestatten.

Auch er hatte die Bedeutung dieses Volksauflaufes schnell durchschaut. Da erkannte er auch seinen Bruder, dessen bleiches Gesicht von dem Widerschein der Flammen erleuchtet war, während Hunderte von Stimmen neben dem verhaßten 27. September den verachteten Namen Simon Morgaz' ausriefen.

Der Abbé Joann war seiner kaum noch Herr. Er streckte die Arme aus und drängte sich nach dem Scheiterhaufen durch, als die Puppe in die prasselnde Glut geworfen werden sollte.

»Im Namen des allbarmherzigen Gottes!« rief er; »Mitleid für das Andenken dieses Unglücklichen ...! Hat Gott nicht auch Vergebung für alle Sünder?«

»Für den Vaterlandsverräter, für den Verrat an denjenigen, die für die Heimat gekämpft haben, gibt es keine Gnade!«

In der nächsten Minute schon hatte das Feuer, wie das

alljährlich geschah, das Bild Simon Morgaz' verzehrt.

Das wilde Geschrei tobte lauter und verhallte erst, als die Flammen langsam verloschen.

Im jetzt herrschenden Dunkel hatte niemand sehen können, daß Johann und Joann zueinandergetreten waren und, die Hände verschränkt, beide den Kopf niedersenkten.

Ohne ein Wort gesprochen zu haben, verließen sie den Schauplatz dieser schrecklichen Szene und flohen wie verfolgt aus dem Flecken Chambly, nach dem sie nimmer wiederkehren sollten.

Neuntes Kapitel

Ein geschlossenes Haus

Sechs Lieues von St. Denis erhebt sich der Flecken St. Charles am Nordufer des Richelieu in der Grafschaft St. Hyacinthe, welche an die von Montreal grenzt. Folgt man dem Richelieu, einem der bedeutendsten Zuflüsse des St. Lorenzo, stromaufwärts, so gelangt man nach der kleinen Stadt Sorel, wo der »Champlain« während seiner letzten Fahrt vor Anker gegangen war.

Jener Zeit stand noch, einige hundert Schritte vor der Biegung, welche die Hauptstraße von St. Charles da macht, wo sie zwischen den ersten Häusern des Fleckens verläuft, ein kleines, vereinzeltes Häuschen.

Es war eine bescheidene, ja dürftige Wohnstatt, welche nur aus dem Erdgeschoß mit einer Tür und zwei Fenstern bestand, in deren abgegrenztem Vorraum das Unkraut wucherte. Meist war die Tür verschlossen; auch die Fenster wurden niemals geöffnet, nicht einmal hinter den Läden mit voller Füllung, welche stets geschlossen gehalten wurden. Das Licht des Tages konnte so allein durch zwei an der nach einem Garten zu gelegenen Hinterfront des Häuschens befindliche Fenster Eingang finden.

Dieser Garten bildete ein Viereck mit hohen von Glaskraut überwucherten Mauern und mit einem von halb verfallenem Steingeländer eingefaßten Brunnen. Hier wuchsen auf der Fläche etwa eines fünftel Ackers verschiedene Gemüse; dort vegetierten etwa ein Dutzend Obstbäume, Birn-, Nuß- und Apfelbäume, welche alle der Sorge der Natur überlassen waren. Ein kleiner Hühnerhof, der in den Garten hereinreichte und auf der anderen Seite das Haus berührte, beherbergte fünf bis sechs Hühner, welche die für den täglichen Bedarf nötige Menge Eier lieferten.

Das Innere dieses Hauses enthielt nur drei Räume mit wenigen Möbeln – und zwar nur, was von diesen unumgänglich nötig erschien. Der eine dieser Räume zur Linken des Eingangs diente als Küche, die beiden anderen zur Rechten als Schlafzimmer. Der enge, sie trennende Hausflur bildete den Verbindungsgang zwischen Vorraum und Garten.

Ja, dieses Haus war sehr dürftig und klein; man glaubte es aber herauszufühlen, daß der oder die Bewohner gerade gewünscht haben mochten, unter solchen ärmlichen Verhältnissen zu leben. Die Bewohner von St. Charles irrten hiermit auch nicht. Klopfte einmal ein Bettler an die Tür des »geschlossenen Hauses« – wie es im Orte allgemein genannt wurde –, so ging er gewiß nicht ohne ein kleines Almosen davon.

Das »geschlossene Haus« hätte ebensogut das »mildtätige Haus« heißen können, denn die Mildtätigkeit äußerte sich hier zu jeder Stunde.

Wer dasselbe bewohnte ...? Eine einzelne, stets schwarzgekleidete und von langem Witwenschleier umhüllte Frau. – Sie verließ nur selten das Haus – ein- oder zweimal die Woche, wenn sie ausgehen mußte, um irgendetwas einzukaufen, oder des Sonntags, um in die Kirche zu gehen. Handelte es sich um einen Einkauf, so wartete sie damit, bis es Nacht oder mindestens ganz dunkel geworden war, schlüpfte dann durch die düsteren Straßen längs der Häuser hin, trat rasch in einen Laden, sprach mit leiser Stimme nur wenige Worte, bezahlte, ohne zu feilschen, und kehrte gesenkten Kopfes, die Augen zur Erde gerichtet, wieder um, als ob das arme Wesen sich geschämt hätte, von anderen gesehen zu werden. Ging sie zur Kirche, so geschah das nur ganz früh, zur ersten Messe. Sie hielt sich dann abseits, in einer wenig erleuchteten Ecke, wo sie, wie ganz in sich zurückgezogen, kniete. Unter dem sie verhüllenden Schleier verhielt sie sich fast erschreckend still und regungslos. Man hätte sie für tot halten können, wenn sich nicht zuweilen ein schmerzlicher Seufzer ihrer Brust entrungen hätte. In ärmlichen, drückenden Verhältnissen schien diese seltsame Frau zwar nicht zu leben, und doch mußte sie allem Anscheine nach höchst unglücklich sein. Ein- oder zweimal hatten gute Seelen ihr beispringen, ihre Dienste anbieten, ihr Interesse erwecken und ihr einige Worte der Teilnahme zuflüstern wollen. Doch da hüllte sie sich nur tiefer in ihre Trauerkleidung und wich zurück, als ob sie selbst ein Gegenstand des Schreckens gewesen wäre.

Die Einwohner von St. Charles kannten diese Fremde, man hätte sagen können, diese Einsiedlerin, sonst ganz und gar nicht. Vor zwölf Jahren war sie nach dem Flekken gekommen, um das für ihre Rechnung zu sehr niedrigem Preise erkaufte Haus zu beziehen, denn die Gemeinde, der dasselbe gehörte, hatte es schon seit längerer Zeit ausgeboten und fand doch niemand, der es haben wollte.

Eines Tages hörte man, daß die neue Besitzerin während der Nacht angekommen und in ihre Wohnung gezogen sei, ohne daß sie jemand hätte eintreten sehen. Man wußte nicht, wer ihr beim Transport des dürftigen Mobiliars geholfen haben mochte; sie mietete auch keine Magd, um ihr im Haushalte beizustehen. Niemals konnte jemand bis zu ihr eindringen. So lebte sie jetzt, und so hatte sie seit ihrer Ankunft in St. Charles in strenger, fast klösterlicher Abgeschiedenheit gelebt. Die Mauern des geschlossenen Hauses glichen auch wirklich denen eines Klosters, das noch kein Unbefugter jemals betreten hatte.

Die Bewohner dieses Fleckens suchten auch gar nicht das Leben dieser Frau zu durchschauen oder die Geheimnisse ihrer Existenz zu entschleiern. Während der ersten Tage nach ihrer Übersiedlung hierher steckte man wohl ein wenig die Köpfe zusammen, und es entstanden manche Redereien über die Besitzerin des geschlossenen Hauses. Man vermutete das und jenes, bald aber beschäftigte man sich nicht weiter mit ihr. Soweit es ihre Mittel gestatteten, erwies sie sich mildtätig gegen die Armen des Landes, und schon das sicherte ihr die Achtung aller.

Ziemlich groß, doch etwas gebeugt, wohl mehr durch Kummer als durch das Alter, mochte die Fremde jetzt etwa fünfzig Jahre zählen. Unter dem Schleier, der sie zur Hälfte bedeckte, verbarg sich ein Gesicht, welches schön gewesen sein mußte, dafür zeugten noch die hohe Stirn und die schwarzen feurigen Augen. Ihr Scheitel freilich war ganz weiß; ihr Blick schien verschleiert von den unstillbaren Tränen, die denselben so lange gebadet hatten. Jetzt war der Ausdruck dieser sonst sanften und lächelnden Physiognomie der einer düsteren Entschlossenheit, eines unbeugsamen Willens.

Hätte die öffentliche Neugier sich etwas mehr beflei-ßigt, das geschlossene Haus zu überwachen, so wäre der Beweis zu erbringen gewesen, daß sie sich doch nicht unbedingt jedem Gaste verschloß.

Drei- oder viermal des Jahres, allemal in der Nacht, öffnete sich die Pforte vor einem, manchmal vor zwei Fremden, welche freilich keine Vorsicht außer acht ließen, ungesehen hierher und auch wieder fort zu kommen. Niemand hätte sagen können, ob sie nur wenige Stunden oder mehrere Tage in diesem Hause verweilten. Wenn sie es wieder verließen, so geschah das jedenfalls vor dem Tagesgrauen. Niemand konnte also bezweifeln, daß diese seltsame Frau noch irgendwelche Beziehungen mit der Außenwelt unterhielt. Ein solcher Fall trat in der Nacht des 30. September 1837 gegen elf Uhr ein. Die große, die ganze Grafschaft St. Hyacinthe von Ost nach

West durchziehende Landstraße führte nach St. Charles und über dieses hinaus. Sie war zu jener Stunde menschenleer. Tiefe Dunkelheit umhüllte den eingeschlummerten Flecken. Kein Bewohner desselben konnte die beiden Männer sehen, welche auf dieser Straße herankamen, bis zu dem geschlossenen Hause schlichen, die Gittertür des kleinen Vorhofes öffneten und dann in einer Weise an die Tür klopften, daß sich schon daraus ein verabredetes Erkennungszeichen verriet.

Die Tür öffnete sich und verschloß sich sofort wieder. Die beiden nächtlichen Besucher traten in das erste Zimmer zur Rechten, dessen schwache, von einer Art Nachtlicht erzeugte Beleuchtung außerhalb des Hauses nicht wahrgenommen werden konnte.

Die Insassin gab beim Erscheinen der beiden Männer gar keine Verwunderung zu erkennen. Diese drückten sie in die Arme und kamen ihr überhaupt mit rein kindlicher Zärtlichkeit entgegen.

Es waren Johann und Joann, jene Frau aber ihre Mutter, Bridget Morgaz. Niemand hätte daran gezweifelt, daß diese unglückliche Familie Kanada verlassen habe, um in irgendeiner Provinz Nord- oder Südamerikas oder gar in einem fernen Winkel Europas ein verborgenes Dasein zu fristen. Die von dem Verräter erlangte Geldsumme mußte ausreichen, ihm ein bequemes Leben zu sichern, wohin er sich auch zurückziehen mochte. Nahm er dann einen falschen Namen an, so entging er auch der Verachtung, die seinem eigenen Namen in der ganzen Welt folgte.

Der Leser weiß schon, daß diese Vermutungen irrige waren. Eines Abends hatte Simon Morgaz sich mit eigener Hand gerichtet, und kein Mensch ahnte, daß sein Leichnam an einer verlorenen Stelle des Nordufers am Ontario-See ruhte.

Bridget Morgaz, Johann und Joann hatten die ganze Furchtbarkeit ihrer Lage schnell begriffen. Waren die Mutter und die Söhne auch völlig schuldlos an dem Verbrechen des Gatten und Vaters, so herrschte auch gegen sie gewiß ein so grausames Vorurteil, daß sie nirgends Mitleid und Vergebung gefunden haben würden. In Kanada wie an jedem anderen Punkte der Welt mußte ihr Name allein ein nie schweigender, einstimmiger Vorwurf für sie bleiben. Sie beschlossen also, auf diesen Namen zu verzichten, ohne an die Annahme eines anderen nur zu denken. Wozu hatten die Unglücklichen, denen das Leben nur noch Schmach und Schande zu bringen versprach, das auch nötig?

Die Mutter und die Söhne entwichen aber doch nicht sofort aus dem Vaterlande. Ehe sie Kanada verließen, hatten sie noch eine Aufgabe zu erfüllen, und dieser Aufgabe wollten sie sich, selbst um den Preis des Lebens, alle drei widmen.

Ihre einzige Absicht ging nämlich dahin, das wiedergutzumachen, was Simon Morgaz an seinem Vaterlande verbrochen hatte. Ohne jenen von dem hinterlistigen Rip veranstalteten Verrat hätte die Verschwörung von 1825 die beste Aussicht auf Erfolg gehabt. Nach Gefangennahme des Gouverneurs und der englischen Truppenführer hätten die wenigen Soldaten der franko-kanadischen Bevölkerung, die sich in Masse zu erheben bereit war, kaum Widerstandt leisten können. Eine ehrlose Handlung hatte aber das Geheimnis der Verschwörung preisgegeben, und Kanada war unter den Händen seiner Bedrücker geblieben.

Johann und Joann wollten also das durch den Verrat ihres Vaters unterbrochene Werk wiederaufnehmen. Bridget, deren mutige Entschlossenheit ganz der schrecklichen Lage gewachsen war, wies sie selbst darauf hin, daß das der einzige Zweck ihres Lebens sein könne. Sie verstanden das, die beiden Brüder, die jener Zeit erst siebzehn und achtzehn Jahre zählten. Und sie widmeten sich mit Leib und Seele dieser Aufgabe der Vergeltung.

Bridget Morgaz, von Anfang an entschlossen, nur von dem zu leben, was ihr von dem früheren Vermögen übrigblieb – wollte nichts von dem im Taschenbuche des Selbstmörders vorgefundenen Geld behalten. Diese

Summe konnte und sollte zu nichts anderem verwendet werden als für die Bedürfnisse der nationalen Sache. So entstand das geheimnisvolle, den Händen des Meisters Nick übergebene Depot. Ein Rest wurde zurückbehalten, um von Johann unmittelbar unter die Reformer verteilt zu werden.

So hatten die Komitees 1831 und 1835 die nötige Summe zum Ankauf von Waffen und Schießbedarf erhalten, und 1837 wurde der Überrest jener zur Aufbewahrung gegebenen Summe dem Komitee in der Villa Malcolm zugewendet und den Händen des Herrn de Vaudreuil anvertraut. Das war alles, was von dem Preise des Verräters noch übriggeblieben war.

In den Hause zu St. Charles, wohin ihre Mutter sich zurückgezogen, sahen die Söhne sie im geheimen, wenn ihnen das möglich wurde. Schon seit mehreren Jahren hatte jeder seinen eigenen Weg eingeschlagen, um das nämliche Ziel zu erreichen.

Joann, der Ältere, hatte sich gesagt, daß für ihn doch jedes irdische Glück verwelkt sei; unter dem Einflusse religiöser Vorstellungen, welche dem allen entsprang, hatte er Priester, aber streitbarer Priester werden wollen. Er war in den Orden des heiligen Sulpitius mit der Absicht eingetreten, die unwiderruflichen Rechte seiner Heimat mit dem Worte lebendig zu erhalten. Eine natürliche Beredsamkeit im Verein mit einem glühenden Patriotismus zog die Bevölkerung der kleinen Städte und des Landes zu ihm heran. In der letzten Zeit war sein Ruhm nur noch gewachsen und stand eben jetzt auf der höchsten Stufe.

Johann hatte sich der reformatorischen Bewegung zwar nicht mit der Macht der Rede, aber mit der Tat angeschlossen.

Obwohl der Aufstand 1831 ebensowenig geglückt war wie der von 1835, so hatte sich sein Ansehen doch keineswegs vermindert. Die große Menge betrachtete ihn als den geheimnisvollen Anführer der Söhne der Freiheit. Er erschien zur Stunde, wo er mit seiner Person eintreten mußte, und verschwand ebenso, um sein Werk weiterzuführen. Der Leser weiß, zu welch hoher Stellung er sich in der Partei der liberalen Opposition emporgeschwungen hatte. Es schien fast, als ob die Sache der Unabhängigkeit in den Händen eines einzelnen Mannes, jenes Johann ohne Namen, wie er sich selbst nannte, läge und als ob die Patrioten von ihm allein das Zeichen zu einem neuen Aufstande erwarteten.

Die Stunde desselben war schon nahe. Noch einmal, bevor sie sich in dieses Unternehmen einließen, hatten Johann und Joann, welche der Zufall in Chambly zusammengeführt hatte, sich nach dem geschlossenen Hause begeben wollen, um ihre Mutter – vielleicht zum letzten Male – wiederzusehen.

Jetzt waren sie nun da, bei ihr, und saßen an ihrer Seite. Sie hielten ihre Hand und sprachen mit gedämpfter Stimme. Johann und Joann erklärten ihr, wie die Dinge jetzt lagen. Der Kampf mußte entsetzlich werden wie jeder Verzweiflungskampf.

Durchdrungen von den Empfindungen, von denen ihr Herz überwallte, gab sich Bridget der Hoffnung hin, daß das Verbrechen des Vaters endlich durch die Söhne seine Sühne finden werde. Dann nahm sie das Wort:

»Mein Johann und mein Joann«, sagte sie, »ich muß wohl eure Hoffungen teilen, muß wohl an den Erfolg glauben.«

»Ja, Mutter, wir dürfen daran glauben«, antwortete Johann. »Binnen wenigen Tagen wird die Bewegung ausbrechen . . .«

»Und Gott gebe uns den Sieg, der jeder gerechten Sache zukommt«, setzte Joann hinzu.

»Ja, Gott leihe uns seine Hilfe«, erwiderte Bridget, »und vielleicht werde ich endlich das Recht haben zu beten für . . .«

Bisher war niemals, nein, niemals ein Gebet gekommen über die Lippen dieser unglücklichen Frau für die Seele desjenigen, der einst ihr Gatte gewesen war.

»Mutter«, sagte Joann, »meine liebste Mutter . . .«

»Und du, mein Sohn«, unterbrach ihn Bridget, »hast

du jemals für deinen Vater gebetet, der du Diener des vergebenden Gottes bist?«

Joann senkte den Kopf, ohne zu antworten.

Bridget fuhr fort:

»Meine Kinder, bisher habt ihr eure Schuldigkeit getan, vergeßt aber nicht, wenn ihr euch opfert, so habt ihr nur eure Pflicht erfüllt. Und selbst, wenn unser Land euch einmal unsere Unabhängigkeit verdankt, so darf der Name, den wir früher trugen, der Name Morgaz . . .«

»Doch nicht mehr existieren, meine Mutter«, vollendete Johann den Satz, »für ihn gibt es keine Rehabilitation. Man kann ihm die Ehre nicht wiedergeben, sowenig, wie man die Patrioten wieder zum Leben erwecken kann, die der Verrat unseres Vaters dem Schafott überlieferte. Was wir, Joann und ich, tun, das geschieht nicht, um die an unserem Namen haftende Schmach abzuwaschen . . . Das, das wäre unmöglich . . .! Nein, für einen Handel wie diesen bemühen wir uns nicht. Unsere Bestrebungen gehen nur dahin, das unserem Lande geschehene Unrecht wiedergutzumachen, nicht das, welches uns selbst getroffen hat . . . nicht wahr, Joann?«

»Ja«, bestätigte der junge Geistliche. »Wenn Gott auch vergeben kann, so weiß ich doch, daß das den Menschen versagt ist, und solange die Ehre noch eine soziale Anforderung bleibt, wird unser Name zu denen gehören, welche die Verachtung der Allgemeinheit trifft.«

»Man wird also niemals vergessen können . . .?« sagte Bridget, die ihre Söhne auf die Stirn küßte, als hätte sie das untilgbare Schandmal darauf verlöschen wollen.

»Vergessen!« rief Johann. »Geh nur einmal nach Chambly, Mutter, und du wirst sehen, ob die Vergessenheit . . .«

»Johann«, unterbrach ihn Joann schnell, »schweig still!«

»Nein, Joann . . . unsere Mutter muß es wissen . . .! Sie hat Seelenstärke genug, um alles zu hören, und ich kann ihr nicht die Hoffnung auf Wiedererlangung allgemeiner Achtung, welche unmöglich ist, lassen!«

Und mit leiser Stimme, in abgebrochenen Worten, berichtete er, was nur wenige Tage vorher in dem Flecken Chambly, der Wiege der Familie Morgaz, und vor den Ruinen seines Vaterhauses geschehen war.

Bridget hörte ihm zu, ohne daß eine Träne ihre Augen netzte. Sie hatte schon das Weinen verlernt.

Doch sollte es denn wahr sein, daß eine solche Lage ohne Ende andauern konnte? War es möglich, daß die Erinnerung an einen Verrat unvergeßlich war und daß die Verantwortung für ein Verbrechen auch auf Unschuldigen lasten blieb? Stand es denn im menschlichen Bewußtsein geschrieben, daß der Fleck, der auf den Namen einer Familie gefallen, niemals wieder verwischt werden konnte?

Eine kurze Zeit wurde zwischen der Mutter und den beiden Söhnen kein Wort gewechselt; sie sahen einander nicht einmal an, und ihre Hände hatten sich voneinander gelöst. Alle litten schrecklich. Überall also, nicht allein in Chambly, würden sie Parias sein, »Outlaws«, welche die Gesellschaft von sich stößt, welche sie sozusagen außerhalb der Gemeinschaft der Menschen hinstellt.

Gegen drei Uhr nach Mitternacht dachten Johann und Joann daran, ihre Mutter zu verlassen. Sie wollten jedenfalls wieder fortgehen, ohne die Gefahr, gesehen zu werden. Ihre Absicht ging auch dahin, sich gleich vor der Ortschaft zu trennen. Es schien von Wichtigkeit, daß sie niemand zusammen auf der Straße sah, auf welcher sie durch die ganze Grafschaft zogen. Niemand sollte wissen, daß die Tür des geschlossenen Hauses sich diese Nacht vor den einzigen Besuchern, welche je seine Schwelle überschritten, geöffnet hatte.

Die beiden Brüder hatten sich erhoben. Im Augenblicke einer Trennung, welche vielleicht ewig andauern sollte, empfanden sie es doppelt, wie die Bande der Familie sie aneinanderknüpften. Zum Glück hatte Bridget keine Ahnung davon, daß auf den Kopf Johanns ein Preis ausgesetzt war. Wenn das auch Joann bekannt war, so hatte diese schreckliche Nachricht mindestens noch nicht in die Einsamkeit des geschlossenen Hauses zu dringen vermocht. Johann wollte seiner Mutter natürlich nichts davon sagen; was hätte es auch nützen können, deren Schmerzen noch zu verschlimmern, und hätte Bridget es zu anderem Zwecke erfahren, als um die Angst und Sorge, ihren Sohn niemals wiederzusehen, nur noch zu vergrößern?

Der Augenblick der Trennung war gekommen.

»Wohin wendest du dich, Joann?« fragte Bridget.

»Nach den Kirchspielen im Süden«, antwortete der junge Priester. »Dort denke ich die Stunde abzuwarten, mich meinem Bruder anzuschließen, wenn dieser sich an die Spitze der kanadischen Patrioten gesetzt hat.«

»Und du, Johann?«

»Ich begebe mich nach dem Pachthofe zu Chipogan, in der Grafschaft Laprairie«, erklärte Johann. »Dort werd' ich meine Genossen finden, und dort müssen wir noch die lezten Maßregeln besprechen ... inmitten jener reinen Familienfreuden, die uns versagt sind, meine geliebte Mutter! Die braven Leute daselbst haben mich wie einen Sohn aufgenommen ... Sie würden ihr Leben für das meinige hingeben ...! Und doch, wenn sie erführen, wer ich bin, welchen Namen ich trage ...! Ach, wie elend sind wir doch, wir, deren Berührung schon als eine Schande gilt ...! Sie werden aber nichts erfahren ... weder sie noch irgend jemand!«

Johann war auf den Stuhl zurückgesunken und preßte, vernichtet von einer Last, die er alle Tage schwerer fühlte, die Hände vor das Gesicht.

»Steh auf, Bruder«, sagte Joann. »Sieh, das bringt dir Versöhnung, daß du stark genug bist, um leiden zu können ...! Komm, steh auf, wir wollen weiterziehen!«

»Und wann werde ich euch wiedersehen, Kinder?« fragte Bridget.

»Hier nicht mehr, liebste Mutter«, antwortete Johann. »Wenn wir obsiegen, so verlassen wir alle drei dieses Land ... und gehen weit, weit weg ... wo niemand uns erkennen kann. Wenn wir Kanada seine Unabhängigkeit wiedergeben, so soll es doch nimmer erfahren, was es den Söhnen Simon Morgaz' schuldet ... Nein ... niemals!«

»Und wenn alles verloren ist?« fuhr Bridget fort.

»Dann, meine gute, liebste Mutter, dann sehen wir uns weder in diesem Lande noch in einem anderen wieder ... dann sind wir nicht mehr unter den Lebenden!«

Die beiden Brüder warfen sich zum letzten Male in die Arme ihrer Mutter. Dann öffnete sich die Tür und schloß sich wieder.

Noch etwa hundert Schritte machten Johann und Joann auf der Landstraße, dann trennten sie sich mit einem letzten Blicke auf das geschlossene Haus, in dem eine Mutter für ihre Söhne betete.

Zehntes Kapitel

Der Pachthof zu Chipogan

Der Pachthof von Chipogan, gegen sieben Lieues von dem Flecken Laprairie in der gleichnamigen Grafschaft gelegen, bedeckte eine mäßige Bodenerhebung am rechten Ufer eines kleinen Wasserlaufes, der nach dem St. Lorenzo abfloß. Hier besaß Herr de Vaudreuil ein recht einträgliches, zwischen vier- und fünfhundert Acker großes Landgut, welches der Farmer Thomas Harcher bewirtschaftete.

Vor dem Pachthofe, auf der Seite nach dem Flüßchen zu, dehnten sich weite Ländereien und ein Damebrett von grünenden Wiesen und durch helldurchsichtige Hekken umgeben aus, wie solche im Vereinigten Königreiche unter dem Namen »Fenues« bekannt sind. Es war der wirkliche Teppich regelmäßiger sächsischer oder amerikanischer Zeichnung in aller geometrischer Strenge. Große Vierecke und darin wieder kleinere Vierecke mit Umzäunungen umrahmten schöne Kulturen, welche dank dem nährkräftigen, schwärzlichen Humus des Bodens vorzüglich gediehen. Dieser Humus, dessen Dicke drei bis vier Fuß beträgt, ruht gewöhnlich auf einer Tonschicht, und fast in derselben Weise ist in Kanada der ganze Erdboden bis zu den Abhängen der Laurentiden zusammengesetzt.

Zwischen den mit peinlichster Sorgfalt kultivierten Vierecken wuchsen verschiedene Sorten Getreide, wie sie der Landmann auch meist in Mitteleuropa anbaut, nämlich Roggen, Mais, Reis, Hanf, Hopfen, Tabak usw. Hier wucherte auch wilder Reis, der fälschlicherweise »wilder Hafer« genannt wird. Dieser kam vorzüglich längs der immer nassen Ränder des kleinen Wasserlaufes vor und lieferte übrigens gekocht eine ganz ausgezeichnete Suppe.

Mit saftigem Grase bestandene Weideplätze dehnten sich hinter dem Pachthofe aus bis zum Saume der hohen Gehölze, welche eine leichte Bodenwelle bedeckten und sich über Gesichtsweite hinaus verloren. Diese Weiden reichten so bequem aus zur Ernährung der Haustiere, welche die Farm zu Chipogan aufzog, daß Thomas Harcher noch eine weit größere Menge Rinder hätte gegen geringes Entgelt aufnehmen können. Hier tummelten sich Ochsen, Kühe, Stiere, Schafe und Schweine, ohne die kräftigen Pferde kanadischer Rasse zu zählen, welche von den amerikanischen Züchtern so gesucht sind.

In der Nähe der Farm waren die Wälder von nicht geringer Bedeutung. Sie bedeckten früher das ganze Grenzgebiet bis zum St. Lorenzo von seiner Mündung an bis zu der Gegend der Seen. Seit langen Jahren schon hatte die Hand des Menschen hier aber so manche Lichtung geschaffen. Und wie viele stolze Bäume, deren Gipfel sich zuweilen bis zu hundertfünfzig Fuß in die Lüfte erhebt, fallen noch immer unter den Schlägen der Tausende von Äxten und stören die Ruhe jener endlosen Wälder, in denen es von Meisen, Spechten, Amseln, Nachtigallen, Lerchen, Paradiesvögeln mit glänzendem Gefieder wimmelt und wo auch liebliche Kanarienvögel, welche leider in den kanadischen Provinzen stumm sind, in hellen Scharen umherflattern. Die »Lumbermen«, die Holzfäller, betreiben hier ein einträgliches, aber bedauerliches Geschäft, indem sie Eichen, Ahornbäume, Eschen, Nußbäume, Fichten und Weiden umlegen, welche zersägt oder viereckig behauen die Reihen von Käfigen bilden, die den Lauf des Stromes hinabgleiten. Wenn gegen Ende des 18. Jahrhunderts einer der bekanntesten Helden Coopers, Nathaniel Bumpoo, Falkenauge, Lange Flinte oder Lederstrumpf genannt, schon über diese Niedermetzelung von Bäumen klagte, würde er nicht heutzutage über diese unerbittlichen Waldverwüster dasselbe sagen, was man über die Landwirte sagt, welche die Fruchtbarkeit des Bodens durch einen wirklichen Raubbau zugrunde richten; sie haben das Land gemordet?

Dabei verdient jedoch bemerkt zu werden, daß dieser Vorwurf gegenüber dem Verwalter des Pachthofes zu Chipogan unangebracht gewesen wäre. Thomas Harcher besaß dafür zu tiefe Kenntnis und wurde von gleichfalls einsichtigen Personen unterstützt, so daß er neben dem seinigen auch den Vorteil seines Gutsherrn im Auge hatte und die Beschuldigung, ein Mörder zu sein, gewiß nicht verdiente. Seine Farm galt allgemein als ein Muster agronomischen Betriebs, und das zu einer Zeit, wo man fast überall noch der von den Großvätern seit zweihundert Jahren vererbten Bewirtschaftungsweise huldigte. Der Pachthof von Chipogan war also einer der bestverwalteten in Montreal. Die hier eingeführte Methode der Koppelwirtschaft ließ den Erdboden nicht zur Verarmung kommen. Man begnügte sich auch nicht allein, ihn im Zustande der Brache liegenzulassen, sondern wechselte mit den Früchten, was vorzügliche Ergebnisse lieferte. Was die Fruchtbäume, von denen ein großer Garten die verschiedensten auch in Europa gedeihenden Arten enthielt, anging, so wurden diese sorgsam beschnitten, ausgeputzt und überhaupt verständig gepflegt. Alle lieferten hohe Erträgnisse, vielleicht mit Ausnahme der Aprikosen und Pfirsiche, welche besser im Süden der Provinz Ontario als im Osten der Provinz Quebec gedeihen. Die anderen aber erwiesen sich höchst ergiebig, vor allem jene Apfelbäume, deren Früchte mit rötlichem durchscheinenden Fleische unter dem Namen »die berühmten« bekannt sind. Was die Gemüse, wie Rotkohl, Kürbisse, Melonen, Kartoffeln und die Blaubeeren – der Name der Waldheidelbeeren, deren schwärzliche Früchte mit Vorliebe als Kompott verzehrt werden – anging, so erntete man von diesen so viel, um wöchentlich zweimal den Markt von Laprairie damit versehen zu können. Kurz, mit den Hunderten von Minots (ein altes französisches Maß) von Getreide und anderen Feld- und Gartenerzeugnissen, welche in Chipogan erzeugt wurden, mit dem Ertrage an Früchten und Gemüse sowie der vorsichtigen Verwertung einiger Acker Wald lieferte der Pachthof zu Chipogan Herrn de Vaudreuil einen recht ansehnlichen Teil seiner Einkünfte, und dank der verständigen Sorgfalt Thomas Harchers und seiner Familie war nicht zu befürchten, daß diese Ländereien infolge unsinniger Ausnützung sich erschöpfen und in dürre Savannen verwandeln könnten, welche dann höchstens ein stachliges Buschwerk überwucherte.

Übrigens ist das kanadische Klima für den Landbau sehr geeignet. Anstelle des Regens fällt hier von Ende November bis Ende März nur Schnee, der die Grasnarbe der Wiesen schützt, und die lebhafte und trockene Winterkälte dieser Gegend ist dem unaufhörlichen Platzregen entschieden vorzuziehen, abgesehen davon, daß sie auch die Wege gangbar erhält, so daß die Bodenarbeiten nicht ganz unterbrochen zu werden brauchen. In der gemäßigten Zone begegnet man nirgends einer so schnell sich entwickelnden Vegetation, da hier das im März gesäte Getreide im August völlig ausgereift ist und die Heuernte bereits im Juni und Juli eingeheimst wird. Jener Zeit wie noch heute beruht die Zukunft Kanadas wesentlich auf dem Gedeihen seiner Landwirtschaft.

Die Baulichkeiten der Farm erhoben sich alle innerhalb einer etwa zwölf Fuß hohen Palisade. Eine einzige in steinernen Pfeilern fest angebrachte Tür gestattete den Zugang zu dem Raum. Das war eine recht löbliche Vorsicht in jener noch nicht weit zrückliegenden Zeit, wo hier Überfälle seitens der Indianer nicht zu den Seltenheiten gehörten. Jetzt freilich leben die Eingebornen in gutem Einvernehmen mit den Landsleuten. Kaum zwei Lieues im Osten siedelte übrigens im Dorfe Walhatta der Huronenstamm der Mahogannis, von dem sich öfter eine Anzahl Männer bei Thomas Harcher einfanden, um die Produkte ihrer Jagden gegen die Erzeugnisse der Farm auszutauschen.

Das Hauptgebäude bestand aus einem langen Wohnhause mit zwei Stockwerken, einem regelmäßigen Viereck, welches die zur Unterbringung der Familie Harcher nötigen Zimmer enthielt. Den größten Teil des Erdgeschosses nahm ein großer Saal ein zwischen der Küche und der Vorratskammer auf der einen Seite und der speziell für den Pächter, seine Gattin und die jüngsten Sprößlinge auf der anderen bestimmten Wohnung.

Auf dem vor dem Hause befindlichen Hofraume sowohl wie auf der Rückseite nach dem Garten zu bildeten die eigentlichen Wirtschaftsgebäude gleich die Ecken der Palisade. Hier erhoben sich die Pferde- und Viehställe, die Schuppen und Scheunen der Farm. Außerdem lagen hier die eingeschlossenen Tummelplätze für das Kleinvieh, z. B. für amerikanische Kaninchen, deren in Streifen geschnittenes und verflochtenes Fell zur Herstellung eines sehr warmen Stoffes für Oberkleider diente, und für Fasanen, welche sich, im Hause gehalten, weit stärker vermehren als in der Freiheit.

Der große Saal im Erdgeschoß war zwar einfach, doch komfortabel mit Möbeln amerikanischer Herkunft ausgestattet. Hier frühstückte die Familie, aß hier zu Mittag und verbrachte hier ihre Abende. Es war ein gemütlicher Vereinigungspunkt für die Familie Harcher jeden Alters, welche sich hier nach Beendigung der täglichen Arbeiten gern zusammenfand. Man wird sich auch nicht darüber wundern, daß in diesem Saale eine Bibliothek den ersten und den zweiten Platz ein Piano einnahm, auf dem mindestens einer der Söhne oder eine der Töchter französische Walzer und Quadrillen spielte, während die anderen danach abwechselnd in heiterer Jugendlust tanzten.

Die Bearbeitung jener Ländereien verlangt natürlich ein ziemlich zahlreiches Personal. Thomas Harcher hatte dieses aber in seiner eigenen Familie gefunden. In der Tat beherbergte der Pachthof von Chipogan keinen einzigen bezahlten Helfer.

Thomas Harcher zählte jener Zeit fünfzig Jahre. Ein Akadier französischer Abstammung, gehörten seine Vorfahren zu jenen kühnen Fischern, welche ein Jahrhundert früher Neuschottland kolonisierten. Er vertrat den vollständigen Typus des kanadischen Landmannes, und zwar jenes, der sich in den Gefilden Nordamerikas nicht Bauer, sondern »Einwohner« nennt. Von hohem Wuchs, breiten Schultern, mächtiger Brust, kräftigem Gliederbau, großem Kopf, kaum ergrauenden Haaren, lebhaftem Blick, tadellosen Zähnen und ziemlich großem Munde, wie ihn der arbeitsame Landmann, der reichlichere Nahrung bedarf, immer hat, endlich von liebenswürdiger offener Physiognomie, welche ihm die warme Freundschaft seiner Kirchspielnachbarn sicherte – so erschien der Farmer von Chipogan. Gleichzeitig war er ein guter Patriot, ein unversöhnlicher Feind der Angelsachsen und jede Stunde bereit, seine Pflicht zu tun und nötigenfalls mit seiner Person einzutreten.

Im ganze Tale des St. Lorenzo hätte Thomas Harcher vergeblich eine bessere Gefährtin seines Lebens gesucht als seine Frau Catherine. Sie war jetzt fünfundvierzig Jahre alt, kräftig wie ihr Gatte so wie dieser jung geblieben an Geist und Leib, vielleicht von etwas derben Zügen und weniger feinem Benehmen, dafür aber gutmütig in ihrer Derbheit und willig zur Arbeit, mit einem Worte ebenso »die Mutter« wie Thomas Harcher »der Vater« in der umfassendsten Bedeutung des Wortes.

Beide bildeten ein schönes Paar mit so unerschütterlicher Gesundheit, daß sie die beste Hoffnung haben konnten, dereinst zu den Hundertjährigen zu gehören, deren Langlebigkeit dem kanadischen Klima alle Ehre macht.

Einen einzigen Vorwurf hätte man Catherine Harcher vielleicht machen können; denselben Vorwurf hätten aber alle Frauen des Landes verdient, wenn man den allgemeinen Aussagen Glauben schenken darf. Wenn die Kanadierinnen gute Hausfrauen sind, so kommt das doch nur daher, daß ihre Ehemänner die Wirtschaft besorgen, die Betten zurechtmachen, den Tisch decken, die Hühner rupfen, die Kühe melken, die Butter schlagen, die Kartoffeln schälen, das Feuer anzünden, die Möbel abreiben, das Eßgeschirr waschen usw.

Übrigens trieb Catherine diese Frauenherrschaft nicht bis aufs Äußerste, eine Herrschaft, welche in den meisten Haushaltungen der Kolonie die Männer einfach zu Sklaven ihrer Frauen macht. Nein! Um gerecht zu sein, müssen wir anerkennen, daß auch sie an des Tages Mühe und Last redlich teilnahm. Immerhin unterwarf sich Thomas Harcher gern ihren Wünschen und Launen. Doch welch schöne Familie hatte ihm Catherine auch geschenkt, von Pierre, dem Führer des »Champlain«, seinem Erstgebornen, an bis zum letzten Baby von nur einigen Wochen, welches am heutigen Tage getauft werden sollte!

In Kanada ist die Fruchtbarkeit der Ehen bekanntlich eine erstaunliche. Familien von zwölf bis fünfzehn Kindern sind ganz allgemein; solche, wo man deren zwanzig zählt, sind nicht selten, und daneben gibt es auch noch Familien von über fünfundzwanzig Abkömmlingen. Es sind das fast gar nicht mehr Familien, sondern Stämme, welche sich unter dem Einflusse patriarchalischer Sitten entwickeln.

Wenn Ismaël Busch, der alte Pionier Fenimore Coopers, einer der Helden des Romans »Die Prärie«, mit Stolz auf die sieben Söhne – die Töchter gar nicht gerechnet – hinweisen konnte, die seiner Ehe mit der gesundheitsstrotzenden Esther entsprungen waren, welches Gefühl von Überlegenheit mußte dann Thomas Harcher erfüllen, den Vater von sechsundzwanzig lebenden Kindern, welche in der Farm zu Chipogan alle lustig emporwuchsen!

Fünfzehn Söhne und elf Töchter jeden Alters – von dreißig Jahren bis zu drei Wochen; von den fünfzehn Söhnen vier verheiratet, von den elf Töchtern zwei unter der Haube. Und aus diesen Ehen gab es wieder siebzehn Enkel, was – wenn man Vater und Mutter hinzuzählt – eine Anzahl von zweiundfünfzig Abkömmlingen der Familie Harcher ergibt.

Die fünf Ältesten kennt der Leser bereits. Es waren diejenigen, welche die Besatzung des »Champlain« bildeten, die ergebenen Gefährten Johanns. Es wäre ein unnötiger Zeitverlust, die Namen der übrigen Kinder anzuführen oder besonders unterscheidende Züge ihres Charakters hier auszumalen. Söhne, Töchter, Schwiegersöhne, Schwiegertöchter verließen niemals den Pachthof. Sie arbeiteten hier unter der Leitung des Hausherrn. Die einen waren auf den Feldern beschäftigt, wo es ihnen nie an Arbeit fehlte; die anderen hatten im Walde zu tun, wo sie das Geschäft der »Lumbermen« betrieben, und auch sie hatten keine Zeit, müßig zu gehen. Zwei oder drei der Ältesten jagten gewöhnlich in den benachbarten Wäldern von Chipogan und hatten keine Mühe, das für den ungeheuren Familientisch nötige Wild zu liefern. Auf diesen Gebieten gibt es in der Tat viele Arten Wild, wie Karibus – eine Art große Rentiere – Bisons, Damhirsche, Ziegen, Elentiere, ohne des kleinen Feder- und Haarwildes zu erwähnen, wie Tauchervögel, Rebhühner, Wachteln, Regenpfeifer u. a. m.

Zur Zeit wo die Kälte sie zwang, die Gewässer des St. Lorenzo zu verlassen, kehrten Pierre Harcher und seine Brüder, Rémy, Michel, Tony und Jacques, zum Winteraufenthalte nach dem Pachthofe zurück und betrieben dann die Jagd auf Pelztiere. Man zählte sie zu den unerschrockensten Squatters, den unermüdlichsten Waldläufern, und sie lieferten auch mehr oder weniger kostbare Felle nach den Märkten von Montreal und Quebec. Jener

Zeit waren die schwarzen Bären, die Luchse, die Wildkatzen, die Marder, die kanadischen Vielfraße, die Bisons (eine Abart der Marder, auch Minks genannt), die Füchse, Biber, Hermeline, die Otter und die Moschusratte noch nicht nach den nördlichen Gegenden ausgewandert, und damals blühte der Handel mit Fellen ganz besonders, da die Jäger noch nicht gezwungen waren, ihr Glück an den entfernten Küsten der Hudsonbai zu versuchen.

Um eine solche Familie von Eltern, Kindern und Kindeskindern zu beherbergen, bedurfte es natürlich einer Art Kaserne; und es war auch eine wirkliche Kaserne, jenes Gebäude, das mit seinen zwei Stockwerken die Wirtschaftsgebäude der Farm von Chipogan überragte. Daneben mußten doch auch noch einige Zimmer für Gäste freibleiben, welche Thomas Harcher vorübergehend bei sich aufnahm, entweder Freunde aus der Grafschaft, Farmer aus der Nähe oder »Reisende«, das heißt Schiffsleute, welche die Holzzüge auf den kleineren Flüssen bis nach dem großen Strome führen. Endlich gab es auch eine besonders vorbehaltene Wohnung für Herrn de Vaudreuil und dessen Tochter, wenn sie der Farmersfamilie gelegentlich einen Besuch abstatteten.

Gerade an diesem Tage – am 5. Oktober – waren Herr und Fräulein de Vaudreuil hierhergekommen. Es waren nicht allein die Beziehungen des Gutsherrn zu seinem Pächter, welche Herrn de Vaudreuil mit Thomas Harcher und den Seinigen verbanden, sondern vielmehr eine gegenseitige Neigung, eine Freundschaft von der einen, eine Ergebung von der anderen Seite, welche seit so vielen Jahren schon ungetrübt bestanden hatte. Außerdem aber fesselte sie auch noch die gleichmäßige Vaterlandsliebe aneinander. Der Farmer wie sein Herr waren mit Leib und Leben der nationalen Sache ergeben.

Jetzt war die Familie einmal vollzählig zusammen. Seit drei Tagen hatten Pierre und seine Brüder, nachdem sie den »Champlain« am Kai von Laprairie abgetakelt verlassen, ihr Winterquartier im Pachthofe bezogen. Nur der Adoptivsohn fehlte noch, er, den man in der Farm von Chipogan mit wärmster Liebe umfaßte.

Man erwartete Johann indes noch im Laufe des Tages. Wenn Johann von diesem Familienfeste fernblieb, so mußte er mindestens in die Hände der Ripschen Agenten gefallen sein, und die Nachricht von seiner Verhaftung hätte sich schon im Lande verbreitet.

Johann hatte sich ja gewissermaßen einer Pflicht zu entledigen, die er ebenso ernst nahm wie Thomas Harcher selbst.

Die Zeit lag noch nicht fern, wo der Lehnsherr des Kirchspiels es auf sich genommen hatte, bei allen Kindern seiner Parochianen Patenstelle zu vertreten – wobei er es freilich schon auf mehrere hundert Mündel gebracht hatte. Herr de Vaudreuil zählte übrigens unter der Nachkommenschaft seines Pächters deren erst zwei; und dieses Mal sollte Clary bei dem sechsundzwanzigsten Kinde als Taufzeugin und Johann als Taufzeuge eintreten. Das junge Mädchen schätzte sich glücklich über diese Gelegenheit, welche sie beide, wenigstens für einige Minuten, näher als sonst verband.

Übrigens betraf es nicht eine Taufe allein, daß der Pachthof von Chipogan das Festgewand angelegt hatte.

Als Thomas Harcher seine fünf Söhne empfing, hatte er gerufen:

»Willkommen, meine Jungen; ihr kommt gerade zur rechten Zeit!«

»Wie immer, Vater!« antwortete Jacques.

»Nein, noch mehr als sonst. Wenn ihr uns heute bereit seht, das letzte Baby des Hauses zu taufen, so werden Clemens und Cäcilie morgen zum ersten Male das Abendmahl empfangen, und übermorgen wird die Hochzeit eurer Schwester Rose mit Bernard Miquelon stattfinden.«

»Zu Haus geht alles gut, wie es scheint«, hatte Tony erwidert.

»Oh, nicht schlecht, mein Junge«, rief der Farmer; »es ist auch gar nicht ausgeschlossen, daß ich euch nächstes

Jahr zu einer weiteren Feierlichkeit dieser Art zusammenrufe.«

Thomas Harcher begleitete dieses Versprechen mit herzlichem Lachen, dem Ausdrucke echter gallischer Heiterkeit, während Catherine die fünf kraftvollen Sprossen, ihre Erstgeborenen, zärtlich umarmte.

Der Taufakt sollte um drei Uhr nachmittags stattfinden. Johann hatte also noch Zeit genug, in der Farm einzutreffen. Sobald er erschien, wollte man sich nach dem eine halbe Lieue entfernten Gotteshause des Kirchspiels begeben.

Thomas, seine Gattin, seine Söhne und Töchter ebenso wie die Schwiegersöhne und die Kindeskinder hatten für diese Gelegenheit die Feiertagskleider angelegt, welche sie höchstwahrscheinlich während der drei nächsten Tage weitertrugen. Die Töchter erschienen in weißen Leibchen und lebhaft gefärbten Röcken, während die Haare offen auf die Schultern herabhingen. Die Söhne hatten die Arbeitsweste und die normannische Mütze, welche sie gewöhnlich trugen, abgelegt und sich mit der sonntäglichen Tracht, einer Art Mantel aus schwarzem Stoffe mit buntem Gürtel und gefalteten, aus Ochsenhaut hergestellten Schuhen geschmückt.

Am Tage vorher und nachdem sie das Boot eines Fährmannes zum Überschreiten des St. Lorenzo benützt, hatten Herr und Fräulein de Vaudreuil Thomas Harcher getroffen, der sie mit seinem von vorzüglichen Trabern gezogenen Buggy (eine Art offener Planwagen) erwartete.

Während der drei Lieues betragenden Fahrt bis zum Pachthofe von Chipogan hatte Herr de Vaudreuil sich beeilt, seinem Pächter mitzuteilen, daß er etwas auf der Hut sein möge. Die Polizei mußte wissen, daß er, Herr de Vaudreuil, die Villa Montcalm verlassen habe, und es war sehr möglich, daß gerade er der Gegenstand besonderer Überwachung wäre.

»Wir werden schon die Augen offenhalten, gnädiger Herr!« hatte Thomas Harcher, bei dem der Gebrauch dieser Anrede nichts Serviles an sich trug, geantwortet.

»Bisher hat sich noch keine verdächtige Gestalt in der Umgebung von Chipogan erblicken lassen?«

»Nein, noch keine jener Canouaches,* mit Respekt zu vermelden!«

»Und ist Euer Adoptivsohn in der Farm eingetroffen?« hatte Clary de Vaudreuil gefragt.

»Noch nicht, gnädiges Fräulein, und das macht mir einige Sorge.«

»Seit er sich von seinen Begleitern in Laprairie getrennt, sind noch keine Nachrichten von ihm hierhergelangt?«

»Noch keine einzige!«

Auch seit Herr und Fräulein de Vaudreuil sich in den – wie es sich von selbst versteht – besten Zimmern der Wohnung eingerichtet, war Johann noch nicht gekommen. Inzwischen war alles zu der Taufe vorbereitet, und wenn der Pate nicht diesen Nachmittag eintraf, wußte man nicht recht, was dann geschehen sollte.

Pierre und zwei oder drei seiner Brüder waren auch eine gute Lieue auf die Landstraße hinausgegangen. Von Johann fand sich aber keine Spur, und schon schlug die Hausglocke von Chipogan die Mittagsstunde.

Thomas und Chatherine besprachen sich da über diese unerklärliche Verzögerung.

»Was machen wir denn, wenn er auch bis drei Uhr nicht kommt?« fragte der Farmer.

»Nun, dann warten wir eben noch«, antwortete Catherine gelassen.

»Was wollen wir erwarten?«

»Ei, die Ankunft eines siebenundzwanzigsten Kindes natürlich nicht«, erwiderte die Farmersfrau.

»Freilich, desto mehr«, versetzte Thomas, »als ein solches, ohne uns einen Vorwurf einzubringen, wahrscheinlich niemals kommen dürfte.«

»Du scherzest wohl, mein Herr Harcher, nicht wahr?«

»Ich scherze gar nicht! Doch im Ernste, wenn Johann nun allzulange ausbleibt, werden wir wohl auf ihn ver-

*Spottname, den die Kanadier gewissen Wilden des Westens beilegen.

zichten müssen . . .«

»Auf ihn verzichten!« rief Catherine, »das auf keinen Fall; da ich mir einmal in den Kopf gesetzt habe, daß er bei einem unserer Kinder Gevatter stehen müsse, so warten wir, bis er sich einstellt.«

»Und wenn das nun gar nicht der Fall ist«, antwortete Thomas, dem nichts daran zu liegen schien, daß die Taufe auf ganz unbestimmte Zeit verschoben würde. »Wenn es ihm Verhältnisse überhaupt unmöglich gemacht haben zu kommen?«

»Keine Schwarzseherereien, Thomas«, erwiderte Catherine, »und ein wenig Geduld. Was ist denn dabei – taufen wir heute nicht, so taufen wir eben morgen.«

»Schön! Morgen gehen aber Clemens und Cäcilie, der sechzehnte und die siebzehnte, zum ersten Male zum Abendmahle.«

»Nun gut, dann übermorgen.«

»Übermorgen ist die Hochzeit unserer Tochter Rose mit dem wackeren Bernard Miquelon.«

»Meinetwegen auch noch nach dieser, Thomas! Übrigens kann nötigenfalls alles auf einmal abgemacht werden. Wenn ein kleines Kind aber einen Paten wie Johann und eine Taufzeugin wie Fräulein Clary bekommen soll, dann darf man sich gar nicht beeilen, dafür andere zu suchen.«

»Und der Pfarrer ist auch schon benachrichtigt . . .!« bemerkte Thomas seiner halsstarrigen Ehehälfte.

»Das laß nur meine Sorge sein«, entgegnete Catherine. »Oh, es ist ein vortrefflicher Mann, unser Herr Pfarrer. Übrigens wird ihm sein Zehnt deshalb nicht entgehen, und er wird sich hüten, Kunden wie uns vor den Kopf zu stoßen.«

Im ganzen Kirchspiele mochte es in der Tat weniger Pfarrkinder geben, welche ihrem Geistlichen so viel Beschäftigung gegeben hatten wie Thomas und Catherine.

Als nun aber Stunde auf Stunde verrann, wurde die Unruhe der Leute doch etwas lebhaft. Wußte die Familie Harcher auch nicht, daß ihr angenommener Sohn der junge Patriot Johann ohne Namen sei, so war das doch Herrn und Fräulein de Vaudreuil nicht unbekannt, und diese hatten also alle Ursache, für ihn zu fürchten.

Sie wollten auch gern erfahren, unter welchen Umständen sich Johann von Pierre Harcher und dessen Brüdern getrennt habe, als er den »Champlain« verließ.

»Ja, das geschah, als wir beim Dorfe Caughnawaga kaum vor Anker gegangen waren«, erklärte Pierre.

»An welchem Tage?«

»Am 25. September gegen fünf Uhr abends.«

»Er ist also schon neun Tage von euch fort?« bemerkte Herr de Vaudreuil.

»Ja, volle neun Tage.«

»Und er hat nicht gesagt, was er vorhatte?«

»Seine Absicht«, antwortete Pierre, »ging dahin, sich nach der Grafschaft Chambly zu begeben, wo er während unserer großen Sommerfahrt noch nicht gewesen war.«

»Ja, ja . . . das wäre ja Grund genug«, sagte Herr de Vaudreuil, »und doch beklage ich, daß er sich allein in eine Gegend gewagt hat, wo die Polizei ihm jeden Augenblick auf dem Fuße ist.«

»Ich hatte ihm vorgeschlagen, die Begleitung Jacques' und Tonys anzunehmen«, erwiderte Pierre; »er schlug das aber ab.«

»Und was denkt Ihr nun über die Sache, Pierre?« fragte Herr de Vaudreuil.

»Ich bin der Meinung, Johann hatte schon lange die Absicht, nach Chambly zu gehen, hütete sich aber, etwas davon zu sagen. Als es nun bestimmt war, daß wir in Laprairie landen wollten, um alle zusammen gleich nach der Abtakelung des ›Champlain‹ nach der Farm heimzukehren, hat er uns erst in dem Augenblicke, wo wir vor Caughnawaga lagen, seinen Entschluß mitgeteilt.«

»Und als er wegging, versprach er zur Taufe hierzusein?«

»Ja, gnädiges Fräulein«, bestätigte Pierre, »er weiß ja, daß er mit Ihnen das Baby über die Taufe halten sollte, und übrigens wäre ohne ihn die Familie Harcher auch nicht vollzählig!«

Gegenüber einem so bestimmten Versprechen mußte man sich wohl darein ergeben, geduldig zu warten.

Wenn nun der ganze Tage verstrich, ohne daß Johann sichtbar wurde, so schienen die Befürchtungen um ihn nur gerechtfertigt zu sein. Traf ein Mann von so entschiedenem Willen wie er nicht an dem verabredeten Tage ein, so mußte sich die Polizei seiner Person bemächtigt haben... Dann wußten aber Herr und Fräulein de Vaudreuil nur zu gut, daß er verloren war.

In diesem Augenblicke öffnete sich die nach dem großen Hofe führende Tür, und ein Wilder erschien auf der Schwelle.

Ein Wilder – so nennt man in Kanada noch immer die Indianer, selbst in amtlichen Schriftstücken, ebenso wie man deren Frauen, welche in der Sprache der Irokesen und Huronen »Squaws« heißen, mit dem Namen »Wildinnen« bezeichnet.

Dieser Wilde war ein Hurone, und zwar von reiner Rasse, was man an seinem bartlosen Gesicht, den vorspringenden viereckigen Backenknochen und den kleinen lebhaften Augen erkannte. Der hohe Wuchs, der sichere und durchdringende Blick, die Farbe seiner Haut und die Art und Weise, wie er das Haupt trug, machten ihn zum unverkennbaren Typus der eingeborenen Rasse des Westens Amerikas.

Wenn diese Indianer die angeerbten Sitten bewahrt, die Gebräuche der Stämme aus alter Zeit beibehalten haben und noch heute sich gern in eigenen Dörfern zusammendrängen und streng auf gewisse Privilegien achten, welche die Behörden ihnen übrigens gern gewähren, wenn sie sich endlich mit Vorliebe entfernt von den »Bleichgesichtern« halten, so sind sie dennoch ein wenig modernisiert, mindestens in bezug auf – ihre Tracht. Nur unter Umständen kann man sie noch in ihrer Kriegstracht zu sehen bekommen.

Dieser Hurone, der sich fast ganz der gewöhnlichen

kanadischen Kleidung bediente, gehörte der Sippe der Mahogannis an, welche einen Flecken von vierzehn- bis fünfzehnhundert Feuerstellen im Norden der Grafschaft bevölkerten. Diese Wilden standen, wie schon erwähnt, in Beziehungen mit der Farm zu Chipogan, wo der Farmer ihnen stets einen freundlichen Empfang zuteil werden ließ.

»Und was wollt Ihr, Hurone?« rief er, als der Indianer eingetreten und ihm feierlich den traditionellen Händedruck verabreicht hatte.

»Thomas Harcher wird jedenfalls auf die Frage antworten, die ich an ihn zu richten denke?« erwiderte der Hurone mit dem seiner Rasse eigentümlichen gutturalen Tone.

»Und warum nicht«, antwortete der Farmer, »wenn meine Antwort für Euch einen Nutzen haben kann?«

»Mein Bruder wird mich anhören und dann beurteilen, was er sagen kann.«

Schon an dieser Sprechweise, bei welcher der Wilde nur in der dritten Person sprach, an der feierlichen Form, seine Fragen zu stellen, welche jedenfalls auf eine sehr einfache Erkundigung hinausliefen, hätte man den Abkömmling der vier großen Nationen erkannt, welche ehemals das Gebiet von Amerika innehatten. Man teilte sie damals in Algonkins, Huronen, Montagnais und Irokesen, welche in die Einzelsippen der Mohawks, Oneidas, Onondagas, Tuscaroras, Delawaren und Mohikaner zerfielen, welch letztere man in den Erzählungen Fenimore Coopers eine so hervorragende Rolle spielen sieht. Heutzutage sind von diesen alten Stämmen nur noch einzelne Überreste zu finden.

Nachdem er einige Augenblicke schweigend vor dem Farmer gestanden, nahm der Indianer, seinen Bewegungen eine charakteristische Würde erteilend, wieder das Wort.

»Mein Bruder kennt, wie uns gesagt wurde, den Notar Nicolas Sagamore in Montreal?«

»Ich habe die Ehre, Hurone.«

»Soll er nicht nach der Farm von Chipogan kommen?«

»So ist es.«

»Könnte mein Bruder es mich wissen lassen, ob er schon eingetroffen ist?«

»Noch nicht«, antwortete Thomas Harcher. »Wir erwarten ihn erst morgen, wo er den Ehekontrakt zwischen meiner Tochter Rose und Bernard Miquelon aufsetzen soll.«

»Ich danke meinem Bruder für die Auskunft.«

»Habt Ihr dem Meister Nick vielleicht eine wichtige Mitteilung zu machen?«

»Eine sehr wichtige«, erklärte der Hurone. »Morgen werden also die Krieger des Stammes das Dorf Walhatta verlassen, um ihm einen Besuch abzustatten.«

»Ihr werdet auf der Farm von Chipogan willkommen sein«, antwortete Thomas Harcher.

Noch einmal streckte der Hurone dem Farmer die Hand entgegen und zog sich dann mit würdigem Ernste zurück.

Er war noch kaum eine Viertelstunde fort, als die Hoftür sich wiederum öffnete. Dieses Mal war es Johann, dessen Ankunft mit allseitigem Freudengeschrei bewillkommnet wurde.

Thomas und Catherine Harcher, ihre Kinder und ihre Enkel liefen auf ihn zu, und es bedurfte einiger Zeit, um das Willkommen aller Freunde zu beantworten, welche so glücklich waren, ihn wiederzusehen. Händedrücken und Umarmungen dauerten wenigstens fünf Minuten ohne Unterbrechung an.

Da die Zeit drängte, konnten Herr de Vaudreuil, Clary und Johann nur wenige Worte wechseln; da sie aber drei Tage lang zusammen auf der Farm verweilen wollten, mußten sie ja Muße genug finden, ihre Angelegenheiten zu besprechen. Thomas Harcher und seine Frau hatten es eilig, sich nach der Kirche zu begeben. Man hatte den Pfarrer ja schon allzulange warten lassen. Der Pate und die Patin waren zur Stelle, jetzt hieß es aufbrechen!

»Vorwärts! Vorwärts!« rief Catherine, scheltend und anordnend von einem zum anderen laufend. »Vorwärts, mein Sohn«, sagte sie zu Johann, »Fräulein Clary den Arm angeboten! Und Thomas ...? Wo steckt der Thomas ...? Wo steht denn Thomas ... Er wird doch niemals fertig! – Thomas ...!«

»Da bin ich, Frau!«

»Du wirst das Püppchen tragen.«

»Natürlich.«

»Und laß mirs nicht fallen ...!«

»Keine Angst, ich habe schon fünfundzwanzig zum Herrn Pfarrer getragen und habe genug Übung ...«

»Schon gut!« versetzte Catherine, ihm das Wort abschneidend. »Nun vorwärts!«

Der Zug verließ die Farm in folgender Ordnung: An der Spitze Thomas, der den Säugling in den Armen hielt, und Catherine Harcher unmittelbar neben ihm; Herr de Vaudreuil, seine Tochter und Johann gleich nach ihnen; hinter diesen aber der lange Schweif der Familie aus drei Generationen bestehend, wo die Altersstufen der einzelnen so vermengt waren, daß das jüngste geborene Baby unter den Kindern seiner Brüder und Schwestern schon eine Anzahl Neffen und Nichten hatte, welche älter waren als dieses selbst.

Die Witterung war schön; zu dieser Jahreszeit wäre die Luftwärme aber schon eine recht niedrige gewesen, wenn von dem wolkenlosen Himmel nicht ein wahrer Überfluß an Sonne herabstrahlte. So wand sich die Gesellschaft unter den Baumkronen und über die geschlängelten Waldpfade hin, an deren Ende der Glockenturm der kleinen Kirche hervorragte. Ein Teppich von trockenen Blättern bedeckte den Boden. Alle gelben Schattierungen des Herbstes vermischten sich in den Gipfeln der Kastanienbäume, der Birken, Eichen, Buchen und Zitterpappeln, deren Zweigskelett sich da und dort scharf vom Himmelblau abhob, während die Fichten und Tannen ihren grünen Helmbusch noch trugen.

Mit dem Fortschreiten des kleinen Zuges schlossen

sich mehrere Freunde Thomas Harchers, Farmer aus der Nachbarschaft, demselben unterwegs an. Die Zahl der Teilnehmer an jenem wuchs so zusehends, daß die beim Eintreffen in der Kirche wohl an hundert betrug.

Sogar völlig Fremde, welche aus Neugier oder weil sie eben nichts zu tun hatten, gekommen waren, reihten sich dem Zuge ein, wenn sie zufällig dessen Weg kreuzten.

Pierre Harcher bemerkte unter andern auch einen Mann, dessen Haltung ihm etwas verdächtig erschien. Offenbar war dieser Unbekannte nicht aus dem Lande hier. Pierre hatte ihn noch niemals gesehen, und es machte sein Erscheinen auf ihn den Eindruck, als suche er die Bewohner der Farm scharf ins Auge zu fassen!

Pierre hatte ganz recht, diesem Manne zu mißtrauen. Es war einer der Polizisten, welche den Auftrag erhalten hatten, Herrn de Vaudreuil, seit dieser die Villa Montcalm verlassen, auf den Fersen zu bleiben. Rip, der sich auf der Fährte Johanns ohne Namen befand, welch letzteren man in der Gegend von Montreal versteckt glaubte, hatte jenen Agenten mit dem Mandate versehen, nicht nur Herrn de Vaudreuil, sondern auch die Familie Thomas Harchers, dessen reformistische Anschauungen bekannt waren, zu beobachten.

Während sie so dicht nebeneinanderher gingen, unterhielten sich Herr de Vaudreuil, seine Tochter und Johann von der Verzögerung, welche dieser auf dem Rückwege nach der Farm erlitten hatte.

»Von Pierre Harcher hatte ich erfahren«, sagte Clary, »daß Sie sich seiner Zeit von ihm trennten, um Chambly und die benachbarten Kirchspiele zu besuchen.«

»Ganz richtig«, antwortete Johann.

»Kommen Sie jetzt direkt von Chambly?«

»Nein, ich mußte durch die Grafschaft Hyacinthe wandern, von wo aus ich nicht so schnell, wie ich wünschte, zurückkehren konnte. Ich sah mich gezwungen, einen Umweg jenseits der Grenze einzuschlagen.«

»Befanden sich denn Polizeiagenten auf Ihrer Spur?« fragte Herr de Vaudreuil.

»Ja«, bestätigte Johann, »doch gelang es mir ohne große Mühe, sie noch einmal hinters Licht zu führen.«

»Jede Stunde Ihres Lebens ist doch eine Gefahr!« bemerkte Fräulein de Vaudreuil. »Es gibt keinen Augenblick, wo Ihre Freunde nicht für Sie zitterten! Seit dem Aufbruch aus der Villa Montcalm haben wir uns unausgesetzt um Sie beunruhigt.«

»Auch ich«, entgegnete Johann, »bin es nun überdrüssig, ein Leben zu führen, das ich mir immer nur erkämpfen muß; mich drängt es, im vollen Licht des Tages zu handeln, dem Feinde Auge in Auge gegenüberzutreten. Ja, es ist nun hohe Zeit, daß der Kampf beginnt, und das wird nicht lange mehr dauern. In diesem Augenblick lassen Sie uns die Zukunft um der Gegenwart willen vergessen. Das ist eine Art Waffenstillstand, eine Ruhestunde vor der Schlacht. Hier, Herr de Vaudreuil, bin ich ja nur der Adoptivsohn dieser braven, ehrenwerten Familie.«

Der Zug war am Ziel. Kaum vermochte die kleine Kirche die Menge zu fassen, die unterwegs noch weiter angewachsen war.

Der Pfarrer stand auf der Schwelle, nahe der bescheidenen Steinschale, welche zu den Tauffeierlichkeiten der unzähligen Neugebornen des Kirchspiels diente.

Thomas Harcher präsentierte mit gerechtem Stolze den sechsundzwanzigsten aus seiner Ehe mit der nicht weniger stolzen Catherine hervorgegangenen Sprößling. Clary de Vaudreuil und Johann nahmen nebeneinander Platz, während der Pfarrer die übliche Salbung vornahm.

»Und wie soll er heißen?« fragte er.

»Johann, wie sein Pate«, antwortete Thomas Harcher, der dem jungen Mann die Hand entgegenhielt.

Es ist zu bemerken, daß die alten französischen Gebräuche sich in den Städten wie auf dem Lande in der Provinz Kanada noch heute erhalten haben. Vorzüglich in den ländlichen Gemeinden rühren die Einnahmen des katholischen Klerus nur aus dem Zehnt her. Dieser beträgt den sechsundzwanzigsten Teil aller Früchte und Ernteergebnisse. Infolge einer ebenso merkwürdigen wie rührenden Überlieferung erstreckt sich dieses Recht des Zehnten aber nicht allein auf die Früchte des Feldes.

Thomas Harcher verwunderte sich also gar nicht, als der Pfarrer nach vollendeter Taufe mit lauter Stimme sagte:

»Dieses Kind gehört der Kirche, Thomas Harcher – wenn es der Täufling des Paten und der Patin ist, die Sie für dasselbe erwählt haben, so ist es nicht weniger auch mein Mündel. Bilden die Kinder nicht gewissermaßen auch ein Ernteerzeugnis der Familie? Nun, ebenso wie Sie mir jede sechsundzwanzigste Getreidegarbe ausgeliefert haben würden, ebenso macht die Kirche auf dieses Ihr sechsundzwanzigstes Kind Anspruch.«

»Wir erkennen das Recht derselben an, Herr Pfarrer«, antwortete Harcher, »und meine Frau und ich, wir unterwerfen uns ohne Widerrede.«

Das Kind wurde darauf nach dem Pfarrhause getragen und dort triumphierend aufgenommen.

Nach den Satzungen, betreffend den Zehnt, gehörte der kleine Johann der Kirche an, und als solcher hatte seine Erziehung auf Kosten des ganzen Kirchspiels zu erfolgen.

Und als der Festzug sich wieder in Bewegung setzte, um nach der Farm von Chipogan zurückzukehren, da erschallten Freudenrufe aus Hunderten von Kehlen zur Ehre des wackeren Thomas und der Catherine Harcher.

Elftes Kapitel

Der Letzte der Sagamores

Am folgenden Tage begannen die Feierlichkeiten von neuem. Wiederum begab sich, schon in früher Stunde, ein Zug nach dem Kirchlein, der auf dem Hin- wie auf dem Rückwege sich des gleichen Empfanges erfreute.

Die jungen Leute, Clemens und Cäcilie Harcher, der

erstere im schwarzen Rocke, in dem er wie ein kleiner Herr aussah, die andere in dem weißen Kleide, das sie wie eine Braut schmückte, standen in erster Reihe der aus den benachbarten Farmen herbeigeströmten Kommunikanten, wenn die anderen »Bewohner« auch nicht so reich an Nachkommenschaft waren wie Thomas Harcher und Catherine, so hatten sie doch alle eine recht ansehnliche Zahl Sprößlinge. Die Grafschaft Laprairie schien offenbar von dem Segen des Herrn überhäuft, und in dieser Beziehung konnte sie sich zweifellos mit den fruchtbarsten Gegenden von Neuschottland messen.

An diesem Tage sah Pierre den Fremden nicht wieder, dessen Anwesenheit ihn gestern einigermaßen beunruhigte. Der Agent war wirklich wieder fort. Ob er etwas bezüglich Johanns ohne Namen entdeckt hatte und deshalb nach Montreal gegangen war, um dem Polizeichef Bericht zu erstatten, das wird der Leser bald erfahren.

Nach der Farm heimgekehrt, hatte die Familie sich nur noch zum Früchstück niederzusetzen. Dank der vielfachen Ermahnungen, welche Thomas Harcher von Catherine zuteil geworden waren, stand alles in bester Bereitschaft. Der folgsame Mann hatte sich nacheinander mit der Tafel, mit der Speisekammer, dem Keller und der Küche beschäftigen müssen, natürlich unterstützt von seinen Söhnen, die von den mütterlichen Befehlen ihren guten Teil erhalten hatten.

»Es ist ganz gut, sie daran zu gewöhnen«, wiederholte Catherine gern. »Dann wird es ihnen selbstverständlich vorkommen, wenn sie einmal eine Frau haben.«

In der Tat machten die jungen Leute hier eine vortreffliche Lehrzeit durch.

Doch wenn es schon so vieler Vorbereitungen für das Frühstück bedurfte, wie mußte das erst beim Hochzeitsschmause übermorgen werden! Eine Tafel, die dann für hundert Teilnehmer eingerichtet werden mußte! – Ja, auf so viel war zu rechnen, wenn man die Verwandten des jungen Ehemanns und dessen Freunde aus der Nachbarschaft mitzählte. Daneben ist auch Meister Nick und sein

Schreiber nicht zu vergessen, die man an diesem Tage zur Unterzeichnung des Ehekontrakts erwartete. – Mit einem Worte, das mußte eine Hochzeit ohnegleichen werden, bei der der Farmer Harcher mit dem Pächter Gamache cervantischen Andenkens wetteiferte.

Doch das sollte ja erst am übernächsten Tage vor sich gehen. Heute handelte es sich nur darum, dem Notar einen guten Empfang zu bereiten. Einer der Söhne des Hauses sollte denselben mit dem Planwagen um drei Uhr in Laprairie abholen.

Meister Nick angehend, glaubte Catherine ihrem Gatten in Erinnerung bringen zu sollen, daß der vortreffliche Mann ein sehr starker Esser und dabei ein Feinschmekker erster Sorte sei, und sie würde es nimmer dulden – das war ihre Art und Weise, den Leuten ihren Willen aufzuzwingen –, würde es nimmer dulden, daß der ehrenwerte Tabellione nicht nach Wunsch bedient werde.

»Wird schon geschehen«, versicherte der Farmer. »Du kannst darüber ruhig sein, meine gute Catherine!«

»Ich bin es aber nicht und werde es nie sein, ehe nicht alles vorüber ist. Im letzten Augenblick fehlt immer noch das oder jenes, und das dulde ich nicht!«

Thomas Harcher verschwand, um seine Aufträge auszuführen, während er mehrfach wiederholte:

»»Eine ausgezeichnete Frau! Vielleicht etwas gar zu vorsorglich! Sie duldet nicht die kleinsten Mängel . . .! Sie duldet so etwas nicht . . .! Und ich bitte Sie zu glauben, daß sie sonst so manches schon erduldet hat!«

Seit dem Vorabend hatten sich Herr de Vaudreuil und Clary mit Johann über seine Wanderungen durch die Grafschaften Unterkanadas ausführlich unterhalten können. Seinerseits erfuhr der junge Patriot dabei, was das Komitee von Montcalm in der Zeit nach seinem Aufbruche von da getan. André Farran, William Clerc und Vincent Hodge waren zu wiederholten Malen nach der Villa gekomen, wo Herr de Vaudreuil gleichzeitig den Besuch des Advokaten Sebastian Grammont empfing. Dann war dieser nach Quebec zurückgereist, woselbst er mit den hervorragendsten Führern der Opposition zusammenzutreffen gedachte.

Nach dem Frühstück, welches nach der Rückkehr aus der Kirche aufgetragen worden war, wollte Herr de Vaudreuil den Planwagen benutzen, um sich nach dem Bezirksstädtchen zu begeben. Heute fehlte es ihm nicht an Zeit, um mit dem Präsidenten des Komitees von Laprairie sich auszusprechen, und er konnte auch noch zur Stunde zurück sein, bevor der Notar den Ehekontrakt zur Unterzeichnung fertig haben würde.

Fräulein de Vaudreuil und Johann begleiteten ihn auf der hübschen, von großen Ulmen beschatteten Straße von Chipogan, welche sich längs eines kleinen Wasserlaufes, eines Zuflusses des St. Lorenzo, hinzieht. Sie waren mit ihm schon vorausgegangen und wurden von dem Wagen erst eine halbe Lieue von der Farm eingeholt.

Herr de Vaudreuil nahm nun neben Pierre Harcher Platz, und bald waren sie bei dem scharfen Trabe des Gespanns verschwunden.

Johann und Clary schlugen den Rückweg ein, der durch das schattige, stille Gehölz am Rande des Flüßchens hinführte. Nichts hinderte ihren Schritt, weder Gesträuch noch die Zweige der Bäume, welche in den kanadischen Wäldern emporstreben, statt sich zum Erdboden hinabzusenken. Von Zeit zu Zeit ertönte die Axt eines Lumberman, wenn sie auf die uralten Stämme der Bäume niederfiel. In der Ferne hörte man auch gelegentlich einige Flintenschüsse, und zuweilen erschien ein gehetztes Rudel Damwild auf den Waldblößen, welche die Tiere eilig übersprangen. Weder Jäger noch Holzfäller wurden aber in dem Dickicht sichtbar, und in völliger Einsamkeit gingen Fräulein de Vaudreuil und Johann in der Richtung nach der Farm hin.

Bald sollten sich beide wieder trennen . . .! Wann und wo sollten sie sich wiedersehen . . .? Ihr Herz krampfte sich bei der nahe bevorstehenden Trennung schmerzhaft zusammen.

»Denken Sie nicht bald einmal nach der Villa Montcalm zurückzukehren?« fragte Clary.

»Gerade das Haus Ihres Herrn Vaters dürfte besonders scharf überwacht sein«, antwortete Johann, »und in seinem Interesse erscheint es ratsamer, daß niemand seine Beziehungen zu anderen kennenlernt.«

»Sie können doch aber kaum daran denken, in Montreal Unterkommen zu suchen?«

»Nein, obwohl es leichter sein dürfte, einer etwaigen Verfolgung inmitten einer großen Stadt zu entschlüpfen. Ich bin mehr in Sicherheit in der Wohnung des Herrn Vincent Hodge, der Herren Farran oder Clerc als in der Villa Montcalm...«

»Doch keines freundschaftlicheren Empfanges versichert!« antwortete das junge Mädchen.

»Das weiß ich und werde niemals vergessen, daß Sie und Ihr Herr Vater mich während der wenigen Stunden meines Verweilens bei Ihnen wie einen Sohn, wie einen Bruder behandelt haben.«

»Wie es unsere Pflicht war«, erwiderte Clary. »Durch dasselbe Vaterlandsgefühl verbunden zu sein ist doch wohl ebensoviel wert wie Bande des Bluts! – Mir kommt es stets so vor, als hätten Sie von jeher unserer Familie angehört. Und da Sie nun gar so allein in der Welt dastehen...«

»Allein in der Welt«, wiederholte Johann gesenkten Kopfes. »Ja, allein ... allein!«

»Oh, mit dem Siege unserer Sache wird dieses Haus auch das Ihrige sein. Bis dahin begreife ich, daß Sie ein sichereres Obdach suchen als die Villa Montcalm. Sie werden ein solches auch finden; denn welche kanadische Wohnung würde sich vor einem Verfolgten verschließen...?«

»Nein, gewiß nicht ... ich weiß es«, unterbrach sie Johann, »und keiner wird schamlos genug sein, mich zu verraten...«

»Sie verraten!« rief Fräulein de Vaudreuil... »Nein...! Die Zeit der Verräter ist vorüber. In ganz Kanada würde man keinen Black und keinen Simon Morgaz mehr finden!«

Bei diesem mit dem Ausdrucke von Abscheu genannten Namen stieg dem jungen Manne die Schamröte ins Gesicht, und er mußte sich abwenden, um seine Erregung zu verbergen. Clary de Vaudreuil hatte es nicht gleich bemerkt, doch als Johann sich ihr wieder zuwandte, zeigte sein Gesicht so deutlich den Stempel tiefen Seelenleidens, daß sie geängstigt ausrief:

»Mein Gott! – Was ist Ihnen denn . . .?«

»Nichts . . .! Es ist nichts!« versicherte Johann. »Etwas Herzklopfen, woran ich zuweilen leide . . .! Mir ist's dann, als sollte mein Herz zerspringen; jetzt ist schon alles vorbei!«

Clary sah ihn mit langem Blicke an, als wollte sie in der Tiefe seiner Seele lesen.

Hierauf begann er, um diesem für ihn so peinlichen Gespräche eine andere Wendung zu geben:

»Am ratsamsten wird es sein, ich ziehe mich nach einem Dorfe der benachbarten Grafschaften zurück, wo ich in Verbindung mit Herrn de Vaudreuil bleiben kann!«

»Ohne daß Sie sich jedoch aus Montreal entfernen«, bemerkte Clary.

»Nein«, antwortete Johann, »denn in den nächstgelegenen Kirchspielen wird der Aufstand jedenfalls zuerst ausbrechen. Übrigens kommt nicht soviel darauf an, wohin ich gehe.«

»Vielleicht«, fuhr Clary fort, »böte Ihnen die Farm von Chipogan noch das sicherste Obdach?«

»Ja . . . vielleicht . . .!«

»Es wäre doch schwierig, Sie unter der zahlreichen Familie unseres Pächters aufzufinden.«

»Gewiß, doch wenn das geschähe, so könnte es für Thomas Harcher sehr unangenehme Folgen haben. Er weiß ja nicht, daß ich Johann ohne Namen bin, auf dessen Kopf ein Preis ausgesetzt ist . . .«

»Glauben Sie etwa«, bemerkte Clary lebhaft, »er würde, wenn er das heute noch erführe, sich überlegen . . .«

»Nein, gewiß nicht«, bestätigte Johann. »Seine Söhne wie er selbst sind die besten Patrioten. Ich habe davon so manche Beweise gehabt, als wir unsere Agitationsreise zusammen machten. Ich möchte aber nicht, daß Thomas Harcher das Opfer seiner Zuneigung zu mir würde; und fände mich die Polizei bei ihm, so würden sie auch ihn verhaften . . . Nein, nein . . .! Eher lieferte ich mich selbst aus!«

»Sie sich ausliefern!« flüsterte Clary mit einer Stimme, welche die schmerzlichen Empfindungen deutlich genug verriet.

Johann ließ den Kopf herabsinken. Er verstand recht wohl, welcher Art das Gefühl war, dem er sich gegen seinen Willen hingab; er empfand es, welches Band ihn mehr und mehr an Clary de Vaudreuil fesselte. Die Liebe eines Sohnes Simon Morgaz' . . .! Welche Schmach . . .! Und welche Falschheit, daß er ihr nicht gesagt hatte, aus welcher Familie er stammte . . . Nein, er mußte sie fliehen, durfte sie niemals wiedersehen . . . Und als er seiner wieder mehr Herr geworden, fuhr er fort:

»Morgen in der Nacht werd' ich die Farm von Chipogan verlassen und kehre nicht eher zurück, als bis die Stunde des Kampfes schlägt . . . Dann werd' ich mich nicht mehr zu verbergen brauchen.«

Das Gesicht Johanns ohne Namen, in dem eine augenblickliche Begeisterung aufleuchtete, nahm sofort wieder die gewohnte Ruhe an.

Clary blickte ihn mit unbeschreiblichem Ausdrucke von Traurigkeit an. Sie wäre gern tiefer in das Leben dieses jungen Patrioten eingedrungen. Doch wie sollte sie ihn fragen, ohne ihn durch indiskrete Zudringlichkeit zu verletzen?

Nachdem sie ihm jedoch die Hand gereicht, die er kaum berührte, sagte sie:

»Johann, verzeihen Sie, wenn meine Teilnahme für Sie mich aus der Zurückhaltung heraustreten läßt, die ich eigentlich bewahren sollte . . . In Ihrem Leben gibt es ein

Geheimnis . . . eine unglückliche Vergangenheit . . .! Johann, Sie haben wohl viel gelitten . . .?«

»Sehr viel«, bestätigte Johann.

Und als ob dieses Zugeständnis ihm wider Willen entschlüpft wäre, setzte er sofort hinzu:

»Ja, viel gelitten . . . weil ich meinem Vaterlande das noch nicht habe darbringen können, was es von mir zu erwarten ein Recht hat.«

»Ein Recht, etwas zu erwarten . . . wiederholte Fräulein de Vaudreuil, ein Recht, etwas von Johann zu erwarten . . .?«

»Ja, von mir«, antwortete Johann, »wie von allen Kanadiern, deren heilige Pflicht es ist, sich zum Opfer zu bringen, um ihrem Lande die Unabhängigkeit wiederzugeben.«

Das junge Mädchen hatte durchschaut, daß sich unter diesem Ausbruche von Patriotismus noch andere Qualen verbargen. Sie hätte seine Schmerzen so gern kennengelernt, um sie zu teilen, vielleicht zu mildern . . . Doch was konnte Clary tun, da Johann sich nur auf ausweichende Antworten beschränkte? Immerhin glaubte Clary, ohne die Zurückhaltung, welche ihr die Lage des jungen Mannes auferlegte, aus den Augen zu setzen, noch hinzufügen zu sollen:

»Ich habe die beste Hoffnung, Johann, daß die nationale Sache bald siegen werde . . .! Diesen Sieg wird sie vor allem Ihrer Opferfreudigkeit, Ihrem Mute und dem Feuereifer verdanken, den Sie den Anhängern derselben eingehaucht haben. Dann haben Sie das Recht auf deren Erkenntlichkeit . . .«

»Auf ihre Erkenntlichkeit, Clary de Vaudreuil?« antwortete Johann, der mit rascher Bewegung von ihrer Seite wegtrat. »Nein . . . Nimmermehr!«

»Niemals . . .? Wenn die französischen Kanadier, welche Sie, nur Sie, wieder befreit haben, von Ihnen erwarten, daß Sie an ihrer Spitze bleiben . . .«

»So würde ich das abschlagen.«

»Das werden Sie nicht können . . .!«

»Ich würde es abschlagen, sage ich Ihnen!« wiederholte Johann in so bestimmtem Tone, daß Clary nichts mehr darauf zu erwidern wagte. Dann fuhr er mit weicherer Stimme fort:

»Clary de Vaudreuil, wir können die Zukunft nicht voraussehen; ich hoffe jedoch, daß die Ereignisse sich zum Vorteile unserer Sache wenden werden. Für mich aber wäre es das beste, ich fiele bei der Verteidigung derselben auf dem Schlachtfelde ...«

»Fallen ... Sie ...!« rief das junge Mädchen, dem die schönen Augen feucht wurden. »Fallen auf dem Schlachtfelde, Johann ...! Und Ihre Freunde ...?«

»Freunde ...! Ich ... und Freunde!« stieß Johann hervor.

Seine Haltung und Erscheinung war dabei ganz die eines Unglücklichen, den ein ganzes Leben voll Schmach in den Bann der Menschheit versetzt hat.

»Johann«, nahm Fräulein de Vaudreuil wieder das Wort, »Sie haben einst entsetzlich gelitten und leiden noch immer sehr schwer. Und was Ihre Lage noch schmerzlicher macht, ist, daß Sie sich niemand anvertrauen können ... nein, nicht anvertrauen wollen ... Nicht einmal mir, die so gern an Ihren Schmerzen Anteil nähme ...! Nun wohl, ich werde zu warten wissen und verlange von Ihnen nichts weiter als das eine ... an meine Freundschaft zu glauben ...«

»Ihre Freundschaft ...!« murmelte Johann.

Er wich dabei einige Schritte zurück, als ob schon seine Freundschaft allein dieses reine junge Mädchen hätte beflecken müssen.

Und doch der einzige Trost, der ihm geholfen hatte, diese schreckliche Existenz zu ertragen, war es nicht der, den ihm die schöne Vertraulichkeit Clary de Vaudreuils gewährte? Während jenes kurzen Aufenthaltes in der Villa Montcalm hatte er es ja gefühlt, wie die warme Teilnahme, die er ihr einflößte und für sie selbst empfand, sein ganzes Herz erfüllte ... Doch nein! Es war unmöglich ...! Der Unglückselige ...! Wenn Clary jemals erfuhr, wessen Sohn er war, so mußte sie ihn entsetzt von sich stoßen . . . Ein Morgaz . . .! Wie er seiner Mutter schon gesagt, wollten sie ja, wenn Joann und er diesen letzten Versuch überlebt, auch verschwinden . . . Ja! Hatte sie nur erst ihre Pflicht erfüllt, so wollte die unglückliche Familie sich so weit zurückziehen, daß man nie wieder von ihr konnte sprechen hören.

Schweigend und in trauriger Stimmung kamen Clary und Johann nach der Farm zurück.

Gegen vier Uhr entstand vor dem großten Tore lautes Lärmen. Der Planwagen fuhr ein. Schon von fern von den Freudenrufen der Gäste begrüßt, brachte derselbe gleichzeitig mit Herrn de Vaudreuil auch den Meister Nick und seinen jungen Schreiber nach der Farm.

Ah, welcher Empfang ward da dem liebenswürdigen Notar von Montreal – ein Empfang, den er übrigens vollkommen verdiente – zuteil! Wie schätzte man sich glücklich über seinen Besuch auf der Farm zu Chipogan!

»Herr Nick . . . guten Tag, Herr Nick!« riefen die Ältesten, während die Jüngeren ihn umringten und die Kleinsten ihm an den Beinen hinaufkletterten.

»Ja, liebe Freunde, ich bin's!« erwiderte er lächelnd. »Ich bin es leibhaftig und kein anderer! Aber ruhig, ruhig! Es ist doch nicht nötig, meinen Rock zu zerreißen, um Ihnen das zu beweisen.«

»'s ist gut nun, Kinder!« rief Catherine.

»Wahrhaftig«, fuhr der Notar fort, »ich bin entzückt, Sie alle und ebenso mich bei meinem werten Kunden, Thomas Harcher, zu sehen.«

»Lieber Herr Nick«, antwortete der Farmer, »wie liebenswürdig von Ihnen, sich so belästigt zu haben!«

»Oh, ich wäre auch noch von weiter her gekommen, wenn's nötig war, vom Ende der Welt, von der Sonne, den Sternen . . . ja, ja, Thomas, sogar von den Sternen.«

»Eine zu große Ehre für uns, Herr Nick«, ließ Catherine sich vernehmen, während sie ihren elf Töchtern ein Zeichen gab, dem Gaste ihre Referenz zu machen . . .

»Und für mich das größte Vergnügen . . .! Ah, wie vortrefflich Sie sich konservieren, Frau Catherine ...! Nein, das seh' nur einer ...! Wann werden Sie denn aufhören, immer jünger zu werden, wie ...?«

»Niemals! Niemals!« riefen gleichzeitig die vierzehn Stammhalter der Farmerin.

»Ich kann nicht umhin, ich muß Sie umarmen, Frau Catherine«, fuhr Meister Nick fort. – »Sie erlauben«, wendete er sich erst dann an den Farmer, als er die Wangen seiner kräftigen Nachbarin schon herzhaft geküßt hatte.

»Soviel es Ihnen Spaß macht«, erwiderte Thomas Harcher, »und auch noch etwas länger, wenn es Ihnen gefällt.«

»Vorwärts, nun bist du an der Reihe, Lionel«, sagte der Notar zu seinem jungen Schreiber. »Jetzt umarmst du Frau Catherine ...«

»Herzlich gern!« versicherte Lionel, der im Austausch auf seinen Kuß gleich deren zwei wiederbekam.

»Und jetzt«, nahm Meister Nick wieder das Wort, »hoff' ich, daß die Hochzeit der reizenden Rose recht heiter werden wird, der lieblichen Rose, die ich, als sie noch klein war, so oft auf meinen Knien wiegte. – Ja, wo ist sie denn?«

»Hier, Herr Nick«, meldete sich Rose, »blühend vor Gesundheit und froher Hoffnung.«

»Ja, reizend, wahrhaftig«, wiederholte der Notar, »zu reizend, als daß ich sie nicht auf beide Wangen, die ihres Namens so würdig sind, küssen sollte.«

Das führte er denn auch in bester Form aus. Dieses Mal aber wurde Lionel zu dessen großem Leidwesen nicht eingeladen, ihm Folge zu leisten.

»Wo ist der Bräutigam?« sagte da Meister Nick. »Sollte er zufällig vergessen haben, daß heute der Tag ist, wo wir den Heiratskontrakt unterzeichnen wollen ...? Wo steckt er denn, der glückliche Bräutigam?«

»Hier, hier bin ich«, ertönte Bernard Miquelons Stimme.

»Ah, der hübsche Bursche ...! Der liebenswürdige

junge Mann!« rief Meister Nick. »Ich muß ihm auch noch zu guter Letzt einen geben ...«

»Nach Belieben, Herr Nick«, antwortete der junge Mann die Arme öffnend.

»Schön, schön«, stichelte Meister Nick den Kopf einziehend. »Ich denke aber doch, Bernard Miquelon würde sich lieber einen Kuß von Rose gefallen lassen als von mir. Auf denn, Rose, umarme du den zukünftigen Gatten an meiner Stelle – gleich ...! nicht geziert!«

Etwas verlegen tat Rose, unter dem Beifall der ganzen Familie, was er verlangte.

»Ei, da fällt mir ein, Herr Nick, Sie müssen doch wohl Durst haben«, sagte Catherine, »und Ihr Schreiber gewiß auch ...?«

»Großen Durst, meine liebe Catherine.«

»Sehr viel Durst«, setzte Lionel hinzu.

»Nun, Thomas, was guckst du uns denn an? Geh doch nach der Speisekammer. Einen guten Toddy für unseren Herrn Nick, sapperment! Und einen nicht minder guten für seinen Schreiber. Muß ich denn alles zehnmal sagen?«

Nein, es genügte schon ein einziges Mal, und der Farmer beeilte sich, begleitet von drei seiner Töchter, nach der Speisekammer zu laufen.

Inzwischen hatte sich Meister Nick, als er Clary de Vaudreuils ansichtig wurde, dieser genähert.

»Ah, mein liebes Fräulein«, begrüßte er sie, »bei meinem letzten Besuche in der Villa Montcalm hatten wir ein Rendeszvous in der Farm zu Chipogan verabredet, und ich schätze mich glücklich ...«

Da wurden die Worte des Notars durch einen Ausruf Lionels unterbrochen, der alle Ursache hatte, verwundert zu sein; sah er sich doch plötzlich gegenüber dem jungen Unbekannten, der einige Wochen früher seine dichterischen Versuche so wohlwollend beurteilt hatte.

»Da ... dieser Herr ... Herr ...«, rief er wiederholt.

Von lebhafter Unruhe ergriffen, sahen Herr de Vaudreuil und Clary einander an. Wie kam es, daß Lionel Johann kannte? Und wenn er ihn kannte, wußte er auch, was die Familie Harcher noch nicht wußte, das heißt, daß die Farm Johann ohne Namen, den die Beamten Gilbert Argalls im ganzen Lande suchten, Obdach gab?

»Ja, wahrhaftig«, sagte jetzt auch der Notar, der sich nach dem jungen Manne unwandte; »ich erkenne Sie wieder, mein Herr...! Sie waren ja unser Gesellschafter bei jener Fahrt, wo ich mit meinem Schreiber den Omnibus benützte – es war gegen Anfang September –, um nach der Villa Montcalm zu gehen.«

»Gewiß bin ich das, Herr Nick«, antwortete Johann, »und Sie dürfen glauben, daß ich Sie, ebenso wie unseren jungen Poeten, auf der Farm von Chipogan mit größtem Vergnügen wiederfinde...«

»Ah, mit einem jungen Poeten, dessen Gedicht in der Freundes-Lyra durch ehrenvolle Erwähnung ausgezeichnet wurde. Entschieden ist es ein Schoßkind der Musen, den ich die Ehre habe, in meiner Expedition sitzen zu sehen, um Akten zu kritzeln.«

»Nehmen Sie meinen herzlichsten Glückwunsch, junger Freund«, sagte Johann. »Ich habe Ihre reizenden Schlußworte:

Mit dir entstehn, du Wandelflamme,
Mit dir vergehn, du irrend Licht!

keineswegs vergessen.«

»Oh, Sie sind zu gütig!« antwortete Lionel sehr stolz wegen der Lobsprüche, die seine noch im Gedächtnisse eines wirklichen Kenners verbliebenen Verse ihm einbrachten.

Mit der Wahrnehmung dieses Austausches von Höflichkeiten fühlten sich Herr und Fräulein de Vaudreuil wegen des jungen Proskribierten völlig beruhigt. Meister Nick erzählte ihnen dann noch, unter welchen Umständen sie sich auf dem Wege von Montreal nach der Insel Jesus getroffen, und Johann wurde ihm wieder als Adoptivsohn der Familie Harcher vorgestellt. Diese gegenseitigen Erklärungen endigten mit den gewohnten Händedrücken.

Inzwischen rief Catherine mit befehlerischem Tone:

»Nur schnell, Thomas...! Schnell...! Ihr werdet auch niemals fertig...! Die beiden Toddys! Willst du denn Herrn Nick und Herrn Lionel gar vor Durst sterben lassen...?«

»Ist schon alles bereit, Catherine, alles fix und fertig. Mach dir nur keine Sorge...!«

Und auf der Schwelle erscheinend, lud Thomas Harcher den Notar ein, ihm ins Eßzimmer zu folgen.

Wenn Meister Nick sich hierzu nicht bitten ließ, so galt das bezüglich Lionels noch viel weniger.

Im Eßzimmer nahmen sie einer neben dem anderen Platz an einem großen Tische mit vielen buntfarbigen Tassen darauf, neben welchen schöne weiße Servietten lagen, und stärkten sich mit dem bewußten Toddy. – Ein sehr angenehmes Getränk, das aus Wacholder, Zucker und Zimt besteht und dem gewöhnlich ein appetitlicher Imbiß beigegeben wird. Diese Zulage versprach denn zu erlauben, daß beide die Essensstunde ohne Gefahr, schwach zu werden, abwarten konnten.

Hierauf beschäftigte sich jedermann mit den letzten Vorbereitungen zu dem großen Feste des nächsten Tages, von dem in der Farm zu Chipogan gewiß sehr lange gesprochen werden sollte.

Meister Nick ging unablässig von einem zum andern. Er hatte ein freundliches Wort für jeden, während Herr de Vaudreuil, Clary und Johann sich, unter den Bäumen des Gartens lustwandelnd, von ernsten Dingen unterhielten.

Gegen fünf Uhr versammelten sich alle, Anverwandte und Gäste, im großen Saale zur Unterzeichnung des Heiratskontraktes. Selbstverständlich mußte Meister Nick bei dieser wichtigen Feierlichkeit den Vorsitz führen, und es läßt sich gar nicht wiedergeben, mit welcher Würde und tabellionistischen Grazie er sich dieser Aufgabe entledigte.

Bei dieser Gelegenheit wurden dem Brautpaare auch verschiedene Hochzeitsgeschenke dargebracht. Keiner der Brüder und Schwäger und keine der Schwestern und Schwägerinnen gab es, welche nicht für Rose Harcher und Bernard Miquelon einen kleinen Einkauf gemacht hätten. An wertvollen Schmuckgegenständen wie an verschiedenen, für den wirklichen Bedarf nützlichen Geräten waren so viele vorhanden, wie die jungen Leute zur Einrichtung ihrer Wirtschaft nur irgend gebrauchen konnten. Rose dachte übrigens auch, nachdem sie Frau Miquelon geworden, nicht im geringsten daran, Chipogan zu verlassen. Bernard und die Kinder, die ihnen doch sicherlich beschert wurden, bildeten einen Zuwachs an Personal, der auf der Farm Thomas Harchers wie immer willkommen geheißen wurde.

Wir brauchen nicht zu betonen, daß die kostbarsten Geschenke von Herrn und Fräulein de Vaudreuil herrührten. Da gab es für Bernard Miquelon eine ausgezeichnete Jagdflinte, welche mit der Lieblingswaffe Lederstrumpfs hätte wetteifern können; für Rose einen Halsschmuck, der sie noch reizender erscheinen ließ als sonst. Johann widmete der Schwester seiner wackeren Genossen ein zierliches Köfferchen mit allem, was zum Nähen, zum Sticken und Stricken nötig, ausgestattet war, ein Geschenk, welches jeder braven Hausfrau große Freude bereiten muß.

Bei jeder Gabe machten sich die Beifallsäußerungen der anderen laut, und Freudenrufe begleiteten wieder diesen Beifall. Diese verdoppelten sich aber, wie man leicht glauben wird, als Meister Nick mit feierlichster Miene den Verlobten die Trauringe ansteckte, welche er bei dem besten Juwelier in Montreal gekauft und deren goldener Doppelreif schon ihre Namen eingraviert enthielt.

Hierauf wurde der Kontrakt vorgelesen – mit lauter und verständlicher Stimme, wie es in der Amtssprache der Notare heißt. Eine gewisse Rührung erregte es allgemein, als Meister Nick verkündete, daß Herr de Vaudreuil aus Freundschaft für seinen Abpächter Thomas Harcher und um dessen vortreffliche Verwaltung der Farm zu belohnen, der Mitgift der Braut die Summe von fünfhundert Piastern hinzugefügt habe.

Fünfhundert Piaster! Und vor einem halben Jahrhundert galt eine Braut, welche eine Mitgift von fünfzig Piastern besaß, schon für eine reiche Partie in ganz Kanada.

»Jetzt, liebe Freunde«, sagte Meister Nick, »verschreiten wir zur Unterzeichnung des Ehekontrakts – zuerst die Verlobten selbst, dann Vater und Mutter der Braut, hierauf Herr und Fräulein de Vaudreuil, und dann . . .«

»Dann unterschreiben wir alle!« erklang es so stürmisch, daß der Notar davon halb taub wurde.

So drängten sich denn auch bald Große und Kleine, Freunde und Verwandte heran, um jeder seine Unterschrift unter das Aktenstück, welches die Zukunft des jungen Ehepaares bestimmte, mit fester Hand zu geben.

Das kostete aber nicht wenig Zeit. Durch die freudige Aufregung im Pachthofe angelockt, traten auch zufällig Vorübergehende mit ein. Auch diese setzten ihre Unterschrift unter den Kontrakt, dem noch Blatt für Blatt angeheftet werden mußte, wenn das so weiterging. Es war auch kein besonderes Wunder, daß das ganze Dorf und selbst die halbe Grafschaft hier zusammenströmte, denn Thomas Harcher bewirtete ja seine Gäste nach deren Belieben mit den ausgezeichnetsten Getränken in reichlichem Maße, vorzüglich gleich mit ganzen Pinten eines vorzüglichen Whisky, der ebenso hurtig durch kanadische Kehlen läuft wie der St. Lorenzo ins Weltmeer.

Meister Nick fragte sich bald, ob diese Zeremonie denn gar kein Ende nehmen wollte. Und doch machte ihm die Sache Spaß, so daß er für jeden ein Scherzwort hatte, während Lionel, der die Feder von dem einen immer den anderen reichte, die Bemerkung fallenließ, man werde bald eine andere nehmen müssen, denn sie sei bei der unbegrenzten Reihe von Unterzeichnern nahezu unbrauchbar geworden.

»Nun, ist's endlich vorbei?« fragte Meister Nick nach

einstündiger Mühewaltung.

»Noch nicht«, rief Pierre Harcher, der in die Öffnung des großen Tores getreten war, um zu sehen, ob niemand mehr auf dem Wege wäre.

»Und wer kommt denn?« fragte Meister Nick.

»Eine Anzahl Huronen!«

»Lassen Sie die Leute eintreten, gleich, gleich!« erwiderte der Notar erfreut. »Ihre Unterschriften werden den Verlobten nicht minder zur Ehre gereichen. Oh, welch ein Kontrakt, liebe Freunde, welch ein Kontrakt! Ich habe gewiß schon Hunderte in meinem Leben vollziehen lassen, doch keiner hat noch die Namen so vieler wackerer Leute auf seiner letzten Seite aufgewiesen!«

Da wurden die Wilden schon sichtbar und mit lautem Jubel willkommen geheißen. Es wäre übrigens gar nicht nötig gewesen, sie zum Eintritt in die Farm einzuladen, denn sie kamen dahin schon allein, fünfzig Köpfe stark, Männer und Frauen. Unter denselben erkannte Thomas Harcher auch den Huronen wieder, der erst am vergangenen Tage dagewesen war, um sich zu erkundigen, ob Meister Nick nicht in der Farm von Chipogan verweile.

Warum hatte diese Truppe Huronen aber ihre Ansiedlung im Dorfe Walhatta verlassen? Warum erschienen die Mahogannis jetzt in feierlichem Aufzuge, um dem Notar aus Montreal ihren Besuch abzustatten?

Der Leser wird bald erfahren, daß sie hierfür einen sehr wichtigen Beweggrund hatten.

Die Huronen erschienen – und das tun sie im Frieden nur bei besonders feierlichen Gelegenheiten – in ihrer Kriegstracht und den Kopf mit vielfarbigen Federn geschmückt, die langen, vollen Haare bis auf die Schultern herabhängend, über welche eine Art Mantel aus gestreiftem Wollgewebe geworfen war, den Oberkörper bedeckt mit kurzem Rocke aus Damwildfell, die Füße in Mokassins aus rohem Leder; sie waren alle mit jenen langen Flinten bewaffnet, welche bei den Indianerstämmen schon seit vielen Jahren anstelle der Bogen und Pfeile ihrer Vorfahren getreten sind. Die altherkömmliche

Streitaxt, der Kriegs-Tomahawk, hing bei jedem an dem Riemen, den sie um die Taille trugen.

Außerdem – eine Einzelheit, welche noch weiter den Ernst der Veranlassung ihres Zuges nach der Farm von Chipogan erkennen ließ – bedeckte eine noch ganz frische Malerei das Gesicht der Leute. Das Himmelblau, Rauchgrau und Zinnober hoben ihre Adlernase mit den weiten Nasenlöchern und die kleinen lebhaften Augen, aus deren dunkler Höhle es wie ein Feuerbrand leuchtete, nur noch mehr hervor.

Der Abordnung des Stammes hatten sich auch einige Frauen aus Walhatta – ohne Zweifel die jüngsten und schönsten der Mahogannerinnen – angeschlossen. Diese Squaws trugen ein Leibchen aus gesticktem Stoffe, dessen Ärmel die Vorderarme bedeckten, einen Rock in leuchtenden Farben, dazu »Mitasses«, das sind eine Art Schuhstrümpfe aus Karibuleder, die, mit Stacheln und Dornen verziert, bis zu den Füßen herabreichten, während letztere endlich mit geschmeidigen Mokassins mit aufgestickten Glasperlen verhüllt waren. Die Füße der Frauen erschienen übrigens so zierlich, daß sich keine Europäerin derselben hätte zu schämen brauchen.

Die Indianer hatten, wenn das überhaupt möglich war, das gewohnte würdige Aussehen heute noch verdoppelt. Sie bewegten sich feierlich bis zur Schwelle des großen Saales, an der Herr und Fräulein de Vaudreuil, der Notar, Thomas und Catherine Harcher standen, während die übrigen Anwesenden den Hof erfüllten.

Da begann einer, der der Anführer der Truppe zu sein schien, ein hochgewachsener Hurone von etwa fünfzig Jahren, der einen Mantel, wie sie die Indianer selbst anfertigen, in der Hand trug, mit ernster Stimme eine Anrede, zunächst an den Farmer:

»Ist Nicolas Sagamore jetzt auf der Farm?«

»Ja, der ist hier«, antwortete Thomas Harcher.

»Und ich füge hinzu, daß er hier zur Stelle ist!« rief der Notar höchst verwundert, daß dieser Besuch allem Anscheine nach seiner Person gelten sollte.

Der Hurone trat zu ihm heran, erhob stolz den Kopf und sagte mit noch feierlicherer Stimme:

»Der Häuptling unseres Stammes ist von dem großen Wacondah, dem Mitsimanitu unserer Väter, abgerufen worden. Fünf Monate sind bereits vergangen, seit er die seligen Jagdgefilde durchstreift. Sein unmittelbarer Blutserbe ist Nicolas, der Letzte der Sagamores. Ihm kommt es fürder zu, den Friedens-Tomahawk zu begraben oder die Kriegsaxt ausgraben zu lassen!«

Ein tiefes Stillschweigen der Verwunderung empfing diese so unerwartete Erklärung. Im Lande wußte man es sehr wohl, daß Meister Nick von Huronenursprung war, daß er von den großen Häuptlingen der Mahogannis abstammte; niemand aber hätte je daran gedacht – er selbst noch weniger als jeder andere –, daß er infolge einer Erbordnung berufen werden sollte, an die Spitze einer indianischen Völkerschaft zu treten.

Nach minutenlanger Pause, welche niemand zu unterbrechen wagte, nahm der Hurone wieder das Wort:

»Zu welcher Zeit würde mein Bruder nun kommen, sich zum Feuer des großen Rates seines Stammes zu setzen, angetan mit dem üblichen Mantel seiner Vorfahren?«

Der Wortführer der Abordnung hielt es gar nicht für zweifelhaft, daß der Notar von Montreal dieser Aufforderung Folge geben werde, und so hielt er ihm schon den Mahoganni-Mantel entgegen.

Und da der seiner Sprache fast beraubte Meister Nick sich noch immer nicht anschickte, eine Antwort zu geben, ertönte plötzlich ein Ruf, dem sich andere sofort anschlossen:

»Hoch! Hoch! Unsere Ehrerbietung für Nicolas Sagamore!«

Lionel war es, der in seiner Begeisterung jenen ersten Ruf ausgestoßen hatte. Wenn er stolz war auf das große Glück, das seinem Brotherrn widerfuhr, und dachte er gleichzeitig, daß ein Widerschein von diesem Glanze auch auf die Angestellten seines Büros und vor allem auf ihn selbst zurückfallen müsse, und jubelte er schon bei dem Gedanken, später an der Seite des großen Häuptlings der Mahogannis dahinzuwandern – so brauchen wir den Leser hiermit wohl nicht aufzuhalten.

Herr und Fräulein de Vaudreuil konnten sich indes des Lächelns nicht erwehren, als sie das verblüffte Gesicht des Meisters Nick sahen. Der arme Mann! Während der Farmer, seine Frau und seine Kinder ebenso wie dessen Freunde ihm ihre Glückwünsche darbrachten, wußte er nicht im geringsten, was er beginnen sollte.

Da wiederholte der Indianer seine Frage so, daß eine ausweichende Antwort nicht gut möglich war.

»Stimmt Nicolas Sagamore zu, seinen Brüdern nach dem Wigwam von Walhatta zu folgen?«

Noch immer stand Meister Nick mit weitoffenem Munde da. Wohl selbstverständlich würde er nimmermehr zugestimmt haben, seine bisherige Tätigkeit aufzugeben, um dafür einen Huronenstamm zu regieren; andererseits aber wollte er die Indianer seiner Rasse, die ihn, gemäß dem Rechte der Erbfolge, zu einem solchen Ehrenposten beriefen, doch auch nicht gern verletzen.

»Mahogannis«, begann er endlich, »ich erwartete so etwas nicht . . . Ich bin wirklich unwürdig dieser Ehre . . . Ihr begreift . . . meine Freunde . . . ich befinde mich hier doch nur in der Eigenschaft eines Notars . . .!«

Er stammelte, er rang nach Worten und fand doch keine bündige Antwort.

Thomas Harcher kam ihm zu Hilfe.

»Huronen«, sagte er, »Meister Nick ist eben Meister Nick, mindestens bis die Hochzeitsfeierlichkeit vorüber ist. Nachher, wenn es ihm gefällt, mag er die Farm von Chipogan verlassen und wird er erfreut sein, mit seinen Brüdern nach Walhatta zurückzukehren.«

»Ja, ja, nach der Hochzeit!« rief die ganze Gesellschaft, welche sich ihren Notar nicht rauben lassen wollte.

Der Hurone bewegte langsam den Kopf, und nachdem er sich über die unter der Abordnung herrschende Stimmung unterrichtet zu haben glaubte, sagte er:

»Mein Bruder kann nicht zögern, das Blut der Mahogannis rollt in seinen Adern und legt ihm Rechte und Pflichten auf, denen er sich nicht wird entziehen wollen ...«

»Rechte ...! Rechte ...! Ja«, murmelte Meister Nick; »aber Pflichten ...«

»Nimmt er an?« fragte der Hurone.

»Ob er annimmt ...!« rief Lionel, »das will ich glauben! Und um seinen Gefühlen Ausdruck zu geben, muß er sofort den Königsmantel der Sagamores anlegen ...!«

»Ob der unverschämte Bengel wohl einmal schweigen wird!« grollte Meister Nick zwischen den Zähnen.

Gern hätte der friedliebende Notar dem ungestümen Enthusiasmus seines Schreibers mit einer Backpfeife einen Dämpfer aufgesetzt.

Herr de Vaudreuil sah wohl, daß Meister Nick zunächst nur Zeit zu gewinnen wünschte.

So trat er an den Indianer heran und erklärte diesem, daß der Abkömmling der Sagamores gewiß nicht daran denke, sich den Pflichten, die seine Geburt ihm auferlegte, zu entziehen. Einige Tage, vielleicht einige Wochen, wären aber doch nötig, damit er seine Angelegenheiten in Montreal regeln könne. Es schien also angezeigt, ihm einige Zeit zu gönnen, um seine Geschäfte in Ruhe abzuwickeln.

»Das ist weise«, antwortete der Indianer, »und da mein Bruder annimmt, so empfange er als Ehrenzeichen seiner Würde den Tomahawk des großen Häuptlings, der von Wacondah abgerufen wurde, in den glücklichen Gründen zu jagen – und diesen stecke er in seinen Gürtel!«

Meister Nick mußte wohl oder übel die Lieblingswaffe der Indianer annehmen, und da er keinen Gürtel hatte, legte er dieselbe in seiner Verwirrung jämmerlich auf die Schulter.

Die Abordnung ließ darauf das »Hugh« ertönen, das den Wäldern des Fernen Westens eigentümlich und eine

Art Beifallsruf der Indianersprache ist.

Was Lionel betrifft, so konnte er sich vor Freude kaum halten, obwohl sein Herr ganz besonders verlegen schien gegenüber einer Notlage, die in der ganzen Kollegenschaft der kanadischen Notare das tollste Lachen hervorrufen mußte. Bei seiner poetisch veranlagten Natur sah er schon im voraus, daß es ihm nun zufallen würde, die Großtaten der Mahogannis zu feiern, den Kriegsgesang der Sagamores in elegische Verse umzugießen – doch immer mit der Angst, daß er auf das Wort Tomahawk keinen Reim finden könnte.

Die Huronen wollten sich schon zurückziehen unter dem Bedauern, daß Meister Nick durch seine Obliegenheiten verhindert sei, die Farm zu verlassen, um ihnen zu folgen, als Catherine einen Einfall hatte, für den ihr der Notar keinen Dank wußte.

»Mahogannis«, sagte sie, »ein Hochzeitsfest ist es, das uns heute in der Farm von Chipogan vereinigt. Wollt ihr in Gesellschaft eures neuen Häuptlings mit dabeibleiben? Wir bieten euch Gastfreundschaft, und morgen nehmt ihr teil an dem Schmause, bei dem Nicolas Sagamore den Ehrenplatz einnehmen wird!«

Ein donnernder Beifall brach los, als Catherine diesen verbindlichen Vorschlag gemacht, und dieser dauerte nur noch länger an, als die Mahogannis jene Einladung angenommen hatten, die in so freundlicher Weise an sie gerichtet worden war.

Thomas Harcher hatte nun die Tafel auf fünfzig Gedecke mehr einzurichten, was ihn nicht besonders in Verlegenheit setzte, denn der Saal war groß und mehr als ausreichend für diesen Zuwachs an Tischgästen.

Meister Nick mußte sich zunächst ergeben, da er doch nichts anderes machen konnte, und er empfing den Bruderkuß der Krieger seines Stammes, die er lieber zum Teufel gewünscht hätte.

Im Laufe des Abends tanzten die jungen Leute und gaben sich diesem Vergnügen »mit allen Beinen«, wie man in Kanada sagte, hin, vorzüglich bei den französischen

Rundtänzen, welche ein Liedchen mit dem Refrain:

Tanzen wir im Kreise –
Lustig unsere Weise
Tanzen wir im Kreise!

begleitete, doch auch bei dem raschen Schottisch, dessen Name sein Ursprungsland verrät und der zu Anfang dieses Jahrhunderts so allgemein beliebt war.

So ging der zweite Festtag in der Farm zu Chipogan zu Ende.

Zwölftes Kapitel

Das Festmahl

Der große Tag war angebrochen – der letzte der sich aneinanderreihenden Festlichkeiten der Taufe, der Abendmahlsfeier und der Hochzeit, welche die Gäste von Chipogan erfreut hatten. Die Trauung Rose Harchers und Bernard Miquelons sollte, nachdem sie am frühen Morgen durch den Standesbeamten geschlossen war, sofort in der Kirche eingesegnet werden. Am Nachmittage sollte dann das Hochzeitsmahl alle Gäste vereinen, deren Anzahl unter den uns bekannten Verhältnissen so ansehnlich zugenommen hatte. Es war auch hohe Zeit, daß das ein Ende nahm, denn sonst hätte die Grafschaft Laprairie oder gar der ganze Bezirk von Montreal an der gastlichen Tafel Thomas Harchers Platz genommen.

Am nächsten Tage sollten sich alle trennen, Herr und Fräulein de Vaudreuil wollten nach der Villa Montcalm zurückkehren. Johann gedachte die Farm zu verlassen, nach der er erst an dem Tage wieder einkehren würde, an dem er sich an die Spitze der reformistischen Partei stellte. Seine Gefährten vom »Champlain« setzten inzwischen ihr Geschäft als Waldläufer und Jäger fort, dem sie gewöhnlich während der Winterzeit oblagen und in Erwartung der Stunde, wo sie ihren Adoptivbruder wiedersehen würden, während die Familie sich den gewohnten Arbeiten in der Farm hingab. Die Huronen wollten nach der Ansiedlung von Walhatta zurückwandern, wo der Stamm sich dann anschickte, Nicolas Sagamore einen festlichen Empfang zu bereiten, wenn er erst eintraf, um am Herde seiner Ahnen die erste Friedenspfeife mit ihnen zu rauchen.

Der freundliche Leser weiß, daß Meister Nick von den ihm bereiteten Huldigungen ganz und gar nicht erfreut war. Schon entschlossen, seine Schreibstube bestimmt nicht gegen den Titel eines Häuptlings des Stammes zu vertauschen, hatte er darüber mit Herrn de Vaudreuil und Thomas Harcher gesprochen. Seine Befangenheit war eine solche, daß es schwierig war, nicht ein wenig über sein Abenteuer zu lachen.

»Sie scherzen«, sagte er dann. »Nun ja, man sieht eben, daß Ihnen kein Thron seine Stufen öffnet, um denselben zu besteigen.«

»Mein lieber Nick, die ganze Angelegenheit dürfen Sie nicht zu ernst nehmen«, antwortete dann Herr de Vaudreuil.

»Und wie soll ich sie anders aufnehmen?«

»Die guten Leute werden auf ihrem Verlangen nicht bestehen, wenn sie einsehen, daß Sie sich gar nicht beeilen, sich nach dem Wigwam der Mahogannis zu begeben.«

»Oh, da kennen Sie sie schlecht«, rief Meister Nick. »Sie und nicht darauf bestehen . . .! Die stöbern mich auch in Montreal auf! Sie werden mir zusetzen, daß ich ihnen nicht entgehen kann. Sie belagern meine Tür . . .! Und was wird meine alte gute Dolly sagen . . .? Es ist gar nicht unmöglich, daß ich schließlich mit Mokassins an den Füßen und mit Federn auf dem Kopfe umherlaufe!«

Und der vortreffliche Mann, der eigentlich gar keine Lust zu lachen hatte, stimmte doch zuletzt in die Heiterkeit der Zuhörer ein.

Am schlimmsten war er aber doch bei seinem Schreiber daran. Aus schalkhafter Bosheit behandelte ihn dieser bereits, als habe er die Nachfolge des verstorbenen Huronen-Häuptlings schon angenommen. Er nannte ihn nicht mehr Meister Nick – pfui! Er redete ihn nur noch in der dritten Person an, indem er sich der feierlichen Sprachweise der Indianer bediente. Und so wie es jedem Krieger in den Prärien zukommt, hatte er ihm die Wahl zwischen zwei Beinamen freigelassen, nämlich zwischen »Original-Horn« oder »Zarte Eidechse« – was doch mindestens dem Namen »Falken-Auge« und »Lange Flinte« gleichkam.

Gegen elf Uhr trat im Hofe der Farm der Zug zusammen, der das Brautpaar begleiten sollte. Dieser wäre wahrlich wert gewesen, einen jungen Dichter zu begeistern, wenn Lionels Muse sich nicht eben mit mehr hochtrabenden Entwürfen beschäftigt hätte.

An der Spitze gingen Bernard Miquelon und Rose Harcher, einander an den kleinen Fingern führend und beide bezaubernd und strahlend vor Freude; dann folgten Herr und Fräulein de Vaudreuil an der Seite Johanns; nach ihnen die Väter, Mütter, Brüder und Schwestern des jungen Ehepaares; endlich Meister Nick mit seinem Schreiber, geleitet von der Abordnung der Huronen. Der Notar hatte diese Ehre nicht abweisen können. Zum größten Leidwesen Lionels fehlte seinem Herrn nur das Kostüm der Eingebornen, die Tätowierung des Körpers und die Bemalung des Gesichtes, um den Stamm der Sagamores würdig zu repräsentieren.

Die Feierlichkeit verlief mit dem ganzen Pomp, den die Stellung der Familie Harcher im Lande erheischte. Da gab es volltönendes Glockengeläute, Festgesang und Gebet, aber auch tüchtiges Knallen der Gewehre. Und gerade bei diesem geräuschvollen Flintenkonzert beteiligten sich die Huronen mit einem Eifer und einer Übereinstimmung, daß Nathaniel Bumpoo, der berühmte Freund der Mohikaner, ihnen seine Anerkennung nicht hätte versagen können.

Nachher kehrte der Zug wieder zur Farm zurück. Dieses Mal führte der junge Ehemann Rose Miquelon aber am Arm. Kein Zwischenfall hatte die Festlichkeiten des Vormittags gestört.

Jeder belustigte sich nun nach Belieben. Vielleicht hatte nur Meister Nick einige Mühe, seine Mahoganni-Brüder zu verlassen, wenn er in Gesellschaft seiner kanadischen Freunde ein wenig Luft schöpfen wollte, und kleinlauter als je wiederholte er gegen Herrn de Vaudreuil ohne Unterlaß:

»Ich weiß wahrhaftig nicht, wie ich mich von diesen Wilden losmachen soll!«

Wenn inzwischen einer viel beschäftigt, überlastet war und von Mittag bis um drei Uhr, die Stunde, wo nach altem Herkommen das Hochzeitsmahl bereitstehen mußte, mit nicht immer zarten Worten noch mehr aufgemuntert wurde, so war das Thomas Harcher. Wohl bemühten sich Catherine sowie ihre Söhne und Töchter ihm zu helfen; die mancherlei Sorgen, welche eine Festtafel von solcher Ausdehnung ihm auferlegte, ließen ihm aber doch keine Minute Ruhe.

In der Tat waren es nicht allein sehr viele begehrliche Magen, die es hier zu befriedigen galt, sondern man mußte auch dem verschiedensten Geschmacke Genüge zu tun suchen. Der Speisezettel enthielt infolgedessen die ganze Sammlung gewöhnlicher und außergewöhnlicher Gerichte, welche die kanadische Küche ausmachen.

Auf der ungeheuren Tischreihe – an der hundertfünfzig Gäste Platz nehmen sollten – lagen ebenso viele Löffel und Gabeln in weiße Servietten gewickelt und stand vor jedem Teller ein metallener Becher. Messer gab es nicht, da sich jeder mit dem zu bedienen hatte, welches er in der Tasche führte; Brot auch nicht, da bei Hochzeitsschmäusen nur eine Art Ahornzuckerkuchen zulässig ist. Zahlreiche Schüsseln, welche wir noch eingehender anführen werden, standen schon mit kalten Speisen bereit, während die anderen, die warmen Gerichte, nach und nach aufgetragen werden sollten. Diese letzteren bildeten große Terrinen mit sehr heißer Suppe, aus der ein wohlriechender Dampf aufstieg, verschiedene gebackene und gekochte Fische aus dem Süßwasser des St. Lorenzo oder der Landseen, Forellen, Lachse, Aale, Hechte, Weißfische, Alsen, Touradis und Maskinongis; ganze Ketten von kleinen Vögeln, ferner Tauben, Wachteln, Waldschnepfen und Wasserschnepfen und frikassierte Eichhörnchen; nachher als Hauptstücke Truthahn, Gänse, junge Trappen, die im Federviehhofe der Familie gemästet waren, die einen goldig gebräunt im hellen Feuer der Bratöfen, die anderen in einem Meere von Kräutersauce schwimmend; außerdem warme Austernpastete, Pasteten aus feingehacktem Fleisch, Gemüse von großen Zwiebeln, Schöpsenkeulen, gebratene Wildschweinrücken, einheimische Sagamiten, auf dem Rost gebratene Koteletts von Hirsch- und Damwild; endlich die beiden Wunderdinge des geschätztesten Wildes, welches die Feinschmecker beider Welten nach Kanada verlocken könnte, die von den Jägern in den Prärien so gesuchte Bisonzunge und der Höcker genannten Wiederkäuers, der letztere in der natürlichen Haut gedämpft und verziert mit wohlriechenden Blättern. Hierzu füge man noch das Namensverzeichnis der Sauceschüsseln, in denen »Relishs« zwanzigerlei Art enthalten waren, die Berge von Gemüsen, das in den letzten Tagen des Indianersommers gekauft war, das Backwerk jeder Sorte, darunter vorzüglich den sogenannten Krachkuchen und die Pfannkuchen, in deren Zubereitung die Töchter der Catherine Harcher eines wohlverdienten Ruhmes genossen, die verschiedenen Früchte, welche aus dem eigenen Garten geerntet waren, und endlich in Hunderten von mannigfach geformten Flaschen den Obstwein, das Bier und daneben den Wein, Rum, Genever und was sonst für den Nachtisch bestimmt war – so hat man eine kleine Vorstellung von dem Festmahle, welches diesen Ehrentag feiern helfen sollte.

Der geräumige Saal war zu Ehren Bernard und Rose Miquelons sehr künstlerisch ausgeschmückt. Frische

Blättergirlanden zogen sich an den Wänden hin, einige Sträuche schienen wirklich in den Ecken gewachsen zu sein. Hunderte von Sträußen wohlriechender Blumen zierten die Fensteröffnungen. Gleichzeitig bildeten Flinten, Pistolen, Karabiner – alle Waffen einer Familie, unter der sich so viel Jäger befanden – da und dort ein glänzendes Ornament.

Das junge Ehepaar nahm die Mitte der Tafel ein, welche hufeisenförmig aufgestellt war. Hufeisenförmig wie die Niagarafälle, welche hundertfünfzig Meilen im Südosten ihre Katarakte tosend in den Abgrund stürzen. Und wahre Katarakte waren es auch, die hier in dem Abgrund franko-kanadischer Magen verschwinden sollten.

Zu den Seiten der Neuvermählten hatten Herr und Fräulein de Vaudreuil nebst Johann und seinen Gefährten vom »Champlain« Platz genommen. Ihnen gegenüber, zwischen Thomas und Catherine Harcher, thronte Meister Nick mit den ersten Kriegern seines Stammes, welch letztere ohne Zweifel beobachten wollten, wie ihr neuer Häuptling sich halten würde, und in dieser Beziehung gelobte sich Nicolas Sagamore, einen seines Stammbaumes würdigen Appetit zu zeigen. Es versteht sich von selbst, daß heute, entgegen der sonst herrschenden Gewohnheit und nur für diese außergewöhnliche Gelegenheit, auch die Kinder einen Platz an der Tafel zwischen ihren Eltern und deren Freunden erhalten hatten. Um alle Tischgäste schwärmte endlich eine speziell für diese Dienstleistung gemietete Schwadron von Negern.

Um fünf Uhr verschritt man zu dem ersten Sturm, um sechs Uhr trat ein Waffenstillstand ein, nicht um die Toten aufzulesen, sondern um den Lebenden Zeit zu geben, einmal wieder Atem zu schöpfen. Dann begannen die Toaste auf die jungen Eheleute, die »Speechs« zu Ehren der Familie Harcher.

Nachher folgten die lustigen Hochzeitsgesänge, denn nach althergebrachter Gewohnheit pflegen bei jeder Gesellschaft, beim Mittag wie beim Abendessen, Damen und Herren abwechselnd, vorzüglich alte französische Lieder zu singen.

Endlich trug Lionel ein recht nettes Gedicht vor, welches er speziell für diese Gelegenheit gemacht hatte.

»Bravo, Lionel, bravo!« rief Meister Nick, der den Mißmut über seine spätere Souveränität im Glase ertränkt hatte.

Im Grunde war der gute Mann ziemlich stolz auf die Erfolge seines jungen Poeten, und er schlug sagar vor, einmal auf die Gesundheit des »liebenswürdigen Laureaten der Freundes-Lyra« zu trinken.

Auf diesen Vorschlag hin erklangen die nach Lionel zu erhobenen Gläser, der glücklich und verlegen zu gleicher Zeit erschien, auch glaubte er nicht besser antworten zu können als mit dem unmittelbar darauf ausgebrachten Toast:

»Auf das Wohlsein Nicolas Sagamores, des letzten Zweiges jenes edlen Stammes, an den der Große Geist das Geschick des Huronenvolkes knüpfen wollte!«

Donnerndes Bravo. Die Mahogannis hatten sich an der Tafel erhoben und schwangen ihre Tomahawks so wütend, als wären sie bereit, über die Irokesen, die Mungos oder einen anderen feindlichen Stamm des Fernen Westens herzufallen. Meister Nick mit seinem gutmütigen Gesicht machte inmitten seiner kriegerischen Stammverwandten allerdings einen sehr friedfertigen Eindruck. Wahrlich, dieser naseweise Lionel hätte auch besser den Mund gehalten.

Als die Aufregung sich gelegt, griff man den nächstfolgenden Gang mit erneuten Kräften an.

Inmitten dieser geräuschvollen Ehrenbezeigung konnten Johann, Clary de Vaudreuil und deren Vater sich mit gedämpfter Stimme bequem unterhalten. Am Abend dieses Tages sollten sie sich ja trennen. Wenn auch Herr und Fräulein de Vaudreuil erst am nächsten Morgen sich von ihren freundlichen Wirten zu verabschieden gedachten, so war doch Johann entschlossen, schon in der Nacht aufzubrechen, um außerhalb der Farm von Chipogan ein sicheres Obdach zu suchen.

»Und doch«, bemerkte Herr de Vaudreuil, »wie sollte die Polizei auf den Gedanken kommen, Johann ohne Namen unter den Mitgliedern der Familie Harcher zu vermuten?«

»Wer weiß, ob deren Spione mir nicht auf den Fersen sind«, antwortete Johann, als hätte er eine gewisse Vorahnung. »Und wenn es sich so verhielte, wenn der Farmer und seine Söhne hörten, daß ich der bin ...«

»So würden dieselben Sie verteidigen«, fiel Clary lebhaft ein, »sie würden sich für Sie töten lassen!«

»Ich weiß es«, sagte Johann, »und damit ließe ich als Dank für gewährte Gastfreundschaft hier Elend und Ruinen zurück! Thomas Harcher und seine Kinder müßten fliehen, weil sie mich verteidigt hätten ... Und wie weit würden die Repressalien der Behörde nicht gehen ...! Nein, nein, ich darf nicht säumen, die Farm zu verlassen!«

»Warum wollen Sie nicht im geheimen nach der Villa Montcalm zurückkehren?« fragte da Herr de Vaudreuil. »Ist es nicht geradezu meine Pflicht, die Gefahren, welche Sie Thomas Harcher vielleicht mit Recht ersparen wollen, auf mich zu nehmen? – Und diese Pflicht bin ich bereit zu erfüllen. In meiner Wohnung wird das Geheimnis Ihrer Anwesenheit gut bewahrt bleiben.«

»Denselben Vorschlag, Herr de Vaudreuil, hat mir Ihr Fräulein Tochter schon in Ihrem Namen gemacht, doch ich mußte denselben ablehnen.«

»Und doch«, fuhr Herr de Vaudreuil, der sich nicht gleich abweisen ließ, fort, »es würde sehr nützlich bezüglich der letzten Maßregeln sein, die Sie noch zu treffen haben. Sie könnten sich jeden Tag mit den Mitgliedern des Komitees in Verbindung setzen. Zur Stunde der Erhebung werden Farran, Clerc, Vincent Hodge und ich bei der Hand sein, Ihnen zu folgen. Ist es nicht wahrscheinlich, daß die erste Bewegung in Montreal ausbrechen wird?«

»Das ist in der Tat wahrscheinlich«, erklärte Johann,

»oder mindestens in den benachbarten Grafschaften, je nach den Stellungen, welche von den königlichen Truppen besetzt gehalten werden.«

»Nun also«, meinte Clary, »warum wollen Sie denn da das Angebot meines Vaters nicht annehmen? Oder haben Sie die Absicht, immer noch durch die Kirchspiele des Distrikts zu wandern? Ist Ihr Zug zur Erregung der Gemüter noch nicht vollendet?«

»Er ist vollendet«, erklärte Johann; »ich brauche nur noch das Zeichen zu geben . . .«

»Und wann gedenken Sie das zu tun?« fragte Herr de Vaudreuil.

»Ich erwarte ein Ereignis, welches den Ingrimm der Patrioten gegen die angelsächsischen Unterdrücker zum Überlaufen bringen muß«, erwiderte Johann, »und dieses Ereignis wird in allernächster Zeit eintreten. In einigen Tagen werden die zur Opposition gehörenden Abgeordneten dem Generalgouverneur das Recht verkümmern, das er bezüglich der Staatseinkünfte, ohne Vollmacht der Kammer, zu haben behauptete . . . Außerdem weiß ich aus verläßlichen Quellen, daß das englische Parlament die Absicht hat, ein Gesetz anzunehmen, welches Lord Gosford ermächtigen soll, die Konstitution von 1791 aufzuheben. Dann würden die französischen Kanadier gar keine Sicherheit bezüglich der Repräsentativ-Verfassung, welche der Kolonie zukommt und die ihr doch sonst schon nur so geringe Freiheiten läßt, mehr haben. Unsere Freunde und die liberalen Abgeordneten mit ihnen werden versuchen, sich dieser Überhebung der Staatsgewalt zu widersetzen. Wahrscheinlich wird Lord Gosford, um den Ansprüchen der Reformisten einen Damm entgegenzusetzen, zu einer Auflösung der Kammer oder mindestens zu einer Vertagung derselben schreiten. An ebendiesem Tage wird das Land sich erheben, und wir werden dasselbe nur noch zu führen haben.«

»Sie haben recht«, antwortete Herr de Vaudreuil, »es ist nicht zweifelhaft, daß eine derartige Herausforderung seitens der Loyalisten die allgemeine Revolution heraufbeschwören muß. Wird das englische Parlament aber wagen, so weit zu gehen? Doch wenn es zu diesem Ansturme gegen die Rechte der französischen Kanadier wirklich kommt, sind Sie überzeugt, daß das bald geschehen wird?«

»In einigen Tagen«, versicherte Johann. »Sebastian Grammont hat mich darüber unterrichtet.«

»Und wie werden Sie sich bis dahin allen Nachforschungen entziehen?« fragte Clary.

»Ich führe die Beamten auf eine falsche Fährte.«

»Haben Sie denn einen Zufluchtsort?«

»Ja, ich habe einen.«

»Werden Sie da ganz in Sicherheit sein?«

»Mehr als irgendwo anders.«

»Fern von hier?«

»In St. Charles, in der Grafschaft Verchères.«

»Zugegeben«, bemerkte Herr de Vaudreuil, »niemand kann besser als Sie selbst darüber urteilen, was die Umstände erheischen. Glauben Sie den Ort, wo Sie sich zu verbergen gedenken, unbedingt geheimhalten zu müssen, so werden wir uns bescheiden. Doch vergessen Sie nicht, daß die Villa Montcalm Tag und Nacht für sie geöffnet ist.«

»Ich weiß es, Herr de Vaudreuil«, antwortete Johann, »und ich danke Ihnen dafür.«

Selbstverständlich hatte bei den unaufhörlichen lauten Ausrufen der Tischgenossen, bei dem immer mehr zunehmenden Tumult im Saale von dieser mit gedämpfter Stimme geführten Unterhaltung kein anderer etwas hören können. Zuweilen war dieselbe nur durch einen geräuschvoll ausgebrachten Toast, durch eine lustige Erwiderung oder durch eine angepaßte Anrede an das junge Ehepaar unterbrochen worden. Jetzt schien sie nach den letzten zwischen Herrn de Vaudreuil und Johann gewechselten Worten ein Ende nehmen zu wollen, als eine Frage Clarys eine Antwort seitens des jungen Mannes veranlaßte, welche ihre und ihres Vaters Verwunderung erregen mußte.

Es ist nicht leicht zu sagen, welcher Eingebung das junge Mädchen folgte, als sie diese Frage stellte. Vielleicht war es ein Verdacht oder wenigstens das Bedauern darüber, daß Johann entschlossen schien, ihnen gegenüber noch immer eine gewisse Zurückhaltung zu bewahren. Das mußte wohl der Fall sein, und so sagte sie zu ihm:

»Also gibt es doch noch ein Haus, welches Ihnen Obdach und mehr Gastfreundschaft bietet als das unsrige?«

»Mehr Gastfreundschaft ...? Nein, doch ebensoviel«, antwortete Johann gerührt.

»Und welches?«

»Das Haus meiner Mutter!«

Johann sprach diese Worte mit dem Ausdrucke so warmer kindlicher Liebe, daß Fräulein de Vaudreuil sich davon tief ergriffen fühlte. Das war zum ersten Male, daß Johann, dessen Vergangenheit so geheimnisvoll vor ihr lag, eine Andeutung auf seine Familie fallenließ. Er stand also nicht so allein in der Welt, wie sie bisher hatte annehmen müssen; er hatte noch eine Mutter, welche verborgen in dem Flecken St. Charles lebte, und diese suchte Johann ohne Zweifel bisweilen auf. Das Mutterhaus stand ihm offen, wenn es ihn nach etwas Ruhe und Rast verlangte; und jetzt wollte er offenbar ebenda die Stunde abwarten, in der der Kampf entbrennen sollte.

Clary hatte nichts erwidert, ihre Gedanken entführten sie nach jenem entfernten Hause. Oh, welche Freude für sie wär' es gewesen, die Mutter des jungen Proskribierten zu kennen! Sie sah in dieser eine heldenhafte Frau, gleich ihrem Sohne, eine Patriotin, die sie geliebt hätte, ja, die sie schon liebte. Gewiß würde sie dieselbe eines Tages noch sehen. Ihr Leben schien ja für alle Zukunft mit dem Johanns ohne Namen verknüpft – denn mehr als sonst empfand sie in dem Augenblicke, wo sie sich vielleicht für immer trennen sollten, die Macht des Gefühles, das sie beide unlöslich verband.

Inzwischen näherte sich das Festmahl seinem Ende,

und die durch starke Getränke des Nachtisches erhitzten Gäste machten ihrer Heiterkeit in tausenderlei Gestalt Luft. Von den verschiedensten Seiten der Tafel trank und jubelte man den Neuvermählten zu. Es war ein höchst lustiges Lärmen, aus dem zuweilen lautere Rufe hörbar wurden, wie:

»Glück und Ehre den jungen Gatten!«
»Hoch Bernard und Rose Miquelon!«

Ebenso brachte man die Gesundheit des Herrn und Fräulein de Vaudreuil, natürlich auch die Thomas und Catherine Harchers aufrichtigen Herzens aus.

Meister Nick hatte der Tafel in größtem Maße Ehre angetan. Beobachtete er dabei nicht die kalte Würde eines Mahogannis, so lag eine solche eben nicht in seiner offenen und mitteilsamen Natur; doch es muß hierzu bemerkt werden, daß auch die Vertreter seines Stammes selbst etwas von ihrem altangeerbten Ernste unter dem Einflusse der guten Mahlzeit und des vortrefflichen Weines abgelegt hatten.

Sie stießen ganz nach Art anderer Leute mit den Gläsern an, um die Familie Harcher, deren Gäste sie heute waren, zu begrüßen.

Während des Nachtisches lief Lionel, der gar nicht an seinem Platze zu halten war, an der ganzen Tafel umher, um jedem daran Sitzenden einige angenehme Worte zu sagen. Als er dabei zu Meister Nick gelangte, hatte er den Einfall, diesem mit volltönender Stimme zuzurufen:

»Wird Nicolas Sagamore nicht auch einige Worte im Namen des Stammes der Sagamores sprechen?«

Bei der glücklichen Geistesverfassung, in der er sich gerade befand, nahm Meister Nick den Vorschlag seines jungen Schreibers nicht übel auf, obwohl dieser sich der emphatischen Sprechweise der Indianer bedient hatte.

»Du meinst, Lionel . . .?« antwortete er.

»Ich meine, großer Häuptling, der Augenblick sei gekommen, um das Wort zur Beglückwünschung der jungen Eheleute zu ergreifen.«

»Wenn du denn glaubst, daß dazu die rechte Zeit ist«, erwiderte Meister Nick, »so will ich es versuchen.«

Der brave Mann erhob sich und bat mit einer von huronischer Würde getragenen Bewegung um einige Ruhe.

Sofort schwieg alles still.

»Junges Ehepaar«, begann er, »ein alter Freund eurer Familie kann nicht von hinnen gehen, ohne euch seine Erkenntlichkeit auszudrücken für . . .«

Plötzlich unterbrach sich Meister Nick, der angefangene Satz blieb ihm auf den Lippen hängen. Seine erstaunten Blicke hatten sich nach der Tür des großen Saales gerichtet.

Auf der Schwelle derselben stand ein Mann, dessen Erscheinen niemand bemerkt hatte.

Diesen Mann hatte Meister Nick auf den ersten Blick erkannt, und er rief in einem Tone, in dem sich Überraschung und Unruhe gleichmäßig ausdrückten:

»Herr Rip!«

Dreizehntes Kapitel

Flintenschüsse zum Nachtisch

Der Chef des Hauses Rip & Cie. hatte diesmal nicht sein eigenes Personal bei sich.

Draußen gingen etwa zehn Beamte Gilbert Argalls auf und ab, und außer diesen hielten noch vierzig Freiwillige den Haupteingang zum Hofe besetzt. Sehr wahrscheinlich war das Haus gänzlich eingeschlossen.

Handelte es sich nur um eine einfache Haussuchung oder um eine Verhaftung, welche dem Haupte der Familie Harcher drohte?

Jedenfalls mußte ein außergewöhnlich wichtiger Grund vorliegen, daß der Polizeiminister es für nötig gehalten hatte, eine so zahlreiche Mannschaft nach der

Farm von Chipogan zu entsenden.

Bei Nennung des Namens Rip von seiten des Notars fühlten sich Herr und Fräulein de Vaudreuil wie versteinert; sie wußten ja, daß Johann ohne Namen sich im Saale befand. Sie wußten auch, daß gerade Rip den Auftrag erhalten hatte, die Nachforschungen nach ihm in die Hand zu nehmen. Und was konnten sie jetzt anderes denken, als daß Rip nach endlicher Entdeckung seiner Spur zu dessen Verhaftung verschreiten wolle? Fiel Johann aber in die Hände Gilbert Argalls, so war er rettungslos verloren.

Seine größte Willenskraft zusammenraffend, hatte Johann nicht mit einer Wimper gezuckt; kaum flog eine leichte Blässe über das Gesicht des jungen Mannes, und keine Bewegung, nicht einmal eine unwillkürliche, hätte ihn verraten können. Und doch erkannte er Rip recht gut wieder, mit dem er ja schon an dem Tage zusammengetroffen war, wo der Wagen ihn mit Meister Nick und Lionel von Montreal nach der Insel Jesus beförderte. Rip, den Geheimagenten, der schon seit zwei Monaten seine Fährte aufzuspüren sich bemühte! Rip, den Verführer, dem seine Familie die auf ihr lastende Schande verdankte, indem er seinen Vater Simon Morgaz zu jener Verräterei verleitete!

Trotz alledem bewahrte er seine Kaltblütigkeit und ließ er nichts von dem tödlichen Hasse merken, der in ihm kochte, während Herr und Fräulein de Vaudreuil an seiner Seite zitterten.

Wenn Johann indes Rip kannte, so kannte Rip ihn doch nicht. Er wußte nicht, daß der Fahrgast, den er einen Augenblick auf der Landstraße von Montreal gesehen, der Patriot war, auf dessen Kopf die Regierung einen Preis gesetzt hatte. Er wußte nur, daß Johann ohne Namen sich in der Farm von Chipogan befinden mußte, und zwar hatte er seine Spur folgendermaßen entdeckt.

Wenige Tage vorher war der junge Proskribierte fünf oder sechs Meilen von St. Charles gesehen worden, nachdem er das geschlossene Haus in St. Charles verlassen, und gleichzeitig lief bei der Behörde eine Meldung ein, welche ihn als einen verdächtigen Fremden, der eben der Grafschaft Verchères den Rücken gewendet habe, bezeichnete. Da er bemerkte, daß man auf ihn aufmerksam geworden war, hatte er mehr ins Innere der Grafschaft flüchten müssen, wäre auch dabei mehrmals der Polizei fast in die Hände gelaufen, und nur mit Mühe vermochte er sich bis zur Farm Thomas Harchers durchzuschlagen.

Die Agenten des Hauses Rip hatten jedoch seine Fährte nicht mehr, »wie er glaubte«, verloren, vielmehr die fast gewisse Überzeugung gewonnen, daß die Farm von Chipogan ihm Unterkunft gewähren müsse. Rip erhielt hiervon sofort Nachricht. Da dieser nicht allein wußte, daß diese Farm Eigentum des Herrn de Vaudreuil war, sondern auch, daß dieser selbst sich zur Zeit dort befand, so zweifelte er gar nicht mehr daran, daß der Fremde, der eben daselbst verweilte, Johann ohne Namen sein müsse. Nachdem er einige seiner Leute beauftragt, sich unter die zahlreichen Eingeladenen Thomas Harchers zu mischen, erstattete er Bericht an Gilbert Argall, der ihm eine Anzahl Polizisten und eine Abteilung Freiwilliger von Montreal zur Verfügung stellte.

So war es gekommen, daß Rip jetzt auf der Schwelle des Saales mit der Überzeugung erschien, daß Johann ohne Namen sich unter den Gästen des Farmers von Chipogan befinden müsse.

Es war fast um fünf Uhr nachmittags. Obwohl man die Lampen noch nicht angezündet hatte, war es im Innern doch ziemlich hell. Mit einem Blick hatte Rip schnell die ganze Gesellschaft überflogen, ohne daß Johann seine Aufmerksamkeit mehr als die anderen im Saale anwesenden Tischgenossen erregt hätte.

Thomas Harcher, der seinen Hof von einer Anzahl Männer besetzt sah, hatte sich inzwischen erhoben und wandte sich an Rip:

»Wer sind Sie?« fragte er.

»Ein Agent, beauftragt mit einer Mission seitens des Polizeiministers«, antwortete Rip.

»Was führt Sie hierher?«

»Das werden Sie sofort erfahren. – Sind Sie nicht Thomas Harcher von Chipogan, Pächter des Herrn de Vaudreuil?«

»Ja, und ich frage Sie, mit welchem Rechte Sie in mein Haus eingedrungen sind?«

»Gemäß dem mir gewordenen Auftrage will ich eine Verhaftung vornehmen.«

»Eine Verhaftung!« rief der Farmer, eine Verhaftung in meinen vier Wänden ...! Und wen beabsichtigen Sie zu verhaften?«

»Einen Mann, auf dessen Kopf laut Bekanntmachung des Generalgouverneurs ein Preis ausgesetzt ist und der sich hier befindet.«

»Und der nennt sich ...?«

»Er nennt sich«, antwortete Rip mit lauter Stimme, »Johann ohne Namen, oder, richtiger, er läßt sich so nennen!«

Auf diese Erklärung folgte ein lang dauerndes Gemurmel. Wie? Johann ohne Namen war es, den Rip verhaften wollte, und er behauptete, daß dieser in der Farm von Chipogan weile?

Das Aussehen des Farmers, seiner Frau, seiner Kinder und aller seiner Gäste verriet natürlicherweise eine so tiefe Verblüffung, daß Rip fast glauben konnte, seine Leute hätten sich geirrt und ihn wieder auf eine falsche Fährte geführt. Nichtsdestoweniger wiederholte er sein Verlangen, und diesmal womöglich in noch mehr befehlerischem Tone.

»Thomas Harcher«, fuhr er fort, »der Mann, den ich suche, ist hier, und ich fordere Sie auf, ihn auszuliefern!«

Bei diesen Worten sah Thomas Harcher seine Gattin an; diese aber packte ihn am Arm und rief:

»So antworte doch auf das, was man dich fragt!«

»Ja, Thomas, geben Sie Antwort!« setzte Meister Nick hinzu. »Es scheint mir, dieselbe kann Ihnen nicht schwer werden.«

»In der Tat, nicht im geringsten!« sagte der Farmer.

Dann wendete er sich an Rip:

»Johann ohne Namen, den Sie suchen«, erklärte er, »ist nicht in der Farm von Chipogan.«

»Und ich wiederhole Ihnen, daß er hier ist, Thomas Harcher«, versetzte Rip kühl.

»Nein, sag' ich Ihnen, er ist nicht hier . . . ist niemals hier erschienen . . . ! Ich kenne ihn nicht einmal. Doch ich erkläre auch, daß, wenn er mich um Obdach angesprochen hätte, so würde ich's ihm gewährt haben; und wenn er sich bei mir aufhielte, würde ich ihn nicht ausliefern!«

Über die deutlichen Zeichen der Zustimmung, mit denen diese Erklärungen des Farmers aufgenommen wurden, konnte Rip sich nicht täuschen. Thomas Harcher hatte sich offenbar zum Dolmetsch der Gefühle der gesamten Gesellschaft gemacht. Angenommen, Johann ohne Namen hätte doch auf der Farm Zuflucht gesucht, so durfte er hier von keinem erwarten, daß er feige genug sein würde, jenen zu verraten.

Johann hörte dem allen noch immer mit Gelassenheit zu. Herr de Vaudreuil und Clary wagten gar nicht, ihn anzublicken, aus Furcht, Rips Aufmerksamkeit auf ihn zu lenken.

»Thomas Harcher«, nahm dieser das Wort, »es wird Ihnen wahrscheinlich nicht entgangen sein, daß eine am 3. September 1837 erlassene Bekanntmachung einen Preis von sechstausend Piastern jedem zusichert, der Johann ohne Namen verhaftet oder seinen Zufluchtsort angibt.«

»Natürlich weiß ich davon«, bestätigte der Farmer, »und wer in ganz Kanada wüßte es nicht? Bisher hat sich aber noch kein Kanadier gefunden, der erbärmlich genug wäre, einen so elenden Verrat zu begehen . . . es wird sich auch nie einer finden!«

»Gut gesagt, Thomas!« rief Catherine, der ihre Kinder und Freunde sich anschlossen.

Rip ließ sich nicht in Verlegenheit bringen.

»Thomas Harcher«, fuhr er fort, »wenn Sie die Proklamation vom 3. September 1837 auch kennen, so ist Ihnen doch vielleicht die neue Ordnung des Generalgouverneurs vom 6. Oktober dieses Jahres noch unbekannt?«

»Richtig, die kenne ich nicht«, antwortete der Farmer, »doch wenn sie von demselben Schlage wie die erste ist, wenn sie nur zu erbärmlicher Angeberei verführen soll, so können Sie sich der Mühe entheben, sie uns mitzuteilen.«

»Hören müssen Sie dieselbe doch!« entgegnete Rip.

Damit entfaltete er ein von Gilbert Argall unterzeichnetes Blatt und las wie folgt:

»Jedem Bewohner der Städte und des platten Landes wird hiermit aufgegeben, dem proskribierten Johann ohne Namen niemals Hilfe und Schutz zu gewähren. Jeder, der ihm Obdach gibt, verfällt der Strafe des Galgens.

Für den Generalgouverneur
Der Polizeiminister
Gilbert Argall.«

Die englische Regierung hatte es also gewagt, zu derartigen Schreckensmitteln zu greifen! Nachdem sie einen Preis auf den Kopf Johanns ohne Namen ausgesetzt, bedrohte sie jetzt noch mit dem Tode jeden, der ihm Obdach gegeben hatte oder noch geben würde!

Dieser unerhörte Gewaltstreich rief die lebhaftesten Proteste aller Anwesenden hervor. Thomas Harcher, seine Söhne und seine Gäste sprangen schon von ihren Plätzen empor, um sich auf Rip zu stürzen und diesen samt seinem Gefolge von Beamten und Freiwilligen aus der Farm zu verjagen, als Nick sie mit einem Winke noch zurückhielt.

Das Gesicht des Notars war sehr ernst geworden. Gleichwie alle in diesem Saale versammelten Patrioten empfand er den so natürlichen Abscheu, welche die eben von Rip verlesene Verordnung des Lords Gosford wachrufen mußte.

»Herr Rip«, wendete er sich an diesen, »der, den Sie suchen, befindet sich nicht in der Farm von Chipogan.

Thomas Harcher hat Ihnen das schon versichert, und ich wiederhole es Ihnen hiermit ausdrücklich. Sie haben also hier nichts zu suchen und hätten besser getan, jenes bedauerliche Schriftstück in der Tasche zu behalten. Glauben Sie mir, Herr Rip, Sie würden das beste Teil wählen, wenn Sie uns Ihre Anwesenheit nicht länger aufdrängten.«

»Sehr gut, Nicolas Sagamore!« rief Lionel.

»Ja...! Ziehen Sie sich zurück...! Sogleich!« erscholl es von dem Farmer, dessen Stimme schon vor Zorn bebte. »Johann ohne Namen ist nicht hier! Doch wenn er käme und von mir Obdach verlangte, so würde ich ihn, trotz der Drohungen des Gouverneurs, bei mir aufnehmen ... Jetzt hinaus aus meinem Hause ... Hinaus!«

»Ja...! Ja... ! Hinaus!« wiederholte Lionel, dessen Aufgeregtheit Meister Nick vergeblich zu dämpfen versucht hatte.

»Nehmen Sie sich in acht, Thomas Harcher!« erwiderte Rip. »Sie werden den kürzeren ziehen gegen das Gesetz und gegen die aufgebotene Macht, welche zu dessen Unterstützung bestimmt ist. An Polizisten und Kronfreiwilligen hab' ich fünfzig Mann bei mir...! Ihr Haus ist eingeschlossen...«

»Hinaus...! Hinaus...!«

Wie aus einem Munde kamen diese Zurufe gleichzeitig mit direkten Bedrohungen der Person Rips.

»Ich werde nicht eher von der Stelle weichen«, antwortete dieser, »als bis die Identität aller hier anwesenden Personen nachgewiesen ist!«

Auf ein Zeichen von seiner Seite näherten sich die noch im Hofe stehenden Beamten der Tür, um sofort in den Saal eindringen zu können. Durch dessen Fenster blickend, überzeugten sich Herr und Fräulein de Vaudreuil auch, daß die Kronfreiwilligen rings um das Haus verstreut waren.

In Voraussicht eines drohenden Zusammenstoßes hatten sich die Frauen und die Kinder, mit Ausnahme des

Fräulein de Vaudreuil, in die angrenzenden Zimmer zurückgezogen. Pierre Harcher, seine Brüder und seine Freunde holten schon die an den Wänden hängenden Waffen herunter. Und doch, wie konnten sie bei ihrer so weit unterlegenen Zahl Rip ernstlich hindern, seines Amtes zu walten?

Herr de Vaudreuil, der von Fenster zu Fenster ging, suchte noch zu erkennen, ob Johann die Möglichkeit geboten sei, auf der Rückseite der Farm und durch den Garten zu entkommen. Doch nach dieser Seite ebenso wie nach der anderen schien eine Flucht ganz unmöglich.

Inmitten des herrschenden Aufruhrs stand Johann noch regungslos neben Clary, welche nicht hatte von der Stelle weichen wollen.

Meister Nick versuchte noch eine letzte Anstrengung, Frieden zu stiften, als die Polizisten schon in den Saal eindrangen.

»Herr Rip! Herr Rip!« rief er, »Sie werden ein Blutvergießen, und ich sage Ihnen, ein ganz unnützes anrichten . . .! Ich wiederhole Ihnen, ich gebe mein Wort darauf . . . Johann ohne Namen, den Sie zu verhaften beauftragt sind, befindet sich nicht auf der Farm.«

»Und wenn er hier wäre«, fiel Thomas Harcher ein, »so wiederhole ich Ihnen, daß wir ihn bis aufs Äußerste verteidigen würden.«

»Gut . . .! Sehr gut . . .!« rief Catherine, entzückt von dem mannhaften Auftreten ihres Gatten.

»Mischen Sie sich nicht in diese Angelegenheit, Herr Nick«, antwortete Rip. »Sie geht Sie nichts an, und Sie dürften es später bereuen . . . Ich werde meine Pflicht tun, was auch daraus werden möge . . .! Jetzt Platz . . .! Platz . . .!«

Ein Dutzend Beamte stürzte in den Saal, während Thomas Harcher und seine Söhne sich ihnen entgegenwarfen, um sie zurückzudrängen und die Tür zu verschließen.

Und hin und her laufend wiederholte Meister Nick immerfort, ohne sich vernehmbar machen zu können:

»Johann ohne Namen ist nicht hier, Herr Rip; ich versichere Ihnen, daß er nicht da ist . . . !«

»Er ist doch hier!« rief da eine laute Stimme, welche den Tumult übertönte.

Alle hielten ein.

Regungslos, mit gekreuzten Armen und Rip scharf ansehend, wiederholte der junge Mann gelassen:

»Johann ohne Namen ist hier – und ich, ich bin es selbst!«

Herr de Vaudreuil hatte den Arm des jungen Patrioten erfaßt, während Thomas Harcher und die anderen riefen:

»Er . . .! Er . . .! Johann ohne Namen!«

Johann bedeutete durch eine Handbewegung, daß er sprechen wollte. Sofort entstand allgemeine Stille.

»Ich bin der, den Sie suchen«, sagte er, sich an Rip wendend. »Ich bin Johann ohne Namen.«

Dann kehrte er sich nach dem Farmer und dessen Söhnen um.

»Verzeihung, Thomas Harcher, Verzeihung, meine wackeren Gefährten«, fuhr er fort, »daß ich euch bisher verhehlte, wer ich sei, und meinen Herzensdank für die Gastfreundschaft, die ich während fünf voller Jahre in der Farm zu Chipogan genossen. Auf diese Freundschaft, welche ich so lange annahm, muß ich jetzt verzichten, weil es jedem, der mir Obdach gewährt, das Leben kosten kann . . .! Ja, empfangt den innigen Dank desjenigen, der hier weiter nichts als euer angenommener Sohn und Bruder war, der für seine Heimat aber Johann ohne Namen ist!«

Diese Antwort erweckte eine unbeschreibliche Begeisterung.

»Hoch Johann ohne Namen . . .! Hoch lebe Johann ohne Namen!« erscholl es von allen Seiten.

Als diese Worte endlich verstummten, nahm Thomas Harcher das Wort:

»Wohlan denn, da ich es ausgesprochen habe, daß wir Johann ohne Namen verteidigen würden, so wollen wir auch zu seinem Schutze eintreten, meine Söhne . . .! Verteidigen wir uns bis zum Tode!«

Vergeblich bemühte sich Johann dazwischenzutreten, um einen so ungleichen Kampf zu verhüten. Niemand hörte jetzt auf ihn. Pierre und die älteren Söhne des Hauses stürzten sich auf die Beamten, welche den Eingang verstopften, und trieben sie mit Hilfe ihrer Freunde zurück. Sofort wurde die Tür verschlossen und mit allerlei Möbelstücken verbarrikadiert. Um jetzt in den Saal, ja auch nur in das Haus zu gelangen, gab es nur den Weg durch die Fenster, welche mindestens zehn Fuß hoch über dem Erdboden lagen.

Nun galt es also einen Sturm – und zwar in der Dunkelheit, denn inzwischen war es ziemlich Nacht geworden. Rip, der nicht der Mann dazu war, feig zurückzuweichen und der übrigens den Vorteil der Zahl für sich hatte, traf seine Maßnahmen zur Vollführung des ihm erteilten Auftrages, indem er die Freiwilligen gegen das Haus vorgehen ließ.

Pierre Harcher, seine Brüder und Freunde nahmen an den Fenstern Stellung, um Feuer zu geben.

»Wir verteidigen dich, auch gegen deinen Willen, wenn es sein muß!« sagten sie zu Johann, der ihnen nicht mehr Einhalt zu tun vermochte.

Im letzten Augenblicke erst hatte der Farmer Clary de Vaudreuil und Catherine dazu gebracht, sich zu den Frauen und Kindern in einem der Seitenzimmer zu begeben, wo sie vor den Kugeln sicheren Schutz fanden. Im Saale verblieben nur noch die zum Kampfe bereiten Männer – vorläufig etwa dreißig.

Auf die Mahogannis durfte man als Verteidiger der Farm nämlich nicht rechnen. Unbeteiligt an diesem Vorfalle, waren die Indianer aus ihrer gewohnten Zurückhaltung in keiner Weise herausgetreten. Die Sache ging sie nichts an – ebensowenig wie Meister Nick und seinen Schreiber, welche weder für noch gegen die Obrigkeit Partei zu ergreifen hatten. Der Notar gedachte auch bei dem entstehenden Handgemenge die strengste Neutralität zu bewahren. Trotz aller Vorsicht, keinen Schuß wegzubekommen, da er auch keinen solchen abzugeben willens war, hörte er doch nicht auf, Lionel, der ganz Feuer und Flamme war, zu ermahnen und zu warnen. Bah! der junge Schreiber achtete gar nicht auf ihn, so brannte er darauf, in Johann ohne Namen nicht nur den volkstümlichen Helden, sondern auch den wohlwollenden Zuhörer, der seine dichterischen Versuche so freundlich beurteilt hatte, nach besten Kräften zu verteidigen.

»Zum letzten Male verbiete ich dir, dich in die Sache zu mischen«, wiederholte Meister Nick.

»Und zum letzten Male«, entgegnete Lionel, »gebe ich meine Verwunderung zu erkennen, daß ein Nachkomme der Sagamores sich weigert, mir auf dem Kriegspfade zu folgen!«

»Ich folge gar keinem Pfade als dem des Friedens, verdammter Schlingel, und du wirst mir das Vergnügen machen, diesen Saal zu verlassen, wo dir nur die Aussicht winkt, eine Kugel in den Kopf zu bekommen.«

»Niemals ...! Niemals!« rief der kriegslustige Dichter.

Und auf einen Mahoganni zueilend, ergriff er die Axt, welche in dessen Gürtel hing.

Sobald er sah, daß die anderen entschlossen waren, Gewalt mit Gewalt zu vertreiben, machte Johann sich's zur Aufgabe, den Widerstand zu organisieren. Während des Scharmützels gelang es ihm vielleicht zu entkommen, denn später würden, was auch geschehen mochte, der Farmer und seine Söhne, die sich schon in offenem Widerstand gegen die Staatsgewalt befanden, dadurch auch nicht mehr kompromittiert sein , als sie es schon waren. Zunächst kam es also darauf an, Rip und seine Begleiter zurückzudrängen, dann würde sich zeigen, was weiter zu beginnen sei. Wenn die Belagerer versuchten, die Türen des Hauses zu sprengen, so kostete das immer einige Zeit. Und ehe jene von Laprairie oder Montreal Verstärkung erhielten, konnten Polizisten und Freiwillige schon aus dem Hofe vertrieben sein. Zu diesem Zwecke entschloß sich Johann, einen Ausfall zu wagen, der die Umgebung der Farm von den Feinden befreien sollte.

Hiernach traf er seine Maßregeln. Zunächst krachten gegen fünfzig Flintenschüsse zu den Fenstern hinaus, was Rip und seine Leute zwang, sich mehr nach der Umzäunung zurückzuziehen. Dann wurde die Tür schnell aufgerissen, und Johann stürzte sich, gefolgt von Herrn de Vaudreuil, Thomas Harcher, Pierre, dessen Brüdern und ihren Freunden, in den Hof hinaus.

Hier lagen schon einzelne Freiwillige auf dem Boden. Bald gab es natürlich auch Verwundete unter den Verteidigern, welche sich im Halbdunkel auf die Belagerer geworfen hatten. Mann gegen Mann entbrannte der Kampf, an dem sich Rip übrigens ehrenvoll beteiligte. Immerhin fingen seine Leute schon an, Terrain zu verlieren. Gelang es, sie aus dem Hofe zu verjagen und das große Tor zu schließen, so konnten sie die hohe Plankenumschließung der Farm nur weit schwieriger wieder stürmen.

Dahin richteten sich also die Bemühungen Johanns, den seine Gefährten todesmutig unterstützten. Vielleicht wurde es ihm, wenn die nächste Umgebung von Chipogan gesäubert war, möglich, ins Land und, wenn es sein mußte, bis über die Grenze Kanadas hinaus zu entfliehen, um die Stunde abzuwarten, in der er sich an die Spitze der Aufständischen zu stellen beabsichtigte.

Es versteht sich von selbst, daß auch Lionel unerschrocken in den Reihen der Kämpfer stand; Meister Nick aber hatte den Saal nicht verlassen wollen. Fest entschlossen, die strikteste Neutralität nicht aufzugeben, begleiteten seine besten Wünsche Johann ohne Namen und alle Beschützer desselben, unter denen er ja so viele persönliche Freunde zählte.

Leider konnten sich die Bewohner und Gäste der Farm trotz ihres Mutes gegen die Überzahl der Beamten und Kronfreiwilligen, welche schon wieder Vorteil erlangten, nicht behaupten. Nach und nach mußten sie nach dem Hause zurückweichen, um sich endlich in dieses selbst zu flüchten. Der Saal mußte jetzt bald gestürmt werden. Damit war jeder Ausweg verlegt, und Johann ohne Namen blieb nichts übrig, als sich zu ergeben.

In der Tat verminderten sich die Kräfte der Belagerten zusehends. Schon waren zwei der älteren Söhne Thomas Harchers, Michel und Jacques, sowie drei oder vier ihrer Gefährten nach einem Nebenzimmer geschafft worden, wo Clary de Vaudreuil, Catherine und die anderen Frauen sich ihrer Pflege annahmen.

Die Sache schien verloren, wenn Johann und seine Genossen nicht unerwarteterweise Hilfe bekamen, und zwar um so mehr, als ihnen schon die Munition zu mangeln anfing.

Da entstand eine neue Bewegung.

Infolge einer zum Glück nicht gefährlichen Verwundung, die seine Schulter getroffen, mit Blut bedeckt, war Lionel in den Saal gestürmt.

Meister Nick bemerkte ihn.

»Lionel! Lionel!« rief er. »Siehst du, du hast auf mich nicht hören wollen . . .! Du unglückseliges Kind!«

Und seinen jungen Schreiber am Arme packend, wollte er ihn in das Zimmer der Verwundeten schleppen.

Lionel stemmte sich dagegen.

»Es ist nichts . . .! Hat nichts zu bedeuten . . .!« sagte er. »Doch Sie, Nicolas Sagamore, können Sie Ihre Freunde unterliegen lassen, wo Ihre Krieger nur des Winkes von Ihnen harren, jenen zu Hilfe zu springen . . .?«

»Nein . . .! Nein!« rief Meister Nick. »Dazu habe ich kein Recht . . .! Mich gegen die von Gott verordnete Obrigkeit aufzulehnen!«

Und gleichzeitig warf er sich, um einen letzten Sühneversuch zu unternehmen, unter die Kämpfenden, die er mit seinen Beschwörungen aufzuhalten hoffte.

Es sollte ihm nicht gelingen. Er wurde sofort von den Polizisten umringt, die ihn mit Püffen und Kolbenstößen nicht verschonten und ihn dann mitten in den Hof zerrten.

Das war zuviel für die Mahogannikrieger, deren Kampfeslust ein solches Attentat nicht ertragen konnte. Ihr großer Häuptling verhaftet, mißhandelt . . .! Ein Sagamore in den Händen der Feinde, der Bleichgesichter!

Mehr bedurfte es nicht, und das Kriegsgeheul des Stammes erscholl in dem Durcheinander.

»Vorwärts . . .! Vorwärts, Huronen!« heulte Lionel, der ganz außer sich war.

Die Einmischung der Indianer verlieh der Sachlage schleunigst ein anderes Gesicht. Die Streitaxt in der Hand, stürzten sie sich auf die Angreifer. Diese, von dem schon fast eine Stunde anhaltenden Kampfe erschöpft, mußten nun ihrerseits wieder zurückweichen.

Johann ohne Namen, Thomas Harcher und ihre Freunde fühlten, daß eine letzte Anstrengung ihnen gestatten würde, Rip und seine Mannschaft aus der Umzäunung hinauszuwerfen. Sie ergriffen wieder die Offensive. Nachdem sie erst Meister Nick befreit, kamen sie den anderen zu Hilfe. Nick selbst war nicht wenig erstaunt, daß er die Indianer jetzt selbst mit den Worten, wenn auch nicht mit dem Arme, der noch unfähig war, den Tomahawk seiner Vorfahren zu schwingen, zum Kampfe aufmunterte.

So kam ein Notar von Montreal, der friedfertigste der Menschen, dazu, eine Sache verteidigt zu haben, die weder die Mahogannis noch ihren Häuptling etwas anging.

Polizisten und Freiwillige wurden nun bald gezwungen, den Hof gänzlich zu räumen, und da die Indianer sie auch draußen eine Meile weit verfolgten, waren die Umgebungen der Farm von Chipogan vom Feinde wieder vollständig befreit.

Immerhin ein schlimmes Ding, das sich auf der Verlustseite der nächsten Bilanz des Hauses Rip & Cie. bemerkbar machen mußte.

An diesem Tage war der Sieg also nicht dem Gesetze, sondern den Patrioten verblieben.

COLLECTION JULES VERNE

1.	Von der Erde zum Mond *Direkte Fahrt in 97 Stunden 20 Minuten*
2.	Reise um den Mond
3.	Reise um die Erde in 80 Tagen
4.	Reise zum Mittelpunkt der Erde
5.	Fünf Wochen im Ballon
6./7.	Zwanzigtausend Meilen unter dem Meer
8.	Abenteuer von drei Russen und drei Engländern in Süd-Afrika
9./10.	Abenteuer des Kapitän Hatteras
11./12./13.	Die Kinder des Kapitän Grant
14./15./16.	Die geheimnisvolle Insel
17./18.	Das Land der Pelze
19.	Eine schwimmende Stadt *Die Blockadebrecher*
20.	Eine Idee des Doktor Ox *Meister Zacharius* *Ein Drama in den Lüften* *Eine Überwinterung im Eis* *Eine Mont-Blanc-Besteigung*
21.	Der Chancellor *Tagebuch des Passagier J. R. Kazallon*
22./23.	Der Kurier des Zaren *Michael Strogoff*
24.	Schwarz Indien
25./26.	Reise durch die Sonnenwelt
27./28.	Ein Kapitän von 15 Jahren
29./30./31.	Die Entdeckung der Erde
32.	Die fünfhundert Millionen der Begum
33.	Die Leiden eines Chinesen in China
34./35.	Die großen Seefahrer des 18. Jahrhunderts
36./37.	Das Dampfhaus